나쁜 검사들

나쁜 검사들

BAD PROSECUTORS

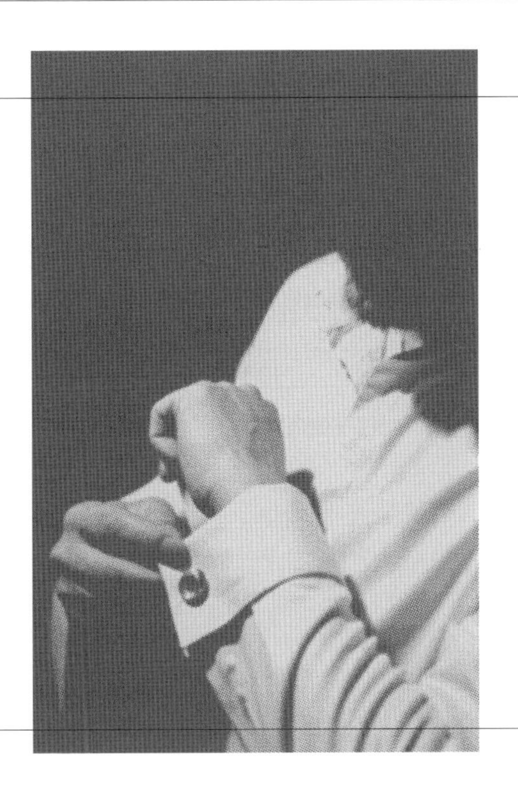

이중세 장편소설

목차

BAD PROSECUTORS

일러두기

- 이 책에 등장하는 사건은 픽션이며, 호칭과 절차 등은 실제와 다를 수 있습니다.
- 『표준국어대사전』을 기준으로 삼아 한글맞춤법을 통일하였으나, 작가의 의도와 인물의 성격, 특징을 살리기 위해 입말을 최대한 살렸습니다. 맞춤법에 맞지 않는 말이나 비속어 등이 포함되어 있음을 미리 알립니다.

제 1 장

붉은 옷을 입은 여인

1

그런 얘기를 한 적이 있어요. 향기로 남는 사람이 있다고. 어떤 이는 감미로운 목소리로 기억되기도 하고요. 잠들기 직전 나직이 떠오르는 그런 목소리 말이죠. 때로는 강렬한 색이 깊은 인상을 남기기도 합니다. 매끄럽고 날카로운 빛깔을 남기는 사람인 셈이죠.

향기, 목소리, 색깔. 이 세 가지 매혹을 함께 지녔다고요? 그럼 물러서는 게 맞습니다. 그 사람은 독일 테니 말입니다.

2

수현은 그녀에게서 자도르 향을 맡았다. 그리고 하나 더, 마크 제이콥스였다. 분명했다. 자도르의 둥근 궤도 안에서 마크 제이콥스의 데이지 우먼이 출렁이는 느낌이었으니까.

수현은 언제나 자도르가 사람을 밀어내는 동시에 끌어당긴다고 생각했다. 인력과 척력의 완벽한 조화는 자도르의 자장 안에 수현을 고정시켰다. 별이 된 여인을 맴돌며 찬양하는 위성처럼 말이다. 그리고 하이힐…….

하이힐은 여자를 감당하지 않아. 하이힐이야말로 여자가 감당해야 할 아름다움의 정점이지. 수현이 늘 하던 말이었다. 곧추선 뒤꿈치와 긴장한 엉덩이 사이에 놓인 섬뜩하도록 매끈한 곡선…… 이 곡선에 수현은 늘 매료되곤 했다. 자도르와 하이힐, 서로를 통해 그 이상의 무엇으로 통합되는 그 둘. 이 세상에 꼭 들어맞는 단 하나의 합이 존재한다면, 자도르를 입고 하이힐을 견디는 여인일 수밖에 없지.

그러나 자도르 이전에 붉은 옷이 먼저 눈에 들어왔다. 〈라이브러리〉의 문을 열자마자 그 진홍빛이 수현의 눈 가득히 들어왔던 것이다. 그건 가볍게 일렁이는 붉은 물결이었다. 매끈하면서도 보드라운 붉은 드레스의 부드럽게 굴곡진 라인…… 등은 군살 없이 탄탄했고 간혹 날개뼈가 살짝 도드라졌다. 그리고 붉은 드레스 아랫단으로 드러난 흰 발목과 붉은 하이힐……. 잔을 내려놓은 여자가 긴 손가락 끝으로 붉은 드레스 끝을 쓸어내렸다.

수현을 돌아보던 붉은 옷을 입은 여인의 시선은 곧장 잔으로 돌아갔다. 미소로 응답할 틈도 주지 않고.

당연히 수현은, 무너졌다.

바 저쪽에서 시킨 칵테일을 들고 살금살금 다가가, 수현은 날씨 이야기로 입을 뗐다. 여인은 간혹 웃었고, 수현은 잔잔한 미소를 머금었다. 조금씩 경계를 허물면서 서로에 대한 호감을 힐끔힐끔 확인하는 게, 수현은 만족스러웠다.

그렇게 술과 미소와 대화가 사슬처럼 이어지며 밤을 휘감았다.

3

맞아, 그랬었지.

잠에서 덜 깬 상태로, 수현은 기억을 더듬고 있었다. 기억을 더듬는다……기보다는 멍한 상태로 어딘가에 둥실 떠 있는 기분이었다. 숙취가 지독했다. 그렇게 많이 마신 건 아니었는데.

몸을 일으키려던 수현이 도로 누웠다. 골이 흔들리면서 구역질이 났다.

침대 반대편엔 쿠션과 베개가 널려 있었다. 저기서 나는 건가, 이 옅은 자도르 향은. 두꺼운 커튼 사이로 들어선 햇살이 날카롭게 느껴졌다. 몇 시쯤 됐으려나.

천천히 몸을 반대로 돌렸다. 둔탁한 물건에 맞은 듯 묵직한 두통이 느껴졌다. 수현이 저도 모르게 신음을 흘렸다. 정장 바지는 의자에 걸쳐 있었다. 그리고…… 어라, 바닥에 떨어져 있는 저 푸른 재킷은 잘 구겨지는 소잰데……. 나가기 전에 다림질을 부탁해야지, 수현은 생각했다. 둥근 테이블 위로 검은 서류 가방이 보였다. 그 옆에 사무엘 애덤스 두 병과 붉은 옷을 입은 여인이 비틀어 따 준 박카스병이 놓여 있었다.

다시 몸을 돌리던 수현이 방의 반대편을 멍하니 살펴보았다. 정신이 서서히 돌아오는 게 느껴졌다. 이윽고 자신이 뭘 찾고 있는지 깨달았다. 붉은 옷을 입은 여인……이 없었다!

욕실로 귀를 기울여봤지만 아무 소리도 들리지 않았다. 수현은 허리에 둘둘 감긴 시트를 들추었다. 팬티와 양말을 신은 채 잔 게 20년 만인가……. 뎅뎅 울리는 머리를 움켜쥐고 자리에서 일어나 객실 여기저기를 둘러보았다. 불 꺼진 욕실엔 아무도 없었고 바닥에도 물기가 없었다. 통로 끝 출입문 앞에 자신의 갈색 구두가 제멋대로 놓여 있는 게 보였다.

다시 침대에 걸터앉아 지갑을 열었다. 신용카드와 신분증은 다 있었다. 지폐는 사라지고 없었다. 5만 원짜리가 네 장 정도 있었지, 아마.

끔찍한 예감에 몸을 부르르 떨면서 수현은 바닥에 떨어진 재킷을 집어 들었다.

재킷 안주머니는 비어 있었다. 수현이 테이블 위로 검은 몽블랑 서류 가방을 뒤집어 흔들었다. 서류 파일과 작은 노트와 몽블랑 만

넌필과 돌돌 만 휴대폰 충전기와 까만 가죽 명함 케이스가 난잡하게 떨어졌다. 수현은 재킷과 바지 주머니도 뒤집어 보았다. 혹시나 싶어 휴대폰 라이트를 켜고 침대 밑과 탁자 아래와 변기 뒤까지 샅샅이 살폈다.

어디에도 USB는 없었다.

냉장고로 간 수현이 생수병 하나를 꺼내 벌컥벌컥 들이켰다. 그사이 메스꺼움은 좀 줄었지만 두통은 여전했다. 20만 원과 USB는 분명 자도르 항을 타고 하이힐과 함께 움직였을 것이다. 그 붉은 옷을 입은 여인…….

수현은 여자의 이름도 모른다는 사실을 깨달았다. 분명 물었고 들었을 텐데, 기억이 나질 않았다. 대신 슬쩍 돌아보던 그녀의 새치름한 눈빛이 떠올랐다. 그녀는 이야기를 이끄는 타입인데다 꽤나 해박했다. 강북 오피스텔 공실률을 읊었고, 트윈스 유격수의 홈런 개수도 얼추 알았으며, 몇몇 테마주에 대한 쏠쏠한 정보를 일러주기까지 했다.

그리고 그 목소리. 꿀처럼 감미로우나 끈적이지 않는 매혹적인 이끌림.

수현은 바닥에 떨어진 충전기를 주워 휴대폰에 연결했다. 그대로 바닥에 주저앉아 너저분해진 머리통에서 생각을 짜내려 애썼다. 두 병의 사무엘 애덤스는 마지막 한 모금까지 비운 상태였다. 빈 박카스 병을 뒤집자 끈적거리는 녹색 액체가 서너 방울 떨어졌다. '기운 좀 내야 할 타이밍이잖아요.' 그 말을 하면서 붉은 옷을 입은 여인은 보드랍게 웃었었다. 그래, 박카스 병뚜껑 비틀리는 으드득 소리가 또렷했어. 수현은 쓰레기통을 뒤져 뚜껑을 찾아냈다. 뚜껑엔 아주 작은 구멍이 나 있었다.

주사기 바늘로 마취제를 넣었나 보군. 수현은 다시 베개와 시트를 꼼꼼하게 살폈다. 긴 머리카락은 하나도 없었다. '씻고 올 동안 누워서 술 좀 깨요.' 욕실에 머무르다가, 곯아떨어진 나를 확인하곤 돈과 USB를 챙겨 나갔군. 수현은 깊은숨을 내뱉은 뒤 호텔 전화기를 들고 9번을 눌렀다.

프런트 직원은 여자였다. 그녀는 야간근무 직원과 아침 6시에 교대했으며 그렇게 눈에 띄는 옷을 입은 화려한 여자는 보지 못했다고 답했다. 바지와 재킷을 다려달라는 수현의 말에 직원은 사람을 보내겠다고 했다.

"아, 잠시만요. 아스피린도 한 통 부탁합니다."

호텔 직원이 옷을 가져간 뒤 수현은 아스피린을 씹으며 어젯밤을 5분 단위로 떠올리려 노력했다. 하지만 여전히 머리는 헛돌았다. 오히려 두통만 심해졌다. 여자가 먹인 약이 알코올과 섞이며 지독한 두통을 만들어내는 게 분명했다.

현금은 상관없었다. 문제는 USB였다. 수현이 휴대폰을 들었다. 신호가 한 번 울리기도 전에 예원이 전화를 받았다.

— 또 호텔이죠?

수현의 목소리를 확인한 예원이 쏘아붙였다.

"위치추적기라도 단 거야?"

예원이 쿡쿡 웃었다.

— 촉이라는 거죠, 변호사님. 여자의 촉이요.

"그 좋은 더듬이로 사무실 좀 훑어봐."

— 사고 치신 건 아니죠?

이 여자는 좀 섬뜩한 구석이 있어. 그런 생각을 하며, 수현은 아스피린 하나를 더 깨물었다.

— 모든 변호사님이 출근 완료했어요. 저랑 통화하는 분만 빼고요.

"참, 내 예비 슈트 좀 챙겨줘. 사무실 분위기는 어때?"

— 별다를 게 있나요? 1팀은 오전 변론 미팅 끝내고 슬슬 법원으로 달려갈 판이고요. 3팀은 뭐가 안 맞는지 사무장부터 비서까지 내내 전화통 붙들고 있고요. 우리 2팀은…….

예원의 목소리가 휙 멀어졌다. 누군가 전화기를 낚아챈 모양이었다. 곧 으르렁거리는 소리가 넘어왔다.

— 출근도 안 하고 비서랑 뭘 그리 속닥거려?

한지훈 2팀장은 수현의 직속상관이자 법무법인 주안의 실세였다. 진짜배기 파시스트에 성질 급한 돌격대장인 한지훈은 법조계 생리에 환했고, 회사 내 정치도 제법 할 줄 아는 교활한 작자였다. 아랫도리 일에 관심이 많다는 공통점에도 불구하고 한지훈과 수현은 서로를 껄끄럽게 여겼는데, 한지훈은 최수현을 무례하고 오만하다 생각했고, 수현은 한지훈을 텃세나 부리는 얼간이로 여겼다. 동지보다는 적이 나를 더 잘 아는 법이라는 격언을 떠올리며, 수현은 각자의 판단에 진실이 존재할 거라 생각했다.

한지훈이 수현을 싫어하는 또 다른 이유는, 그가 한때 간절히 원했던 서울중앙지검 반부패수사부 검사직을 수현이 걷어차고 나왔기 때문이었다. 자신의 갈망을 가벼이 여기는 자를 사람들은 감탄하거나 경멸했고, 한지훈의 경우엔 후자였다. 수현이 휴대폰을 다른 귀로 가져갔다.

"어제 야근 끝날 때 말씀하셨잖아요. 3시 재판이니 법원으로 직접 오라고."

— 출근을 제멋대로 하란 뜻은 아니었는데? 너 빼고 전부 다 제대로 출근했어, 알아?

범생이들이 모자에서 토끼를 꺼내든, 야전삽으로 서로의 머리를 내려치든 내 알 바 아니라고 대답할 순 없었다. 수현은 한지훈이 앞에 있기라도 한 것처럼 커다란 미소를 지었다.

"3시 재판에 직접 오라 하시기에 그런 줄로만 알았습니다."

한지훈의 살찐 손가락에 끼워진 두툼한 반지가 전화기에 부딪치며 덜그럭 소리를 냈다.

— USB 잘 챙겨뒀지?

우선 시간을 벌어야 했다.

"USB가 아니라 외장하드에 넣었어요. 제 컴퓨터 하드에 아직 남아 있을 겁니다."

또각또각 하이힐 소리가 나는 걸 보니 예원이 확인차 가보는 것 같았다.

— USB에 넣어 가지고 나갈 거라고 했잖아?

한지훈의 목소리에서 미심쩍어하는 기색이 느껴졌다. 예원이 외장하드가 거기 있다고 확인해주는 소리가 멀찌감치 들렸다.

"3시 재판이니 1시까지 가겠습니다."

짧은 정적 뒤 한지훈이 말했다.

— 12시까지 와.

4

패소가 확실한 사건이었다. 특허권과 관련해 중국 기업 IOE가 건 소송이었는데, 저쪽에서 내민 증거가 워낙 튼실해 이쪽 변론은 손해배상액 규모를 얼마나 줄이느냐에 맞춰져 있었다. 그런데 국정원이 은유철을 체포하면서 반전이 일어났다. ㈜EMG의 기술개발 팀장 은유철이 IOE에게 돈을 받고 디스플레이 기기 관련 기술을 빼돌려온 정황이 밝혀진 것이다. 국정원이 제공한 은유철 관련 자료에 의하면 IOE의 특허 대부분은 부정한 방법으로 입수되거나 조작된 게 확실했다. 즉시 변론 전략이 수정되었고, 담당 팀이 2팀으로 바뀌었다. 중국 비단 장수를 물어뜯기엔 2팀 이빨이 가장 낫다고 누군가 조언한 모양이었다.

한지훈을 필두로 한 법무법인 주안 2팀은 지난 몇 달 동안 은유철 관련 자료를 정리해왔다. 그리고 그간 모은 자료를 법원에 제출하는 날이 바로 오늘이었다. 사라진 USB에 모든 게 담겨 있었다. 수현이 생수병을 집어 들고 남은 물을 꿀꺽꿀꺽 삼켰다.

외장하드에 담긴 자료를 다시 정리하려면 사나흘은 걸릴 게 분명했다. 최종변론이 며칠 남지 않은 상태에서 증거 제출을 미룰 순 없었다. 수현이 다시 시계를 봤다. 12시까지 출근하라는 한지훈의 말은 무시해도 좋다고 생각했다. 3시를 기준 삼아야 해. USB만 찾을 수 있다면 자료 뽑아 서류 묶는 데 1시간이면 충분할 거야. 박카스에 약을 넣은 빨간 뱀을 잡는 데 5시간가량 남은 셈이었다.

수현은 숨을 깊이 들이쉬었다 내뱉었다. 이번 IOE 소송엔 수백억이 걸려 있었고, 경애하는 법무법인 주안이 늦어진 증거 제출을 너그러이 넘길 리 없었다. 연봉 3억 원을 지급하고 BMW 차량 리스에 주택비용까지 보조해주는 회사에서 재판 증거 제출도 못 맞추는 머저리를 살려둘 리 없었다.

수현은 노트를 폈다. 드레스셔츠에 팬티와 양말 차림으로 묵묵히 눈 감고 생각하던 그가 노트에 이름을 써 내려갔다. 이번 일에 끌어들여도 괜찮을 사람의 명단은…… 그리 길지 않았다. 검사는 모두 제외했다. 이놈의 칼잡이들은 일을 키울 게 분명했다.

수현은 반부패수사부 검사 시절 안면을 튼 깡패 몇 놈을 떠올렸다. 노가다 판에서 레미콘과 포클레인으로 종잣돈을 만들고, 호텔과 클럽을 점유하기 위해 양아치들에게 칼을 들려 떠밀고, 대부업으로 빌딩을 올린 뒷골목 괴물들 말이다. 그중 몇몇은 솜씨 좋은 흥신소도 거느리고 있어서 여자의 정체를 즉각 파악할 수도 있을 것이다. 그러나 그들은 흘린 피 몇 방울에 상대방 살 두어 근을 받아내는 작자들이었고, 빚을 톡톡히 받아낸 뒤에도 수현의 뼈를 으드득 씹으려 들 게 분명했다.

서울경찰청 광수대 형사 이름 대여섯 개를, 수현은 죽죽 그어 지웠다. 두통이 천천히 사라지면서 이 일을 어떻게 처리해야 할지 머릿속이 분명해졌다. 수현은 노트에서 종이를 뜯고 잘게 찢어 변기에 버렸다. 이 일은 혼자 움직여야 해. 도움을 받는다면 한 사람 정도.

옷은 금방 도착했고 새것처럼 잘 다려져 있었다. 수현은 재빨리 짐을 챙겨 밖으로 나섰다. 그 전에 혹시나 싶어 방을 한 번 더 뒤졌지만 USB는 나오지 않았다. 휴대폰 액정에 뜬 시간은 정확히 8시. 엘리베이터를 타고 내려가며 수현은 이 일이 우연히 벌어진 게 아니라고 확신했다. 정리된 자료가 USB에 담겼다는 걸 아는 사람이 누구더라.

아하!

5

마약 수사는 범죄 특성상 내부자 고발에 의존한다. 다른 범죄꾼 이상으로, 약쟁이들은 서로를 찔러댄다. 구치소와 교도소에 썩는 기간 동안 느낄 금단증세 때문에, 약쟁이들은 고발을 통해 구속을 피하려 한다.

마약사범들은 구매와 판매의 관계로 엮여 있다. 이 관계는 길게 늘어진 끈을 떠올리게 만든다. 자기 위랑 아래만 아는 잔챙이들은 수현의 관심사가 아니었다. 마약꾼들을 찌르다 보면, 제 머리 위를 서넛씩 부는 놈들이 나오게 마련이었다. 서넛씩 아는 굵은 놈, 끈으로 이어진 라인들은 그 쇠고리에 얽혀 있었다. 그 쇠고리에, 일명 총책에 접근하려 반부패수사부 검사 시절의 수현은 회유와 협박을 왼손 잽과 오른손 훅처럼 썼다. 회유에는 불기소만 한 당근이 없었다. 한 작대기 얼른 꽂을 생각만 머릿속에 그득한 약쟁이들은 기꺼이 회유당해 자기 머리 위를 불어댔다. 하지만 모두가 회유당하면 구속은 누가 되겠나. 누군가는 골인을 당해야 했기에 쇠고리에 묶인 끈 중 가벼운 쪽이 살아남고, 무거운 놈들이 나란히 구속되었다. 검찰청에서는 털리는 무거운 놈들을 야당으로, 밀고꾼이 득실거리는 라인을 여당이라 불렀다. 정권 교체는, 없는 일이었다.

자꾸 붙들린 놈 중엔 은밀한 고자질로 마약을 즐기는 한편, 구속을 피하는 놈들도 생기게 마련이었다. 그중 알이 굵은 놈 하나가 김만호였다.

패션디자이너 로이스 문으로 알려진 김만호는 재작년 일어난 법무부 차관의 스키장 마약 파티에 깊이 관련된 인물이었다. 로이스는 붙들릴 때마다 자기 윗급을 물어다 주는 기막힌 처세술로 감옥행을 면해 왔다. 그는 반부패수사부 깊숙이에서도 몇몇만 아는 고급 빨대였다.

신호가 꽤 오래간 뒤에야 김만호는 전화를 받았다.

— 어이고, 최 변호사님.

검찰 떠난 지 이제 겨우 두 달인데, 역시 여당 수뇌부답네. 수현은 그리 생각했다.

"나 옷 벗은 건 어찌 아시고."

— 뭐든 알아놔야 사업이 굴러가지 않겠습니까.

"요즘도 그 웃기는 옷 만드느라 바쁘신가?"

— 이거 왜 이래요. 온갖 사모님들부터 탑 티어 연예인까지 내 옷 못 입어 안달인데.

"옥타브 내려, 약쟁이 새끼야. 반부패수사부 명찰 뗐다고 너 하나 골로 못 보내겠냐?"

— 어이고, 패기로우셔라.

웃음소리에 묻은 초조함을, 수현은 재빨리 읽어냈다. 언제가 마땅한 타이밍일지 궁리하며 수현은 아랫입술을 깨물었다.

"레버만 내리면 너 정도 똥은 하수구로 빠이빠이야. 알아?"

— 이 한목숨 파리 목숨인 거 알려주려고 아침부터 전화까지 주셨다?

"너 엿 되라고 새벽마다 정화수 앞에서 손 비비고 있단 거 알려주려 그러지."

— 그러지 않으셔도 발밑에 상어가 드글드글해요.

꼬리 말리는 소리를 들은 수현이 을러대기를 그쳤다. 물어볼 게 많았다. 김만호라면 붉은 드레스에 대한 정보를 어느 정도 알고 있을 거였다.

— 그 붉은 드레스요. 빛에 비치면 좀 허옇게 번들거려요?

"그런 옷들은 대개 그렇잖아?"

— 이탈리아에서 나오는 원단이 있어요. 꽤 비싼데. 다른 천보다 빛을 더 많이 흡수해요. 번들거리지 않는다고요.

"불타는 듯한 빨강이었어."

— 몸에 딱 붙는?

"완벽히."

김만호는 수현에게 전화번호를 불러주었다.

— 확실할 거예요. 그런 드레스 만드는 숍은 최우섭 아님 윤종건이거든. 근데 최우섭이는 워낙 까탈스러워서 아무나 안 받죠.

"그래서 윤종건이다?"

— 윤종건 걔가 좀 까리해요.

"알아듣게 얘기해."

— 좋지 않은 소문이 있던데.

수현이 인상을 구겼다. 스무고개를 넘으라는 건가.

"너랑 비슷한 류로?"

— 우리처럼 작대기 찌르는 건 아니고. 좀 더…… 뭐랄까, 잡다한?

수현은 침묵했고, 김만호는 아무 말도 덧붙이지 않았다. 수현은 그 공백을 알아들었다. 뼈 묻힌 곳을 알려주었으니, 직접 파내라는 얘기였다.

윤종건의 숍 〈이끌〉은 청담동에 있었다. 출근 시간이었고 도로는 복잡했다. 수현은 차를 그대로 두고 호텔 주차장을 나섰다. 주차장 찾느라 시간 허비하느니 택시비를 내는 게 나았다. 콜택시는 금방 왔다.

택시 뒷자리에 앉은 수현은 와인 모임이나 골프 레슨을 통해 알고 지낸 어여쁜 분들에게 전화를 걸었다. 브런치를 즐기고 미술관이나 뷰티숍을 다니는 그들 모두가 윤종건에 대해 놀라울 정도로 잘 알았다. 디자이너 윤종건은 한 해가 다르게 덩치가 커졌는데, 요즘은 여러 인플루언서를 통해 입소문을 퍼뜨리고 연예계 큰손들에게 알랑거리는 모양이었다. 충분히 듣고 메모하며, 수현은 아스피린 한 알을 빠득빠득 씹었다. 두통은 아직 완전히 사라지지 않은 상태였다.

불 켜진 숍은 통유리로 내부가 훤히 보였다. 청소기 돌리는 종업원을 지나 불 켜지지 않은 숍 안으로 수현은 쑥 들어갔다. 깜짝 놀란 직원이 뒤에서 불렀지만, 수현은 아랑곳하지 않았다. 좁고 어두운 통로 저 너머에서 많은 사람이 분주히 움직이는 소리가 들렸다.

탁구대 4개는 벌려놓을 수 있을 만큼 넓은 방에서 미싱을 돌려대던 젊은 남녀가 벌컥 열린 문을 돌아보았다. 윤종건은 사진보다 훨씬 더 땅딸막하고 살집이 좋았다. 미싱이 놓인 책상 위로 색색의 원단 수십 덩이가 봉분처럼 놓여 있었고, 그 사이엔 마네킹들이 앙상하게 서 있었다. 알이 작은 안경을 쓴 윤종건은 난데없는 방해에 화가 난 듯했다. 수현이 그를 향해 똑바로 걸어갔다.

“어이, 윤종건이.”

얼떨떨해하는 윤종건에게 명함을 건네며 수현이 말했다.

“애들 좀 내보내지?”

6

수현이 쇼윈도에 비치된 마네킹을 지나 작업 중인 옷을 살피는 광경을, 윤종건은 한동안 입을 벌린 채 쳐다보았다. 손을 내저어 디자이너들을 내보낸 윤종건이 수현이 건넨 명함을 조심스레 살폈다. 윤종건이 멀뚱거리는 사이 수현은 붉은 드레스를 떠올리며 원단 봉분을 함부로 뒤졌다. 저 뒤로 휙휙 내던져지는 원단을 보며, 윤종건이 얼굴을 구겼다.

마침내 수현이 찾던 걸 발견했다. 자유의 횃불인 양 머리 위로 번쩍 치켜든 붉은 원단을 윤종건이 알아보았다.

"아, 그거."

수현이 원단을 윤종건에게 홱 던졌다. 공중에서 펄럭이는 붉은 천을 그가 용케 붙들었다.

"이 아이가 얼마짜린데!"

"그걸 드레스로 만들었지? 거기 가격표로 얼마 붙였니?"

"회원 제공가로 1,280이에요."

구매자 목록이 길진 않을 거라고 수현은 생각했다.

"비싼 것도 그렇지만, 그걸 아무나 입겠어? 그나저나 장사는 좀 되나 봐? 애들 머릿수도 그렇고."

"청담동에 숍 굴릴 정도는 팔죠."

다소 깐깐한 투로 바뀐 윤종건을 수현이 돌아보았다.

"세상에 오직 두 인간 부류만이 검찰수사관 앞에서 질겨지는 법이지."

"검찰수사관 앞에서라…… 뭘까요, 그 둘이."

"하나는 짠물 쓴물 다 맛본 장사꾼, 다른 하난 소년원에서부터 범죄를 익힌 사기꾼."

지금 상대하는 오뚝이는 양쪽 모두일지 모른다는 생각을 하며 수현은 윤종건을 한참 바라보았다. 그제야 수현은 아까 건넨 명함이 윤종건의 손에 없다는 사실을 알아차렸다.

윤종건은 아직 수현을 쳐다보는 중이었다.

"저는 예술가예요."

"여기 세탁이 예술이라던데."

표정 변화 없는 윤종건을 힐끔거리며, 수현이 원단 봉분으로 가 천을 들춰댔다.

"영장도 없고, 뭐 좆도 없어. 그렇다고 예술가 윤 선생의 다문 입에 지렛대를 쑤셔서 뭘 꺼내려는 것도 아니고. 그냥 대화를 하자고요."

"대화……."

윤종건에게 다가가는 수현의 구둣발 소리가 맑게 울렸다.

"이봐요, 검찰수사관님. 세상에 나쁜 놈들 많잖아요. 비타민이라고 마약 꽂아주고 중독자 만들어서 거기 빨대 꽂는 놈들, 가진 게 돈밖에 없는 괴상한 아저씨들에게 중고생 데려다주는 정신 나간 놈들, 앞에선 번드르르하지만 뒤로 구린내가 나는 짓을 버젓이 하는 정체 모를 놈들. 근데 저는……."

"옷 가격이야 네 맘대로 부르면 그만이니, 원단 가격에 제작 비용

빼면 남은 만큼 전부 돈 돌릴 공간이 되잖아."

"계속 해보세요."

"여기가 네 가게가 아니라, 조폭들 직영점이라고 쳐보자구. 걔네는 자기 매장 여자들 이리 보내서 옷이나 장신구를 사게 하고, 여기 고인 현금을 다시 받아 가겠지."

"영화 너무 많이 보셨네."

"넌 디자이너이면서, 동시에 조폭들 돈 세탁소를 돌리는 회계사라 이거야. 그놈들에게 돌리는 돈의 일부를 받는 조건으로 청담동에서 이 되도 않는 샵을 굴리는 거겠지."

"강의하러 오셨어요?"

"낑낑대지 말고 들어, 개잡놈아. 어떤 사악한 놈들은 외제차 판매점과 리스 업체를 포섭해서 장부를 조작해가며 큰 몫을 세탁하거든? 부동산 거래로 빼내기도 하고. 보석과 미술품으로 돈을 빨아 치우기도 하지. 그런데 난 옷으로도 그런 짓을 할 거라는 생각이 드네?"

윤종건은 싸늘한 시선으로 수현을 바라볼 뿐이었다.

"상대적으로 소액이지만 꾸준히 돈을 빨아대기엔 이만한 곳도 없다 싶어. 이런 숍에서 파는 옷에 말도 안 되는 가격이 붙는 이유가 그거 말고 또 있을까? 아, 예술적 감성 운운하려면 걍 입 닥치시구요."

윤종건은 눈 한번 깜빡이지 않았다. 윤종건이 정말 옷이나 만들어 파는 디자이너였다면 방금 한 말에 어리둥절한 표정을 지었겠지. 자기 헛소리가 맞아들었다는 사실을 알게 된 수현이 표정을 감추려 저쪽 테이블로 걸어갔다.

"회원제라니, 옷 사 간 사람이 누군지 알겠네?"

"기록도 있죠."

"천만 원 넘는 옷을 현금 박치기하진 않았겠지, 카드 넘버도 남았겠네?"

수현이 천장에 달린 검고 둥근 CCTV를 가리켰다.

"얼굴도."

윤종건이 수현이 들춰놓은 원단 더미로 걸어왔다. 그의 구둣발 소리가 하이힐만큼이나 날카롭게 바닥을 두들겼다.

"아시겠지만요."

낯선 이의 손이 닿았던 원단을 하나하나 집은 윤종건이 그것들을 다시 바닥에 떨어뜨리며 수현에게 다가왔다. 그의 구둣발에 값진 원단이 마구 밟혔다.

"미묘한 문제예요."

천장에 달린 CCTV를 흘끔 보며, 수현은 다른 생각을 하는 중이었다. 영장 없이 드레스를 사 간 사람을 알아내려 했던 자신의 거짓말이 실제 맞아들었단 사실을 알게 된 수현은, 머리가 복잡했다. 저 디자이너 놈은 수현의 방문을 세탁소 주인에게 보고할 것이고, 그들은 명함과 CCTV를 통해 신원을 확인할 게 빤했다. 하지만 내일 걱정은 모레 하는 게 나았다. 자기를 향해 또각또각 걸어오는 윤종건에게, 수현이 달콤하게 협박했다.

"압수수색 영장 받아 여기 싹 뒤집으면 어떨까? 장부 가져가서 청담동 사모님들 거래 내역 싹 뽑아 보면 업계 평판이 어떻게 될까? 탈

세 혐의를 받는 유명 디자이너를 주제로 고발 프로그램 하나 찍게 움직여 볼까? 숍 망하는 데 사흘도 안 걸려요."

그때 뒤에서 문이 열렸다. 단정한 스커트 차림의 직원이 다급히 걸어와 윤종건에게 귓속말했다. 윤종건이 직원에게 명함을 돌려받고는 그걸 어머니의 유언장인 양 골똘히 쳐다보았다.

"저희도 루트가 있어서요."

"조회도 하고, 보고도 했겠지."

윤종건이 빙긋 웃었다. 그 미소를 본 수현은, 저 오뚝이를 조종하는 놈들도 꽤나 소름 끼치는 작자들일 거라는 생각을 했다.

"허가를 받았으니 달라는 걸 드리죠."

수현은 윤종건을 따라 매장 가장 안쪽에 자리한 원장실로 갔다. 금고는 거기 있었다. 익숙하게 다이얼을 돌린 윤종건이 서류 묶음 두 개를 꺼냈다.

"일 프로 애들이 돌아가며 저희 매장에 오죠."

"텐 말고?"

"상위 십 프로가 텐 프로고요. 대한민국 소득 상위 1퍼센트만 회원으로 받는 곳이 일 프롭니다."

허락이 안심을 불렀는지, 윤종건의 입은 바삐 놀았다. 일주일에 두어 명씩 일 프로 업소 여성들이 숍을 들러 터무니없는 액수가 붙은 옷을 사 간다고 윤종건은 설명했다.

"돈은 전부 조직에서 나와요. 조직은 아가씨에게 현금을 줘서 옷을 구매하게 시키죠. 7퍼센트는 제가 먹고요. 10퍼센트는 인건비 포함해 매장 운영비로 빠지구요."

"그 10퍼센트 중에 당신이 또 삥땅치는 게 있겠지. 그럼 남은 83퍼센트가 조직으로 돌아가는?"

윤종건이 말해 뭐하냐는 표정을 지었다.

"우리 숍에서 옷을 사 입은 애들이 다시 일 프로 매장에서 일하는 거죠. 돈세탁을 통해 깨끗해진 현금 전부가 조직 산하 물류상사의 물품 구매비나 잡비 명목으로 쪼개져서, 조직으로 흡수되구요."

그렇게 세탁된 5만 원권의 신사임당은 20년은 젊어보인다며 윤종건은 너스레를 떨었다.

"그렇게 사악한 놈들이 현금 추적을 막고, 비용처리를 해 자산을 안전빵으로 돌린다 이거지?"

"오래 묵은, 그러나 여전히 탁월한 유통구조죠."

수현의 얼굴에 짜증이 감돌았다. 검찰에 있을 때 알았으면 이 고구마 줄기를 오래도록 캐는 건데. 하지만 지금은 다른 걸 찾아야 했다.

"걔네들, 주로 모델이나 연예인 간판 달고, 부업하는 걸로 일 프로 뛸 텐데. 매장이 애들 관리하진 않을 거잖아. 누가 해?"

"대부분 덕일이에요."

시답지 않은 아이돌 그룹과 연기자 몇을 소유한 마이너 연예기획사 말인가. 포장은 그럴싸하지만, 물밑으론 부유층 아랫도리나 공략하는 너저분한 놈들.

"요즘도 아가씨를 어음으로 묶나?"

"요샌 세게 안 묶어요. 느슨하게 슬쩍."

마우스를 딸깍거리던 윤종건이 모니터를 가리켰다.

"작년에 두 벌, 보름 전에 한 벌 나갔네요. 저 붉은 원단으로 만든 옷은요."

수현이 판매장부와 거기 적힌 명세서를 휴대폰으로 찍었다. 윤종건은 팔짱을 낀 채 그 광경을 묵묵히 지켜만 보았다.

"서울중앙지방검찰청 반부패수사부 법무수사관 백태현이라 하셨죠? 저희 윗분들이 벌써 쑤시기 시작했을 겁니다."

역시 닳고 닳은 애들은 반질반질 윤이 나는 법이지. 수현은 그런 생각을 하며 마주 웃어주었다.

"명함이 사실인지 위조인지는 오늘내일 알겠지요."

윤종건이 천장 CCTV를 향해 고갯짓을 했다.

"알아낼 길은 많아요. 당신을 찾아갈 겁니다. 제 윗분들이요."

커다란 미소를 지은 수현이 보답의 의미로 CCTV를 향해 가운뎃손가락을 치켜올렸다.

7

윤종건의 숍을 나온 수현은 적당한 카페가 나타나기까지 몇 블록을 걸었다. 지금까지는 잘 풀린 셈이었다. USB를 잃어버린 수현은 여자를 찾아야 했고, 가진 정보라고는 그녀의 빼어난 미모와 잊을 수 없는 붉은 드레스뿐이었다. 호텔 CCTV로도 여자 얼굴은 확보할 수 있었다. 하지만 그녀가 어떤 사람인지 알아내려면, 역시나 그 독특한 드레스를 쫓는 게 상책이었다.

누가 USB를 가져갔을까. 주안이 결정적 증거를 쥐었다는 걸 알아낸 IOE였을까. 하지만 USB를 빼낸다 한들 제출이 며칠 미뤄질 뿐이었다. 어쩌면 반부패수사부 밥값을 하며 맺었던 악연 중 하나일지도 모른다. 하지만 어떤 범죄자가 USB를 훔치려 미인계까지 쓴단 말인가. 모퉁이 뒤에서 칼을 들고 기다리는 게 보통이었다.

수현은 휴대폰을 꺼내 아까 찍은 회원명부를 살펴보았다. 이걸 조작했을 리는 없다. 여자는 자기 명의의 카드를 썼을 것이다. 그래야 돈세탁이 될 테니. 신원조회를 하려면, 도움이 필요했다. 기분이 좋진 않았다. 하지만 할 수 없었다.

"어, 김 프로. 잘 지냈나?"

안부를 서로 건네며 최수현 변호사와 김훈정 검사는 서로를 살폈다. 위장된 잡담을 주고받으며, 수현은 자신이 김 검사를 얼마나 싫어하는지 다시금 깨달았다.

그건 김 검사 또한 마찬가지였다. 그들은 기질이 안 맞는 동료였고, 일하는 와중에 삐걱댔던 게 지금까지도 좋지 않게 작동했다.

하지만 급한 건 수현이었다.

"예전에 연예인 성 상납 사건 수사했잖아. 덕일 좀 아나?"

— 너저분한 놈들이죠. 간판만 연예기획사지 물밑에서 별짓 다 해요. 성 상납 전국 배달 체인망을 이룩하려는 건지, 열심이던데.

"덕일에 뒷돈 대는 조폭이나 뭐 좀 없어?"

— 그 정도 사이즈는 아니에요.

붉은 뱀 뒤에서 피리 불던 작자는 덕일과 관계없이 여자에게 직접 일을 맡긴 걸까. 수현은 그자가 붉은 옷을 입은 여인의 고객이었을지도 모른다고 생각했다. 침묵이 길어지자 김 검사가 물었다.

— 그쪽 관련해서 소송 들어왔어요? 주안 사이즈에 이런 사건 안 만질 텐데.

"아니. 누가 뭐 좀 물어보기에."

그런 뒤, 몇 달째 각을 잡아온 수사 기획이 뭉개졌다는 검사의 한탄과, 법무법인에서의 삶도 검찰 이상으로 피곤하다는 변호사의 앓는 소리가 조금의 진심도 없이 오갔다. 전화를 끊으며 수현은 고맙다는 말을 했다. 그건 반쯤 진심이었다. 어쨌든 김 검사의 설명은 도움이 되었다. 어쩌면, 우리 같이 일하지 않았다면 꽤 잘 지냈을지도 몰라. 수현은 그런 생각을 불쑥했다. 사람 관계라는 게 꺾였다가도 펴지는 거 아닌가.

8

수현은 길을 건너 스타벅스 매장으로 들어갔다. 카푸치노를 주문하려는데, 다시금 두통이 밀려들었다. 박카스에 대체 뭘 넣은 거지. 아스피린을 꺼내 씹으며 수현은 이를 득득 갈았다. 매장 벽시계 위에 가위처럼 벌어진 시침과 분침을 보며, 수현은 거기 자기 모가지가 걸려 있다고 생각했다. 그는 휴대폰을 꺼내 전화번호부를 뒤졌다. 신원 파악을 해주고도 생색내지 않을 사람은 하나뿐이었다.

— 아이고, 영감님. 어인 일로 전화를 다.

"영감은 무슨. 길거리에 나앉았다가 법무법인 기어들어 간 게 언젠데요."

— 퇴직한 지 반년이나 된 옛 상관이 무슨 꿍꿍이로 전화를 거셨을까요?

"사람들은 보통 이런 전화를 받으면 상대의 안부를 묻거나 인사를 건넵니다."

— 쥽디쥽은 법조계 바닥에서 안부야 멀리서도 들려오는데.

"우리 백 계장님 늘 한번 뵈어야지 하던 참이었는데요."

— 어이쿠, 모시던 은혜를 제가 어찌 잊었겠습니까.

"사고 치고 반부패수사부 발길질에 거리 나앉은 게 엊그제 같은데, 이거 참 눈물 나네요."

— 그러게 검사장님을 왜 들이받아서는.

"그래서요. 일말의 책임도 없다?"

— 왜 아니겠습니까. 검사장님 들이받으러 우리 최수현 검사님 알몸뚱이로 달려갔을 때 창과 방패를 쥐여드린 사람이 전데요.

그렇기에 수현이 호텔 방에서 적었던 명단 마지막까지 남았던 이름이 백태현이었다. 윤종건에게 주었던 명함을 떠올리며, 수현이 조심스레 말을 이었다.

"제가 백 수사관 이름을 팔았어요. 며칠 내로 저쪽 더듬이가 수사관님한테 갈 겁니다."

백 수사관은 10초가량 말이 없었다. 카운터에서 알바생이 목에 핏대를 세웠다. 카푸치노를 받은 수현이 자리로 돌아왔다.

— 우리 사이가 암만 소원해졌어도 불철주야 좆뺑이치는 검찰수사관을 어찌 이렇게.

"나, 이름 하나만 따줘요."

다음 침묵은 이전보다는 짧았다.

— 뭐, 치는 김에 더 치죠, 좆뺑이.

수현은 드레스 구매자와 명세서 내역을 불러주었다.

— 뭐가 생겨도 나는 아무것도 모르는 겁니다.

키보드 두드리는 소리가 났고, 수현은 말을 돌렸다.

"아직 김훈정 밑에 있죠? 걔 요새도 수사 기획 제대로 못 잡고 헤매던데?"

— 그냥 여기저기 코 들이밀기 바쁜 거죠. 물라는 붕어는 입질도 안 하고 베스만 올라오네.

"떡밥을 개념 차게 뿌려야지. 되는대로 줄줄 깔아서 되겠어요?"

마우스 클릭하는 소리는 예전에 그쳤고, 최수현은 뭔가 넘어가야 백 수사관이 붙든 신원조회 자료가 넘어올 거라는 사실을 깨달았다. 최수현은 윤종건의 숍 얘기를 들려주었다. 붉은 드레스와 관련된 부분은 조심스레 들어내고서.

— 그러니까, 그 청담동 숍이 조폭들 자금 세탁소라는 거죠?

"빙고."

— 어디 조직이래요?

"기다리면 알겠죠. 내가 그러라고 백 수사관 명함을 판 거잖아요."

씨발 퍽이나 그랬겠다,라는 대답은 나오지 않았다. 백 수사관의 둥글넓적한 코에도 내가 맡은 냄새가 비슷하게 올라온다는 의미겠지. 수현은 그렇게 파악했다.

"괜찮은 기획이잖아요. 그 정도로 자금 빨아 쓰는 놈들이면 건설이랑 돈놀이하는 큰 덩어리일 텐데."

— 기획으로 엮어라?

"김 검사가 무척 좋아할걸? 나한테서 들었다는 말은 굳이 안 해도 되고요."

톡톡, 생각에 잠긴 백 수사관이 손가락으로 책상 두들기는 소리가 가느다랗게 들렸다.

— 이렇게 큰 선물 주셨는데. 참치캔 세트라도 보내드려야 하나.

"조회 뜬 거나 빨리 읊어요."

— 여자예요? 이쁘장할 게 분명한데 마음을 뺏기셨나, 더한 걸 뺏기셨나.

낄낄거리던 백 수사관이 물었다.

— 지금 어디세요? 막 외근 나가려는 참인데.

"호텔 프리마 옆 스타벅스. 20분?"

— 한 잔 더 드세요. 35분요.

9

백 수사관은 시간을 정확히 지켰고, 그를 위해 수현이 시켜둔 모카라떼는 아직 뜨거웠다. 백 수사관은 잔은 쳐다보지도 않고 윤종건과 그의 숍에 대해 캐물었다.

"이것들 냄새 맡고 자리 털기 전에 작업해야 할 텐데요. 시간 빠듯하겠네."

백 수사관이 가슴 안주머니에서 봉투를 꺼냈다. 그는 테이블에 봉투를 놓았지만 손을 완전히 떼진 않았다. 얘기가 더 있지 않겠냐는 얼굴로 그는 수현을 들여다보았다.

"USB예요."

봉투 반대쪽을 집어 든 수현이 덧붙였다.

"중요한 게 담겼어요."

"잤어요?"

"약을 탔더라고."

"못 잤겠네?"

백 수사관이 낄낄거렸다.

"그래서 더 열 받으셨구나."

이러니 머리 검은 짐승 기르지 말란 건가 싶어 수현은 이를 득득 갈았다.

"거기 담긴 소송 관련 자료를 당장 제출해야 합니다. 안 그러면 해고될 거고."

백 수사관이 심드렁한 얼굴로 끄덕였다. 이미 그의 머릿속은 윤종건의 숍에서 건져 올릴 고구마 덩이로 그득했다.

"저한테 빚진 겁니다."

백 수사관이 냉큼 먼저 질렀다.

"뭔 소리예요? 들고 갈 데 여기저기 많은데 의리로 먼저 떠먹여주는 건데요."

수현이 일부러 발끈했지만, 백 수사관은 피식피식 웃기만 했다.

"누구 숟가락이 더 컸냐는 숍 털고 나서 계산하시죠."

백 수사관이 손가락을 떼었고, 최수현은 그제야 봉투 안에 담긴 서류를 꺼내 볼 수 있었다. 두 번 접힌 A4 용지에는 인적 사항이 프린트되어 있었다.

"통신사 통해서 긴급으로 알아봤어요. 대포폰 아니기에 다행이지, 거기서 삐끗했으면 못 알아냈을 거예요."

"더블체크했죠?"

"경찰청 생활안전과하고 방범계에서 확인해줬어요. 멀리 안 살던데. 걸어서 10분?"

벌떡 일어선 수현을 보며 백 수사관이 씩 웃었다.

10

조금 큰 차는 진입도 못 할 정도로 좁은 길 양옆으로 빌라 건물이 빼곡했다. 프리마 호텔 뒤로 이어지는 야트막한 고갯길이었다.

"저한테 원한 가질 사람이 누구 있을까요?"

수현의 질문에 백 수사관이 낄낄 웃었다.

"여자 문제로 한정시켜도 꽤 되죠. 건드린 여자가 어디 한둘이어야지. 변호사님이 걷어찬 여자 일렬종대 시키면 연병장 두 바퀴는 돌걸요?"

할 말을 잃은 수현이 고갯길을 헉헉대며 올랐다.

"검사 초임 때 감방 보낸 놈들, 슬슬 나올 때 안 되었어요?"

"깡패나 강도나 살인자가 내 USB 하나 쌔비자고 꽃뱀까지 동원해요?"

"우리가 넣은 놈 중 사기꾼도 꽤 되잖아요?"

그러나 수현이나 백 수사관 모두 이런 방식은 전문적인 범죄자의 소행이 아니라는 걸 알고 있었다. 언덕 내리막에 다다라 T자형 길의 오른쪽 끝에 붉은 벽돌로 지은 빌라가 보였다.

"정보원은 누구예요?"

"예전 나이트 삐끼 할 때 안면 튼 놈인데, 요새 오피스로 돈 번다더라고요. 빌라나 오피스텔에 여자 박아놓고 전화로 남자를 링크시켜주는 거죠. 출장마사지 하던 거는 지 마누라 주고 이것만 하는데, 쏠쏠하다던데요. 인적사항 보내주니 그 여자 관리하는 놈을 불더라고요."

백 수사관이 구해온 주소는 여자가 낮에 일한다는 오피스 주소였었다. 수현의 눈동자가 이리저리로 생각과 함께 굴렀다.

"관리한다는 놈부터, 삐끼 출신 사장 놈까지 이름 쭉 불러봐요. 비슷한 일 하는 놈들, 전부요."

이름 대여섯 개를 우물우물 외운 수현이 여자 얼굴을 떠올려보았다. 붉은 옷을 입은 여인. 24시간도 안 지났는데 벌써 몇 달 전 일 같았다.

"그럼 어젯밤 일은 알바였나?"

"모르죠. 그게 본업이고 오피스가 알바일지."

발걸음을 멈춘 백 수사관이 빌라 인근에 달린 방범 CCTV를 살폈다. 그러더니 카메라 각이 나오지 않을 정도로 빙 둘러 들어갔다. 수현이 백 수사관의 발자국을 밟았다.

인테리어를 새로 한 빌라 건물은 말끔했고 세제 향이 은은했다. 복도에는 CCTV가 없었다. 백 수사관을 따라 수현은 계단을 빠르게 올라갔다.

304호 문엔 아무 전단지도 붙어 있지 않았다. 복도 양쪽을 넘겨보던 백 수사관이 초인종을 눌렀다. 인기척이 느껴지자 백 수사관이 수현을 저 뒤로 부드럽게 밀었다. 누구인지 묻는 여자의 목소리가 무척 가깝고도 낯익게 들렸다. 여자는 현관문 외시경에 눈을 대고 있는 듯했다.

"그릇 주세요."

백 수사관이 눈을 끔뻑이며 말했다.

"드셨으면 내놓으셔야죠."

뭐라는 거야, 안에서 구시렁거리는 소리가 들리더니 문이 삐걱 열렸다. 백 수사관이 문을 와락 잡아챘다. 문고리를 잡고 있던 여자가 왈칵 문밖으로 쏟아지며 넘어졌다. 백 수사관이 여자의 팔을 잡아 일으키더니 믿기지 않을 정도로 빠르게 안으로 끌고 갔다. 따라 들어간 수현이 급히 문을 닫았다. 신발도 벗지 않고 안으로 들어간 백 수사관이 여기저기 재빨리 훑었다. 그러고는 여자가 비명을 지르기도 전에 다시 돌아와 바닥에 주저앉혔다. 여자의 두리번거리던 두 눈이 수현을 발견하고는, 차분해졌다.

"반가워. 이제야 만났네."

11

백 수사관은 그대로 몸을 돌려 밖으로 나섰다.

"10분 드릴게요."

찾아는 주었지만, 더 이상 알고 싶지 않다는 자세였다. 백 수사관이 수현의 양말을 보고 피식 웃었다. 그 와중에도 구두를 벗은 정신이 갸륵한 모양이었다.

방 두 개와 작은 베란다로 이뤄진 빌라는 가구가 적은 것 말고는 여느 집과 비슷했다. 베란다 앞에는 작은 커피 테이블과 의자 두 개가 놓여 있었고, 텔레비전에서는 쇼호스트가 가을 신상이 피팅된 마네킹을 가리키며 열을 올리는 중이었다. 열린 문으로 보드라운 상앗빛 침구와 알록달록한 쿠션이 놓인 침대가 보였다. 수현이 리모컨을 들어 텔레비전을 껐다.

"여기가 놀이터인가 봐?"

여인이 몸을 일으켜 커피 테이블 앞 의자에 앉았다. 그러고는 다리를 꼬았다. 검은 탱크탑을 입은 그녀는 착 달라붙는 반바지 차림이었다. 자도르의 흔적은 말끔히 사라지고 없었다. 마크 제이콥스마저도. 덕분에 그는 좀 더 사무적으로 그녀에게 접근할 수 있었다.

"그렇게 가버리면 어떡해?"

"그래서 이리 급히 왔어요? 어쩌나. 아직 오픈 안 했는데."

"잠에 빠져버려서 말이야. 어쩔까. 남은 진도 마저 빼야잖아?"

"아까 그 새끼가 10분이라던데. 그 안에 되겠어요?"

"어휴, 2분이면 넉넉하지."

수현과 백 수사관이 들이닥칠 때 바닥에 떨어졌던 휴대폰이 드르륵거렸다. 엎어진 탓에 발신자는 보이지 않았다.

"나 관리하는 오빠들이에요. 확인 안 해주면 5분 안에 떼로 들이닥칠걸요?"

여자가 턱을 삐딱하게 들고 팔짱을 꼈다. 수현은 바닥에서 부들거리는 휴대폰을 들고 부엌으로 갔다. 휴대폰을 개수대에 놓고는 여자를 바라보며 수도꼭지를 돌렸다. 물속에서 벌컥거리던 전화기가 잠잠해졌다.

"현금 들고 간 거는 저거 AS 비용으로 퉁 치자."

아랫입술을 깨문 여인에게 수현이 다가갔다.

"뭘 찾는지 알지?"

노려보기만 할 뿐 그녀는 입을 열지 않았다. 여자는 의뢰인으로부터 USB가 중요하다는 언질을 받았을 것이다. 수현은 핸드백을 볼 생각도 하지 않았다. 핸드백은 잡동사니로 채워져 있게 마련이니까. 중요한 물건을 거기 쑤셔 넣었을 리 없었다. 수현은 거실을 돌아보았다.

그래, 호기심이 발동했겠지. 수현은 그리 생각했다. 대체 무슨 내용이기에 약까지 먹여가며 빼내라고 시켰을까. 혹시 알아, USB 내용이 돈이 될지. 수현은 살펴보지 않은 다른 방으로 갔다. 어둑한 실내에 컴퓨터 팬 돌아가는 소리가 유난했다. 의자를 치우자 컴퓨터 본체에 꽂힌 USB가 보였다. 오, 유레카!

"대체 뭐가 든 거예요?"

문서마다 록이 걸려 있으니 못 본 게 당연했다. 물을 한 바가지 떠 본체에 부을까 하다가 양말에 물이 튈까 싶어 그만두었다.

"처음부터 알았어야 했는데. 누구도 그리 다방면에 박식할 순 없지. 야구에 증권에 경제에 세상 돌아가는 잡다한 사안까지."

여자는 오한이 드는지 팔짱 낀 두 손을 몸에 가까이 붙였다.

"자기가 삼박자를 다 갖추지 못했더라면 내가 알아차렸을 텐데."

"삼박자요?"

향과 목소리와 색깔이라는 대답을 길게 풀어줄 짬이, 수현에겐 없었다.

냉장고를 열자 유리병 잘강거리는 소리가 났다. 박카스병이 그득했다. 목을 비틀어 딴 박카스 병을 수현은 커피 테이블에 올려두었다. 그러고는 핸드백을 뒤집어 바닥에 쏟았다. 잡동사니 속에서 아이들 물약 먹일 때 쓰는 젖빛 튜브가 보였다.

"몇 방울 넣어?"

"많이 넣으면 안 돼요."

"나한텐 얼마나 넣었는데?"

"네 방울이요."

수현은 존경과 감사의 마음을 담아 여섯 방울을 박카스에 떨어뜨렸다. 문이 열렸고 노크 소리가 들렸다. 수현과 눈이 마주치자 백 수사관이 신호를 보냈다. 내민 박카스 병을 여자는 잡지 않았다.

"잘 듣고 판단해. 너 관리하는 실장이 가명 쓰는 거 알지? 그 새끼가 너한테 무슨 가명을 쓰는지 모르지만, 본명은 임무석이야. 사기 세 건에 윤락행위등방지법 위반 네 건. 갈취, 협박도 있어. 내가 걔를 어떻게 알았는지 궁금하지? 본명이 임무석인 너희 실장과 구멍가게 동업을 하던 박종민이라고 있어. 이 바닥에서 실장으로 장기 근속하다가 스스로 사장에 취임한 입지전적인 씹새끼지. 걔가 네 이름을 듣고 이 주소를 불러줬어. 네 이름은 어떻게 알았냐고? 네가 입던 붉은 드레스를 만든 윤종건이 말해줬지. 그런데 윤종건 이놈이 폭력조직 자금 세탁과 연관되어 있네?"

눈을 커다랗게 뜬 여자는 숨도 못 쉬는 것 같았다. 거짓 섞인 수현의 위협을 의심조차 못 하는 듯 싶었다.

"자, 이제 나는 여기와 연관된 모든 놈들에 대한 정보를 반부패수사부 후배 검사 놈에게 넘길 거야. 구멍가게든 세탁소든 주먹 사업소든 죄다 쑤셔보라고 할 거야. 그리고 이 고구마 줄기 끝에 네가 있다는 소문을 흘릴 거야. 서울중앙지검 반부패수사부가 날뛰는 이유가 너 차미연 때문이라고 말이지. 여러 사람이 너를 쫓겠지. 분명 며칠 못 가 젓갈이 되어 드럼통에 담길 테고 위패도 없이 서해 바다에 잠기겠지."

여자에게 몸을 기울인 수현은 샴푸 향기를 맡았다. 장막처럼 내려온 검은 머리칼을 손등으로 쓸어내리자, 여자가 감전된 것처럼 덜덜 떨었다. 그러더니 이름을 속삭였다.

수현이 알고 싶어 안달이 났던 그 이름을.

"그 새끼가 너한테 USB 훔치라고 시킨 놈이야? 확실해?"

여자가 짜증스레 고개를 끄덕였다. 그러고는 수현이 내민 박카스 병을 받았다.

"몇 달 숨어. 그리고 다른 일을 찾아, 남의 욕망의 소모품이 되면서 돈을 벌진 말아."

천천히 박카스를 마신 여자가 바닥으로 무너져 내렸다. 수현이 여자 옆으로 서너 알 남은 아스피린 곽을 툭 던졌다.

"뻥카 쓱쓱 섞어서 제대로 조지던데요?"

문을 닫으며 백 수사관이 낄낄거렸다.

"그런데 그건 왜 먹였어요?"

수현이 손끝으로 자기 머리를 톡톡 쳤다.

"받은 만큼 갚아줘야죠."

"제 빚도 잘 갚으세요."

수현이 묵묵히 고개를 끄덕였다. 백 수사관은 정산을 끝까지 하는 사람이었다. 언젠가 짐을 져야 하리라.

수현이 휴대폰을 들어 시간을 보았다. 12시가 넘어 있었다. 건물 밖 초여름 햇살이 따가웠다. 왼손에 USB를 꽉 쥔 수현이 오른손으로 전화번호 목록을 뒤졌다. 오토바이를 태워줄 퀵서비스 번호를 누르며 그가 말했다.

"슬슬 출근해야겠네요."

12

문을 벌컥 여는 걸로 수현은 전투가 임박했음을 알렸다. 법조 상담을 기다리던 의뢰인들과 깜짝 놀란 안내데스크를 지나, 수현은 2팀 사무실로 직진했다. 앉아 있던 예원이 벌떡 일어났다. 수현이 그녀에게 USB를 넘겼다.

한지훈의 사무실은 가장 안쪽에 있었다. 다행히 그가 혼자였기에, 들이닥친 수현은 아무 부담 없이 한지훈의 멱살을 틀어쥘 수 있었다. 그를 소파에 내동댕이친 수현이 쿠션을 들어 꽥꽥거리는 입을 틀어막았다. 두툼한 아랫배에 주먹을 두 번 내지르자 쿠션 밑 소리가 컥컥으로 바뀌었다. 수현이 속삭였다.

"나는 너희와 달리 어릴 때 막 자랐어. 형제는 없었지만 사촌들이 죄다 한 성깔 하는 날라리들이었어. 그 덕에 원 없이 놀았고 못된 짓도 더러 했지. 사촌 형제 몇몇은 소년원에 갔는데, 난 아니었어. 아버지가 돌아가신 게 컸지. 안 그랬더라면 오토바이에 미쳤던 나는 본드랑 가스를 불면서 곧장 내리막길을 탔을 거야. 근데 인생이 내 머리통을 몇 번 갈기더라고. 정신 차리라고 말이야. 그래서 나는 잡히는 놈이 아니라 잡는 분이 되었어. 야, 듣고 있냐?"

쿠션 아래에서 한지훈이 머리를 마구 끄덕였다.

"그래서 말이야. 난 범죄꾼들 머릿속에 좀 더 잘 들어가게 되었어."

수현이 쿠션을 치우자 한지훈이 콜록거리며 기침을 내뱉었다. 수현이 한지훈의 드레스셔츠를 움켜쥐어 일으키고는 소파로 다시 떠밀었다. 한지훈의 육중한 몸을 받아낸 소파가 뒤로 끼익 밀려났다.

"누가 날 구덩이에 던지고 싶어 할까…… 이름을 적어봤지. 지워나가다 보니 몇 남지 않았어. 게다가 예쁜 여자를 동원하는 방식이라니. 넌 리스트 저 밑에 있었어. 오전 내내 싸돌아다닌 뒤에야 네가 고용한 여자를 찾았지. 걔한테서 네 이름을 들으니 머리가 맑아지더라고. 그거 알아? 이 법무법인에 들어오고 난 뒤 가장 놀랐던 게 네 존재야. 어찌 저런 머저리가 팀장이 되었을까. 변론도 탁월하지 않고, 판례와 법조문에도 밝지 않고, 팀원들과 불협화음만 일으키는 똥덩어리가."

소파에 나자빠진 채 한지훈이 수현을 노려보았다.

"그건 네가 능력 있는 팀원을 미리미리 쳐냈기 때문이지. 공이 있으면 가로채고 과가 있으면 넘기는 식으로. 조작한 서류를 윗사람들에게 알랑대며 흔들고, 밑으로는 온갖 비열한 협잡질을 해왔던 거야. 그거 알아? 세상은 온갖 쥐들이 들끓는데, 각 층의 구멍마다 너

같은 작자들이 저마다의 더러운 왕관을 쓰고 있다는 거."

"증거 있나?"

쉰 목소리로 한지훈이 물었다. 수현이 그에게 몸을 기울였다.

"미연이가 알려주더군. 붉은 드레스가 잘 어울리는 기가 막힌 여인 말이야. 약물도 네가 구해줬다던데. 그 약통에 네 지문이 묻……."

"웃기네. 장갑 꼈는데 지문이 남……."

실수를 깨달은 한지훈이 입술을 깨물었다. 자신의 거짓말이 효과가 있을까 걱정하던 수현이 환하게 미소 지었다.

"그러고 보니 네 마누라가 압구정동에서 약국을 하잖아. 어디서 구했나 했는데."

"위계와 강압에 의한 증거는 채택될 여지가……."

"법정에 안 가져가. 네 마누라에게 가져갈 거야. 네가 차미연과 부적절한 관계를 맺었다는 증언을 내가 왜 확보 안 했겠나? 그 여자 대단해. 네가 쓴 콘돔도 갖고 있더라고."

수현의 거짓말에 한지훈의 얼굴이 시뻘겋게 달아올랐다.

"네 가정은 갈가리 찢기겠지. 법조계 지위도 박살 날 거야."

"거짓말."

"맞아. 일부는 거짓말이지. 하지만 어디까지 거짓일까? 너는 알아낼 길이 없지."

한지훈이 차미연에게 전화를 건다 해도 물 먹은 휴대폰에서는 공기 방울만 흘러나올 것이다. 수현은 한지훈이 무너지길 간절히 바라며 분노에 찬 시선으로 자기 팀장을 노려보았다. 블러핑을 섞은 카드는 그게 전부였기에, 수현은 속으로 초조했다.

그 순간, 왜 그 말을 했는지 수현 자신도 몰랐다.

"그 붉은 드레스가 아주 끝내줬지?"

그 말에, 한지훈이 무너졌다.

"씨발."

"설마 IOE에게 매수되어서 USB 빼돌리려던 건 아니지?"

한지훈이 펄쩍 뛰었다.

"그냥 너 엿 먹이려고 그런 거야."

수현이 한지훈의 아랫배에 한 방 더 먹였다. 쪼그라든 채 헐떡이는 한지훈을 보며 수현은 쓰디쓴 입맛을 느꼈다. 그냥 어리석고 멍청한 숨바꼭질을 밤늦도록 한 것만 같았다.

"사임해야 하나?"

돌아서 나가려는 수현에게 한지훈이 물었다. 그의 목소리가 가늘게 떨리고 있었다.

"그럴 필요 없어. 사이좋게 가자고. 좋은 직장 상사와 부하 관계로."

"내 멱살을 틀어쥐고 가겠다?"

"아니, 넌 내 목말이 되는 거야. 내 무게를 견딘 채 우뚝 서야 하지. 내 디딤돌이 되는 거다."

"웃기네. 사양한다."

수현이 어깨 너머로 미소를 지어 보였다.

"선택은 네 몫이야."

문을 닫고 나오자 예원이 미심쩍은 눈길로 수현을 바라보았다. 수현이 고개를 숙이자 땀으로 범벅된 드레스셔츠, 다시 구겨진 재킷, 무릎 튀어나온 바지가 보였다. 벽에 붙은 시계는 1시를 가리키고 있었다. 수현이 예원을 향해 물었다.

"내 예비 슈트는 잘 다려놓았겠지?"

제 2 장

남색 아반떼에 몸을 숨긴 수사관

1

믿음과 사랑과 소망 중에 그중 제일이 어찌 사랑입니까. 사랑이 아니에요. 믿음이 가장 중요한 거예요.

왜냐면, 우리는 사람을 믿지 말아야 하기 때문입니다. 우리가 사람을 믿어선 안 되기 때문에, 우리는 믿음이라는 요소를 아주 면밀히 따져봐야 하는 겁니다. 사람에게 뒤통수 맞지 않으려면, 반드시 그리해야 합니다.

한 번도 배반당하지 않았던 놈들이 허울 좋게 떠드는 게, 믿음이라는 겁니다. 우리는 믿음, 사랑, 소망 중 믿음을 가장 중요하게 따져 봐야 해요. 믿지 않기 위해, 믿음을 고려해야 하는 것이지요.

오오, 믿음이 중요하지 않다는 개자식은 지옥불 한가운데서 까맣게 탈지니.

세상에, 믿을 놈 하나 없어요.

2

한낮 기온은 아직 높았고, 연식이 꽤 된 아반떼 에어컨은 시원치 않았다. 하, 이놈도 20만 넘게 달렸군. 뽑은 지 7년도 안 됐는데. 살짝 창문을 내리니 후끈한 기운이 훅 밀어닥쳤다. 백 수사관이 창문을 도로 닫았다.

숍 내부는 흰색 커튼으로 가려져 있었다. 바닥까지 흘러내린 커튼 주름은 몇 시간째 요동이 없었다. 뒷문을 찾으려 골목으로 들어가볼까 싶었지만, 건물 테두리에 빼곡히 설치된 CCTV가 신경 쓰여 그만두었다. 부드러운 질감의 붉은색 간판 위에 '이끌'이라는 검은 글씨가 크고 멋지게 적혀 있었다. 그리고 그 아래에 '디자이너 윤종건'이라고 적힌 작은 글씨가 금빛으로 반짝였다.

건너편 도로에 순찰차가 진입했다. 좌회전 깜빡이를 켜고 차선을 가로지르는 모양새가 이리 붙으려는 것 같았다. 백 수사관이 창문을 닫고 기어를 바꾸었다. 신분증을 제시하긴 싫었다. 저쪽 더듬이가 뻗어올 겁니다. 수현의 말을 떠올리며, 백 수사관은 얼굴을 구겼다.

서행하던 백 수사관의 남색 아반떼가 우회전을 했다. 주차된 순찰차의 문이 열리는 걸 본 백 수사관이 가속페달을 밟아 그대로 직진하며 도로 건너편 숍을 힐끗 보았다. 역시나. 지금껏 꼼짝 안 하던 커튼 주름이 흔들리는 게 보였다.

백 수사관은 좌회전 신호를 받으려던 생각을 바꾸고 사거리를 건넜다. 지나가며 보니 순찰차는 그 자리에 그대로 정차해 있었다.

커튼이 움직인 건 확실했다. 오후가 되도록 내내 닫혀 있던 숍이었다. 백 수사관은 순찰차가 아무 이유 없이 움직였다고 생각지 않았다. 숍에서 신고한 거야. 그때 벨이 울렸

다. 구성진 멜로디였다. 휴대폰 화면을 볼 필요도 없었다.

"백태현입니다."

— 뭐 좀 나왔어요?

묻긴 하지만, 별반 기대하지 않는 목소리였다.

"숍이 닫혀 있습니다."

— 노는 날인가?

"평일 오후에요? 아니겠죠."

김훈정 검사의 욕지거리 주절거리는 소리가 웅얼웅얼 들려왔다. 딱히 모욕하려는 뜻은 아니었다. 파견 나간 수사관이 건진 게 없다는 보고를 듣고 담당 검사 입장에서 핀잔을 주는 정도였다.

— 그래서 지금 뻗치기 중이다?

"전화 돌려가며 다른 사안들도 알아보는 중입니다."

제대로 된 수사관이라면 사진이나 영상기록은 차후로 여기는 법이다. 눈으로 타깃을 직접 확인하는 것, 수사는 거기서부터 시작된다. 그게 백 수사관이 지닌 몇 안 되는 믿음 중 하나였다.

하지만 검사 따위가 금빛으로 번쩍이는 수사의 원칙을 알 리가 없지.

— 손 딸려 죽겠으니 작작 하고 들어와요.

전화가 뚝 끊겼다. 백 수사관이 깊은 한숨을 쉬었다. 기획수사 명목으로 파헤친 땅마다 돌덩이가 나오니 김 검사 속도 오죽하겠냐만, 야박한 말로 멍드는 아랫것들 속은 누가 알아주나.

최수현 변호사가 백 수사관의 명함을 내밀며 윤종건을 닦달한 게 어제였다. 수소문해보니, 윤종건의 숍 〈이끌〉은 그 이후로 쭉 닫혀 있던 것 같았다. 수현은 누군가 〈이끌〉을 탈세처로 이용하고 있다고, 이런 업체를 여러 개 지녔을 법한 놈들이 저 앙증맞은 세탁소를 운영할 거라고 일러줬었다. 백 수사관은 좀체 뭘 믿는 법이 없었지만 그럼에도 수현의 짐작은 타당하다 생각했다.

김훈정 검사는 백 수사관이 〈이끌〉에 코 들이미는 상황을 시간 낭비라 여겼다. 백 수사관은 〈이끌〉에 대한 정보가 최수현에게서 나왔다는 사실을 담당 검사인 김훈정에게 말하지 못했다. 그는 비밀정보원으로부터 〈이끌〉에 대한 구린 소문을 들었다고 둘러댔다. 차미연의 개인정보를 수현에게 함부로 건넨 것도 께름칙했지만, 김 검사는 최수현이라는 이름만 들어도 고개를 홱 돌릴 게 분명했다. 개와 원숭이 사이가 나쁘다지만, 최 변과 김 검사 사이만 하랴.

신호가 바뀌고 멈췄던 차들이 앞으로 나아가기 시작하자, 백 수사관은 불쑥 돌아가야겠다고 생각했다. 막히면 뚫어도 되지만, 돌아가는 수도 있었다. 생각에 잠긴 백 수사관이 손가락으로 핸들을 툭툭 두들겼다.

가만있어봐라. 주안 사무실이 여기서 얼마나 멀지.

"시리야. 최수현 변호사, 전화해."

3

문을 열고 가게를 휘 둘러보는 수현의 짜증 그득한 얼굴을 보며 백 수사관은 씽긋 웃었다. 그래도 도리상 몸은 일으켜야지 싶어 백 수사관은 엉거주춤 일어섰다. 점원들의 우렁찬 인사에 건성으로 까딱거린 수현이 이리 걸어오더니, 손에 들린 검은 몽블랑 서류 가방 둘 자리를 이리저리 살폈다.

"우리 깔끔쟁이 영감님, 여전히 뭐 튀고 묻는 거 싫어하시네. 사람이 어째 변하는 게 없어."

고기를 다 자르고 돌아서는 점원을 수현이 붙잡았다.

"이거 좀 보관해주지?"

"의자 열고 넣으시면 됩니다."

자는 아기 눕히듯 검은 몽블랑 서류 가방을 고이 누인 수현이 뚜껑을 닫고 그 위에 털썩 앉았다. 산이라면 동네 언덕도 진저리치는 분께서 몽블랑은 무슨. 백 수사관의 입꼬리가 씰룩였다.

“하아, 오늘 일진 완전 구겨지네.”

“한잔 받으실래요?”

백 수사관이 넉살 좋게 웃으며 소주병을 들어 올렸다. 그걸 힐끔 본 수현이 고개를 도로 돌렸다.

“낮 두 시에 고깃집, 거기에 낮술.”

“여기는 직원들이 직접 굽고 잘라주거든요.”

“돼지고기라.”

“초벌은 직화구이로 해줘요.”

“돼지고기라니.”

찡그릴 뿐 수현은 젓가락 들 시늉도 하지 않았다.

“어차피 변호사님이신데. 낮에 한잔한들, 누가 뭐랍니까.”

“법인 소속이면 월급쟁이에 사무원 주제지, 변호사야 간판이고.”

“봄철에 임금 투쟁할 자격 안 되면, 샐러리맨 아니죠. BMW 리스에 주택 보조금에 연봉을 그렇게나 많이 받는 월급쟁이가 어딨어요.”

백 수사관이 손바닥을 내밀어 권하는 시늉을 해보지만, 수현은 꼼짝하지 않았다. 소주병을 내려놓은 백 수사관이 빙긋 웃으며 자기 잔을 입에 털어 넣었다.

“우리 경애하는 김훈정 검사께서 자기 부하 이러고 다니는 거, 알아요?”

“아 또 왜요. 술맛 떨어지게.”

“나 지금 대한민국 국민으로서 항의하는 거예요. 검찰수사관이 근무시간에 민간인 불러 앉혀서 술 먹는 게 말이 돼?"

"민원 넣을 거예요?"

"부적 내민다고 무식한 귀신이 알아먹겠습니까."

젓가락을 집어 들며 수현이 푸념했다.

"한지훈 변호사한테 머리채 뜯겼다면서요?"

집었던 젓가락을 알루미늄 식탁에 탁 소리 나게 내려놓으며 수현이 얼굴을 구겼다.

"아, 어떤 개새끼가 그래요?"

"서초동만이 아니라, 우면산 너머 과천까지 파다하던데요."

백 수사관이 주안의 법정 싸움을 추적했던 건 아니었다. 그러나 소문은 찬 기운처럼 스멀스멀 퍼지게 마련이다. 한지훈과 최수현 사이가 그럭저럭 괜찮아졌더라는 얘기는, 사건이 패소 위기에 처하며 싹 사라지고 말았다.

"망치질만 남은 거였는데."

이제 망치질 받으면 되겠네. 요거 제출하면 망치 소리 깔끔하게 떨어지겠네. 결정적 상황에 맞닥뜨렸을 때 최수현이 으레 하는 말이었다. 하지만 판사는 다른 의미로 망치질을 해댔고, 그로 인해 법무법인 주안의 손해는 막대해진 모양이었다.

"다 끝날 즈음에 저쪽에서 반대 증거랍시고 뭘 내더라고."

"그래서 재판이 어디까지 흘러나갔다는 거예요?"

"손 닿지 않을 저 멀리까지."

백 수사관이 들은 소문으로는, 특허 관련된 소송이 기술 유출 사건과 접점을 일으키며 배임과 범죄 교사로 연결되었다고 했다. USB를 들고 가며 최 변호사는 승소를 장담했었는데, 재판 과정에서 엄청나게 뒤집힌 모양이었다. 그래서 한지훈이가 죽네 사네 하며 최변 머리채를 잡았다는 소문이 돌았던 거로군.

"심각해요?"

"사임계 제출은 이미 했고, 회사에서 우리가 앉은 전기의자의 스위치 누를 예정."

"소문이 사실이었나 보네요."

"뭔 소문이에요?"

"법원 주차장까지 기어 나오다시피 한 한지훈 변호사가 손에 쥔 서류를 찢어발기며 악을 써댔고, 최수현 변호사는 다음 날 짝짝이 구두를 신고 출근했다던데요."

"그걸 믿어요?"

믿음이라.

젓가락으로 목살을 집으려던 백 수사관이 젓가락을 내려놓고 자신의 잔 가장자리를 닦아 내밀었다. 멍하니 바라보던 수현이 잔을 받아들었다. 백 수사관이 공손히 잔을 채웠다.

"세 가지 아름다운 소리가 있어요."

"선비 글 읽는 소리, 술잔 채우는 소리, 동지선달 여인네 옷 벗는 소리."

"소리라는 여자애를 알았는데. 꽤 오래 사귀었죠."

"이름 참 공허하네. 아련히 사라질 것 같잖아."

"어떤 소리는 되돌아와요."

"그럼 소리가 아니라, 메아리라 이름 붙여야지."

겨우 이따위 시시한 술자리에서나 돌아오는 소리라면 말이야. 두어 마디 덧붙이던 수현이 다른 빈 잔을 가져다가 겹쳤다. 맥주 두 병을 더 시킨 백 수사관이 술을 말았다.

"떡 사 먹을 돈이 없어 날 부른 건 아닐 테고."

"저라고 왜 옛 인연이 안 그립겠습니까."

"그래서 돼지고기?"

"변호사 되셨으니 좀 서민적 풍모를 풍기셔야죠. 요새는 일부러 서민 코스프레도 하더만."

백 수사관이 건넨 소맥을 단숨에 들이킨 수현이, 젓가락으로 쌈장을 콕 집어 입에 넣었다. 중학생 때 덜 익힌 목살을 먹고 사흘 내내 구토와 설사를 겪었던 수현은 이후로 돼지고기는 쳐다도 보지 않았다. 백 수사관이 도로 잔을 가져오려는데, 수현이 병을 뺏어 들고는 물냉면을 시켰다. 직접 술을 말기 시작하다니, 좋지 않은 신혼데. 백 수사관은 묘한 섬뜩함을 느꼈다.

"윤종건이, 가봤어요?"

"아까 낮에요."

"영업하고 있죠?"

"커튼 내리고 싹 닫았던데요."

"그럼 그거 큰 거다."

검사로서의 촉은 아직 죽지 않은 모양이었다.

"영업하고 있으면 자잘한 건데, 물 아래로 들어갔다면 덩어리가 꽤 크다는 얘기잖아요."

"글쵸."

갸웃거리며 입맛까지 다시는 게 아직 검사 물이 덜 빠진 모양이었다.

"윤종건이 간판이라면, 대가리는 따로 있을 건데요."

"로이스 문을 통해 윤종건에 대해 들었어요. 옷 만드는 솜씨는 지녔다던데."

로이스 문, 김만호라면 상위권 신용등급이었다. 백 수사관은 잠자코 기다렸다. 소주와 섞인 맥주가 서서히 거품을 잃어갔다. 버티던 수현이 슬슬 이야기를 풀어냈고, 백 수사관의 눈이 휘둥그레졌다. 이야, 변호사 업계도 살벌하구나. 동료 엿 먹이려고 미인계 써서 증거를 빼돌려?

"그래서 몇 대 패고 말았어요?"

"같은 배를 타는 식으로 머리를 썼는데, 풍랑이 예사롭지 않네."

쪽배가 망망대해로 흘러가면, 한지훈과 최수현은 상대방 살을 씹으려 들게 분명했다.

"그럼 그 붉은 드레스는……."

"한지훈에게 고용된 가련한 여성이지요. 물론, 그런 여자들에게 그런 옷을 입히면서 탈세 창구로 이용하는 인간들이 더 큰 문제겠지만."

"그자가 윤종건의 대가리다?"

덕일은 아닐 게 분명했다. 덕일은 그쪽 반경에서 움직이는 유형이 아니니까.

"저랑 같이 좀 가요."

물냉면을 잔뜩 집어 입에 넣으려던 수현이 눈을 치켜떴다.

"나는 왜?"

"제 이름 팔았으니 지분 넣으셨고. 그 동네 돌아가는 건 저보다 빠삭하시니까."

수현이 젓가락을 툭 놓았다.

"그 동네라니, 무슨……."

"유흥업은 해박하시잖아요."

"그거야……."

"수사 자문해주신다 치고."

냉면을 후르륵 빨아들인 수현이 신경질적으로 얼굴을 씰룩거렸다. 명함 판 값을 이렇게 치르는구나. 수현이 벌떡 일어나 계산서를 집어 들고 카운터로 향했다.

"망할 놈의 계산, 얼른 치러버리자고요."

4

간만에 BMW의 포근한 승차감을 느끼고 싶었기에, 백 수사관은 자신의 남색 아반떼가 노출되었다는 얘기를 들려주었다. 수현은 짧은 한숨만 내쉴 뿐이었다. 뒷자리에 백 수사관과 나란히 앉은 수현은 심기가 불편한지, 대리기사가 운전을 시작한 뒤에도 여전히 구시렁거렸다.

"아까 그거 이항복 대감 고사야."

"뭐가요?"

"세 가지 소리가 있다면서요. 오성과 한음이 주고받은 대화라고요. 그 양반이 우리 외가쪽 조상이거든. 덕형 말고 항복."

"항복은 뉘앙스 자체가 별로예요."

백 수사관은 누군가의 바짓가랑이 밑을 지나가느니, 애당초 싸우지 않는 걸 택하는 편이었다.

"검찰수사관이라는 게, 옛날로 치면 포졸이야. 그치?"

하필이면 대는 게 검은 벙거지에 육모 방망이 들었던 조상인가 싶어, 백 수사관은 수현을 야속한 눈초리로 돌아보았다.

"의금부 무사는 어때요? 제가 지닌 품격으로는 그게 딱인데."

"걔네야 역모 같은 큰 건을 잡았지."

"그럼 그야말로 우리 검찰수사관들이네요. 온갖 비리 때려잡는 현대판 의금부 무사들."

"의금부는 아니고. 포졸 십장 정도 되려나."

"거, 돈 드는 것도 아닌데, 깐깐하시네요."

"그럼 조선총독부 순사 정도로 정리합시다."

누굴 원망하랴 싶은 심경으로 백 수사관은 뒷머리를 가죽시트에 대고 휴대폰을 매만졌다. 수현이 무료한 표정으로 백 수사관의 폰을 넘겨다 보았다.

"뭘 하는데요?"

"시간 남아서 업데이트합니다."

전화번호가 등록된 사람들 목록을 쓱쓱 넘기며, 백 수사관이 몇몇의 전화벨을 다르게 지정했다.

"이렇게 해두면 꼴 보기 싫은 인간이 거는 전화는 벨소리부터 구분할 수 있어요."

"뭘로 해둬요? 소리를?"

"닐리리야요."

"닐리리야. 닐리리이야. 닐리리, 닐리리 뇌가 돌아간다."

백 수사관은 수현의 시선에 담긴 질문을 읽었지만, 대답하진 않았다. 자기 번호도 닐리리야에 들어가 있는지 묻고 싶겠지. 백 수사관이 휴대폰을 닫았다.

일행이 올 테니 저쪽 길가에 세워달라는 요구에 대리기사는 고개를 끄덕였다. 아까 백 수사관의 남색 아반떼가 섰던 그 자리였다.

"그놈의 계산, 참으로 되다."

이제 겨우 시작인데, 되긴 무슨. 속으로 생각하며 백 수사관은 커다란 미소를 지었다. 우선은 수현에게 지침을 줘야 했다.

"무슨 수를 써서라도 숍 안으로 들어가세요."

"내가 캡틴 아메리카도 아닌데 대체 저길 무슨 수로 들어갑니까."

"드레스 입은 여자를 찾는다고 말해봐요."

백 수사관이 확인하고픈 건 숍의 반응이었다. 한낮에는 아반떼가

서 있다가, 오후에는 BMW가 왔다. 그럼 순찰차가 다시 올까? 예전에 검찰수사관이라며 숍을 들쑤셨던 놈이 다시 문 앞을 기웃거리면, 저쪽은 어떻게 움직일까.

"못 해."

차 문고리를 잡은 최수현이 고개를 내저었다. 백 수사관이 짐작했다는 듯 고개를 끄덕였다.

"그래요. 그럼 변호사협회에서 봬요."

"거긴 왜요?"

"검찰수사관 사칭에, 주거 침입죄에, 협박에 갈취에."

"갈취는 아니야."

"나머진 맞는단 소리네. 그래 봤자 변호사 자격 2, 3년 정지겠죠, 뭐 더 있겠어요?"

분하다는 표정을 지었지만, 수현은 군소리를 내진 않았다. 셈을 치러야 끝이 난다는 걸 그는 잘 알았다.

백 수사관이 고개를 끄덕이자, 수현이 10여 미터 올라가더니 횡단보도를 건너 윤종건의 숍 〈이끌〉로 갔다.

그때, 닐리리야가 울렸다.

— 아직도 뺑치기 중은 아니겠죠?

"네, 아직 거깁니다."

몇 마디 욕설이 나지막하게 흘러나오더니, 뜻밖의 말이 튀어나와 백 수사관을 뒤집어놨다.

— 근방 지나는 길이니, 길 건너쯤에서 봐요.

눈이 튀어나오도록 놀란 백 수사관이 주절주절 말을 늘어놨지만, 전화는 이미 끊겨 있었다. 길 건너편에서는 수현이 〈이끌〉의 문을 쾅쾅 두들기는 중이었다. 백 수사관은 뒷목이 뻐근해지는 걸 느꼈다.

차 문을 서둘러 열고 나가는 백 수사관의 머릿속이 여러 생각으로 복잡했다. 일단 김훈정 검사와 최수현 변호사가 만나선 안 되었다. 그 둘이 청담동 길거리 한복판에서 만나면 거대한 폭발과 함께 버섯구름이 일어날 테고, 검은 벙거지를 쓴 육모 방망이의 후예는 흔적도 없이 사라지고 말 것이다. 만져보겠다는 기획이, 최수현이 친 사고 땜질이라는 거예요? 옛 상관 엉덩이를 닦아주시겠다? 김 검사가 펄펄 뛸 상상을 하자, 백 수사관의 머릿속이 공포로 하얘졌다.

백 수사관은 다급해졌다. 건너편 〈이끌〉의 열린 문에서 놀라운 일이 벌어지고 있었다. 문을 열고 나온 누군가가 수현과 말을 주고받고 있었다. 커프스단추로 소매를 채우는 값비싼 드레스셔츠 차림에 나이가 오십 정도 되어 보이는 깡마른 사내였다. 윤종건이 저놈인가? 백 수사관이 수현과 낯 모르는 사내 사이로 끼어들었다.

"아니, 우리, 아니 저기 잠깐 가야…… 지금 가야……."

"백태현 수사관과는 방금 인사를 나누었고…… 실례지만 성함이?"

값비싼 드레스셔츠 차림의 깡마른 사내가 백 수사관을 향해 귀 기울이는 시늉을 했다. 그때 수현이 꽥 소리를 질렀다.

"윤종건이 어디 있어!"

그럼 이 빼쩍 마른 사내는 누구지? 순간, 기척을 느낀 백 수사관이 고개를 홱 돌렸다. 등짝이 산만 한 덩치 둘이 모퉁이를 돌아 그들 뒤로 바짝 붙었다.

"윤종건은…… 그에 대해선 좀 차분한 상태에서 천천히 말씀드리고 싶군요."

드레스셔츠가 한 걸음 물러서서 숍 안을 가리켰다. 덩치들이 두 사람의 등에 손을 얹었다.

"뭘 하려는 거야?"

수현이 묻자, 비쩍 마른 사내가 고개를 갸웃거렸다.

"뭘 하겠습니까. 그냥……."

사내가 씽긋 웃었다.

"대화죠."

5

밖에서 보던 것과 달리 흰색 커튼은 빛을 제대로 가리지 못했다. 그들은 뿌연 어둠을 먹먹히 가로질렀다. 드레스셔츠는 원장실로 수현과 백 수사관을 이끌었다. 책상 위에 스케치 몇 장과 미술용 연필이 흩어져 있었다. 덩치들이 의자를 가져다주었고, 백 수사관과 수현은 거기 앉았다. 드레스셔츠가 모니터를 보며 마우스를 틱틱 클릭했다. 그러다가 툭 내뱉었다.

"사진이랑 꽤 다르시네요."

인쇄기 드륵거리는 소리가 그치자, 뒤에 섰던 덩치 중 하나가 종이를 가져다주었다. 확대 출력한 폐쇄회로 화면에는 가운뎃손가락을 치켜든 수현이 찍혀 있었다. 어휴, 우리 변호사님 패기롭기도 하지. 백 수사관이 입 떼려는 찰나, 수현이 치고 나갔다.

"니들 지금 검찰수사관을 겁박하는 거야?"

역할에 과몰입된 건가. 아님, 여기까지 온 이상 껍데기를 단단히 쓰려는 걸까. 백 수사관은 수현이 벌이는 짓이 이해되질 않았다. 드레스셔츠 차림의 깡마른 남자가, 할머니가 찬 페널티킥만큼이나 느리게 말했다.

"백태현 수사관, 그저 대화를 하자는 겁니다. 며칠 전 여길 방문하셨죠."

"수사 소스 좀 얻으려 했지."

얼씨구.

"협조를 얻었다 그 말이죠? 씹을 만한 게 좀 나왔습니까?"

"수사 중인 사항이라 밝히긴 어렵지……."

드레스셔츠를 입은 사내가 몸을 뒤로 조금 기댔다.

"그런데 협조 잘 받으셔 놓고 왜 숍 근방을 오가시나요. 다른 용무가 있으신가요?"

"추가로 뭐 좀 물어볼까 했는데."

"윤종건에게요?"

"뭐, 다른 누구라도."

우리 변호사님은 변협에 출두하지 않으려 저리 애를 쓰나, 아님 오랜만에 하는 수사놀이에 넋이 빠지셨나. 백 수사관은 그런 생각을 하며 언제 끼어들까를 고민했다.

"그런데 검찰수사관 치곤 옷을 참 잘 입으시네요."

바짝 세운 백 수사관의 등줄기로 땀이 솟구쳤다.

그때, 늴리리야가 울렸다. 그 푸짐한 구성짐에 덩치들이 피식 헛웃음을 흘렸다. 얼굴이 빨게진 백 수사관이 벌떡 일어서 나가다가 덩치 하나와 바짝 마주 섰다. 코가 거의 닿을 지경이 되자, 둘의 눈동자가 코를 향해 쓰윽 몰렸다.

"꺼져, 전화 받게."

덩치의 명치를 손끝으로 밀어낸 백 수사관이 드레스셔츠 입은 깡마른 사내를 돌아보았다.

"애들 좀 치우지. 저거 하고."

백 수사관은 손가락으로 보안용 카메라를 가리켰다. 드레스셔츠가 모니터를 백 수사관쪽으로 돌렸다.

"녹화 안 하고 있습니다."

건물 외벽에 설치된 CCTV 화면이 여러 개 떠 있었는데, 녹화는 하지 않고 있었다. 그리고 저쪽 구석 칸에, 폰을 귀에 댄 여자가 보였다. 망할 늴리리야가 다시 울리기 시작했다. 안쪽 통로로 걸어가며 한껏 목소리를 낮춘 백 수사관이 휴대폰 액정을 엄지로 밀었다.

— 왜 없어요?

"이동했습니다."

— 어디로?

"그게, 저……."

— 여기 닫혔네. 숍 정문으로 와요.

끊긴 휴대폰을 멍하니 바라보던 백 수사관이 자기를 따라온 덩치를 지나 원장실로 돌아왔다. 드레스셔츠 입은 사내가 일어서 책상에 몸을 기댔다. 뭐가 그리 좋은지, 그가 헤벌쭉거리며 맞댄 손바닥을 싹싹 소리 나게 비볐다.

"백태현 수사관님은 김훈정 검사 밑에 계시던데."

드레스셔츠가 수현을 향해 몸을 기울였다.

"나무위키에 그리 나와 있나."

"내가 알던 분이더라고요. 기력 소모 맙시다. 서로 바쁜데. 난 사업 얘길 하러 왔어요."

"사업 얘기 전에 자기소개부터 하셔야지."

"믿음부터 가져야 동업이 될 테죠? 헌데 제가 누군지 밝히기가 어렵네요."

믿음이라니 무슨 개소리인가 싶어 백 수사관은 드레스셔츠를 돌아보았다. 가짜 백 수사관인 수현에게 시선을 둔 채, 드레스셔츠가 자기소개를 했다.

"저희끼리는 저를 '변호사'라 부릅니다. 두 분도 그리 부르시죠."

수현의 눈꼬리가 희미하게 비틀렸다. 웃는 건지 성질이 뻗친 건지, 애매한 변화였다. 그나저나 밖에서 서성이는 김 검에게 가야 할 텐데. 모니터를 힐끔거렸지만, 김 검사가 있어야 할 현관 화면에는 실내등의 허연 빛만 번지고 있었다.

“저는 그저 제안을 드리려는 겁니다. 서로가 손잡기 좋아 보여서 말예요.”

백 수사관과 수현 사이를 오가긴 했지만, 사내의 시선은 주로 수현에게, 그가 생각하는 백 수사관에게 놓여 있었다.

“들어보고.”

드레스셔츠를 입은 사내가 씽긋 웃은 뒤 품에서 뭔가 꺼냈다. 인화한 사진이었다.

“우린 백 수사관께서 누군가를 붙들어주길 원합니다. 기획수사로요. 물론 위에 계신 검사님을 설득하셔야겠지. 범행 증거는 제공하겠습니다.”

청탁수사라니, 징계감이었다.

“이 새끼야. 우리가 너희 개인 줄 알아?”

진짜 백 수사관이 자신도 모르게 험악한 말을 내뱉었다. 그럼에도 깡마른 사내의 미소는 흔들리지 않았다.

“서로 돕자는 거지요. 탁월한 기획수사가 될 건데요.”

대한민국 검찰이 누구 사주를 받아 털고 자시고 할 조직이냐며 버럭 소리를 지르려던 백 수사관은 드레스셔츠가 뒤집어 보여준 사진을 확인하곤 입을 다물었다. 누그러진 백 수사관을 보며 드레스셔츠가 조용히 미소 지었다.

그 미소가 맘에 안 든다고 백 수사관은 생각했다. 자기 머릿속을 환히 들여다보고 있다는 느낌이, 무척이나 싫었다.

드레스셔츠 입은 사내가 고개를 돌리자, 벽에 몸을 기대고 있던 덩치 중 하나가 다크초콜릿 덩이 같은 휴대폰을 소시지 같은 손가락으로 콕콕 찍었다. 그놈은 다른 손에 쥔 명함을 보며, 전화를 걸고 있었다. 아차 싶은 생각이 든 백 수사관이 휴대폰을 잡아 뺐지만, 때는 이미 늦었다. 백 수사관의 엉덩이에서 맑은 실로폰 소리가 나자, 수현이 한숨을 폭 쉬었다.

"제가 엉뚱한 분을 백 수사관으로 알았군요."

드레스셔츠의 말투는 싸늘했다. 백 수사관과 수현 누구도 대꾸하지 않았다.

"이번엔 좀 제대로 된 명함을 받고 싶은데요."

수현이 재킷 안에서 명함 케이스를 열어 자기 명함을 건넸다. 드레스셔츠를 입은 사내가 받으려는 찰나, 백 수사관이 손을 뻗어 낚아챘다.

"채널이 두 개일 필요가 있나. 나랑만 통하면 되지."

백 수사관이 수현을 쳐다보지도 않고 말을 이었다.

"의리 때문이 아니야. 고속도로에 세발자전거 다녀서야 되겠나 싶어 그러지."

분한 마음에 얼굴이 빨개진 수현을, 드레스셔츠를 입은 사내가 슬쩍 보았다. 백 수사관이 밀어붙였다.

"사업하자며? 대가리 많으면 사업 떠내려가. 어쩔 거야? 나하고만 가. 저분은 냅두고."

백 수사관이 수현의 명함을 구겨 자기 주머니에 넣었다. 수현이 명함 케이스를 탁 닫았다. 이제 좀 제대로 된 플로우를 타려나 싶던 백 수사관의 뒤통수를 수현이 갈겼다.

“난 최수현 변호사고, 여기 백 수사관은 예전 내 검찰 동료였어요.”

놀란 백 수사관이 계속 쳐다보는데도, 수현은 입을 닥치지 않았다.

“전엔 반부패수사부 검사였고, 지금은 법무법인 주안의 파트너 변호삽니다.”

“왜, 키랑 몸무게도 얘기해주지 그래요.”

“백칠십팔에 칠십사. 아니, 칠십칠이겠다. 요새 술자리가 잦아서.”

백 수사관을 향한 드레스셔츠의 시선에는 측은함이 담겨 있었다. 수현이 덧붙였다.

“내가 백 수사관 명함을 함부로 썼잖아요. 떠넘기는 게 어딨어. 쪽팔리게.”

위험한 순간이라고 백 수사관은 생각했다. 자칫 믿음이란 게 생길 뻔했지 뭔가. 겨우 마음을 내리누른 백 수사관이 드레스셔츠 차림의 사내를 향해 고개를 돌렸다.

그 순간 다시 한번, 빌어먹을 닐리리야가 울렸다. 덩치들은 고사하고, 드레스셔츠 사내마저 피식피식 웃었다.

“그래요, 알겠습니다. 최수현 변호사, 백태현 수사관.”

턱을 긁던 드레스셔츠가 미소를 지었다. 라미네이트 된 앞니가 환하게 빛났다.

“모쪼록 빠른 시일 안에 연락드리죠.”

6

백 수사관과 수현은 뒷문으로 안내되었다. 백 수사관이 걸음을 옮기며 돌아보니, 자신을 변호사라 칭한 남자가 구석에 놓인 재킷을 집어 들고 있었다. 은은하게 반들거리는 회색 재킷이었다. 백 수사관은 안쪽 공간을 힐끗 쳐다보았다. 디자이너들이 일했을 법한 옷 만드는 공간인 것 같았다. 이어 붙인 탁자 위로 원단이 무더기로 놓여 있었고, 재봉 도구들이 정돈되지 않은 채 널려 있었다. 일하던 중에 나가라는 명령을 들은 게 분명해. 직원들은 그렇다 치고, 〈이끌〉의 대표인 윤종건은 어딜 갔을까. 백 수사관은 그의 행방이 궁금했다. 게다가 그 사진 속 인물…….

나가자마자 수현과 백 수사관은 눈짓을 주고받았다. 모퉁이를 돌면 〈이끌〉의 정문이었고, 근처엔 성난 김훈정 검사가 서성일 게 분명했다. 백 수사관이 걸음을 떼자마자, 다시 한번 벨이 울렸다. 그리고 저쪽 모퉁이 너머에서 또각또각 구두 소리가 들렸다.

수현은 뒤도 돌아보지 않고 반대쪽으로 휘리릭 뛰어갔고, 백 수사관은 구두 소리를 향해 저벅저벅 나아갔다. 고개를 갸웃 돌린 김 검사가 미간을 찌푸렸다.

"어디서 오는 거예요?"

백 수사관은 〈이끌〉을 돌아보지 않으려 애썼다. 눈동자 간수하기 정말 힘든 날이네. 백 수사관이 엄지로 어깨 너머를 가리켰다.

"저…… 큰일을 좀."

고개 삐죽 뺀 김 검사의 시야를 막으려 백 수사관은 몸을 그리로 슬쩍 틀었다. 수현이 모퉁이를 돌아 자기 BMW로 제대로 갔는지 어쨌는지, 백 수사관은 돌아볼 길이 없었다.

"아이 씨, 손 딸려 죽겠다니까."

김 검사가 쓰레기봉투 놓인 지저분한 골목으로 시선을 돌리며 구시렁거렸다. 백 수사관이 입 열기도 전에 김 검사가 덧붙였다.

"나 진술 번복하면 구형 두 배 때리는 거, 알죠?"

그건 구형이고 판결은 나중이니, 우선은 매부터 피할 일이었다.

"기획수사 건입니다."

"소스는?"

둘러대야 했다.

"학교 다녀온 애들이죠. 성분 검사 해봤더니요, 내용이 균질하니 딱 떨어져요."

김 검사의 눈빛이 햇빛만큼이나 쨍했다. 턱을 치켜들고 팔짱을 낀 김 검사가 〈이끌〉을 올려다보며 천천히 걸어나갔다. 아까 그 회색 재킷 입은 변호사와 마주치진 않겠지. 불안했지만, 흰 커튼이 내려진 숍 〈이끌〉의 문은 여전히 닫혀 있었다.

그리고 길 건너편에서 망연자실 선 수현이 보였다. BMW는 사라지고 없었다. 엄마 잃은 아이처럼 사방을 돌아보는 수현의 얼굴엔 부정하는 기색이 가득했다. 아니야, 아니야, 아니야, 아니야. 믿을 수 없다는 표정으로 바라본 휴대폰엔 담백한 메시지가 적혀 있으리라. 주정차 금지 구간에 정차된 차량을 견인조치하였습니다. 견인된 차량을 아래 장소에 가져갔으니, 범칙금 납부와 함께 찾아가시길 바랍니다.

백 수사관이 돌아보니 김 검사는 여전히 〈이끌〉을 돌아보는 중이었다. 길 건너편 수현은 하늘을 향해 절규라도 갈길 기세였다. 제발, 최 변호사야. 택시라도 집어 타고 여길 얼른 떠나라. 포니테일로 꽉 묶은 김 검사의 머리채가 달랑달랑 움직였고, 또각거리는 구두 소리는 일정했다. 분노에 찬 오소리처럼 수현이 악악거릴까 두려워진 백 수사관이 김 검사의 소매를 잡아 〈이끌〉 뒤쪽 골목으로 끌고 갔다.

"왜 이래요?"

"검사님, 잠시만요!"

의아심과 불쾌감으로 범벅된 김 검사의 눈길을 돌아보며, 백 수사관이 속삭이듯 물었다.

"장진호라고, 아시죠?"

제 3 장

갈색 보테가베네타 가방을 든 변호사

1

분할된 화면 중 하나를 클릭하자 상황이 모니터 전체로 확대되었다. 변호사라는 작자는 어디 갔는지 보이지 않았고, 수사관이라는 놈은 마주 선 여자와 대화 중이었다. 여자는 건물과 건물 사이의 좁은 통로 저편, 〈이끌〉의 뒷문을 수사관의 어깨 너머로 넘겨다보는 중이었다. 저 둘이 똥 마려운 강아지처럼 끙끙대던 이유가 저 여 검사 때문이었나 보군. 화면 캡처를 어떻게 하더라. 마우스 포인터를 이리저리 옮기다 포기한 그가 화면을 골똘히 들여다보았다. 검사를 잡아끈 수사관의 입술을 읽으려, 그는 눈을 가늘게 떴다. 백 수사관의 입술이 간신히 읽혔다. 장진호…….

아하, 저들이 이걸 물었군그래.

2

모든 건 최수현 변호사가 윤종건의 숍 〈이끌〉을 찾아오며 시작되었다.

당연하게도, 처음에 그는 최수현이 누군지 몰랐다. 최수현이 건드린 〈이끌〉의 반응도, 그걸 지시한 장진호의 명령도, 검찰수사관을 위장한 전직 검사에 대해서도, 전혀 몰랐다.

오픈 전 〈이끌〉에 최수현이 우당탕탕 들어가는 걸, 그는 딸기 맛 츄파춥스를 빨며 지켜보았다. 지금 생각하면, 백 수사관으로 위장한 최수현 변호사가 만들어낸 우당탕탕이었다.

흥미로운 건 〈이끌〉의 반응이었다. 최수현이 떠난 직후, 윤종건의 새끼 디자이너들이 우르르 퇴근했고, 유리창에는 커튼이 내려졌다. 1시간 가량, 변호사는 다양한 맛의 츄파춥스를 우물거리며 길 건너 〈이끌〉을 하염없이 바라보았었다. 점심 즈음 잘 차려입은 여성 대여섯이 숍을 방문했다가 붉은색 Closed 팻말을 보고는 돌아갔다.

윤종건은 늦은 오후에 숍을 나섰다. 심난한 표정에 다급한 태도로 〈이끌〉의 문을 잠근 윤종건은 그 밤 내내 돌아오지 않았다. 문을 따고 들어갈까 고민하던 변호사는 상황을 지켜볼 덩치를 남기곤 덩어리와 함께 호텔로 돌아왔다. 다음 날 새벽 전화가 왔다. 윤종건이 돌아왔다고, 덩치는 다급하게 보고했다.

숍의 영업이 재개된 건 아니었다. 새끼 디자이너들과 경리 직원 모두 출근하지 않았고, 유리문에 걸린 Closed는 여전했다. 12시간 만에 돌아온 윤종건은 〈이끌〉 안에서 홀로 뭔가 하는 것 같았다. 서울의 아침은 차로 복잡했다. 그는 덩치와 덩어리에게 주정차 단속을 피하게끔 15분마다 한 바퀴씩 돌라 시켰다. 차가 정차하면 그는 길 건너편에서 〈이끌〉을 바라보았다. 무설탕 체리 맛 츄파춥스가 입안에서 돌돌 구르며 부드럽게 녹았다. 들어가야 하나, 말아야 하나. 고민하는 사이, 가방에 가득했던 츄파춥스는 사라지고 없었다.

결국 그는 다시 하루를 지켜보기로 했고, 덩어리를 차에 남겨두었다. 호텔로 돌아오기 전, 변호사는 가까운 편의점에서 츄파춥스를 잔뜩 사 왔다. 갈색 보테가베네타 가방에 그걸 싹 털어 넣은 뒤에야 그는 겨우 안심했다. 그런데 점심 룸서비스로 뭘 주문할까 생각하던 찰나 윤종건이 〈이끌〉에서 나왔다는 보고가 들려왔다. 윤종건이 숍에 들어간 지 5시간이 지난, 최수현이 우당탕탕 쳐들어간 지 24시간이 채 안 된 시각이었다. 남겨뒀던 덩어리는 윤종건이 맨 백팩이 무거워 보였다고 설명했다.

"거길 지켜. 내가 갈 때까지 누가 오가나 잘 보면서 거길 지키라고."

전화를 어깨와 귀 사이에 끼운 채 그는 여러 번 그리 지시했다. 그가 도착하자마자, 〈이끌〉을 지키고 있던 덩어리가 차에서 튀어나와

떠들어댔다.

"쉐이 도우 메 라이. 쉐이 도우 메이 동 궈. [아무도 안 왔어요. 누구도 얼씬거리지 않았어요.]"

그 말을 듣자마자, 그는 판단을 잘못 내렸다는 사실을 깨달았다.

저놈에게 윤종건을 뒤쫓으라고 시켰어야 했는데.

3

애당초 윤종건을 직접 붙들 계획은 아니었다. 변호사는 〈이끌〉 내부에 단서가 있을 거라 여겼다. 부스러진 빵가루는 남게 마련이고, 그걸 쫓다 보면 해결의 실마리가 드러나는 법이었다. 그게 착각이었다는 걸, 변호사는 숍 안으로 들어가자마자 알았다.

홀은 깨끗했다. 안쪽 통로 너머 공간은 디자이너들이 일하는 곳이었고, 재봉 도구가 담긴 플라스틱 함과 원단 더미와 스케치들과 실이 걸린 미싱과 벌거벗은 마네킹들이 거기 자리했다.

경리 직원이 일하는 책상에는 컴퓨터가 놓여 있었지만, 하드디스크는 없었다. 원장실에 들어가자 방금 나간 윤종건이 5시간 동안 뭘 했는지 알 수 있었다.

책상 서랍은 질식사한 사람의 혀처럼 길게 빠져 있었고, 캐비닛에 자리했을 서류들은 죄다 갈려 나가 파쇄기 옆에 무덤을 이루고 있었다. 저 분량을 파쇄했다면, 다른 일을 할 짬은 거의 안 났을 게 분명했다.

원장실 컴퓨터 또한 하드디스크가 없었다. 사방을 뒤적이던 변호사는 윤종건이 놓친 하나를 다행히 발견했다.

CCTV는 컴퓨터가 아닌, 자체 모니터링 시스템에 의해 운영되고 있었다. 윤종건은 CCTV용 하드디스크까지 빼낼 시간은 없던 모양이었다. 다만 그 하드디스크는 용량이 작아 이틀 전 화면이 고작이었다. 그걸 뒤적이던 변호사는 푸른 재킷을 입은 남자가 CCTV를 향해 중지를 들어 올리는 장면을 자기 휴대폰으로 찍어두었다.

그 뒤로는 운이 따라주었다. 중지를 들어 올리던 남자가 윤종건에게 명함 건네는 장면을 본 그는 디자이너들이 옷 만드는 공간을 뒤졌다. 신이시여. 명함은 쓰레기통에 남아 있었고, 그는 중지를 들어 올린 남자의 이름을 그렇게 알아냈다. 서울중앙지검 반부패수사 제2부 법무수사관 백태현.

조직은 이런 쪽에 전문이었다. 직함과 이름이 넘어갔으니, 하루이틀 안에 사는 곳을 비롯해 직장 내 평판과 가족 기록까지 넘어올게 분명했다. 변호사가 갈색 보테가베네타 가방에서 츄파춥스를 꺼냈다. 머리 회전을 위해선 이만한 게 없었다.

그가 다음 일을 위해 머리를 돌리는 동안, 덩치 둘은 파쇄기 앞에 쌓인 종잇조각 옆에 쭈그려 앉았다. 그들은 소시지 같은 손가락으로 길게 잘린 종이를 이렇게 저렇게 늘어놓았는데, 저희가 한국어 읽을 줄 모른다는 사실은 잊은 듯했다.

이제껏 살핀 장진호의 세탁소 중 〈이끌〉이 최고였어. 그는 그리 생각했다. 이 정도로 많은 서류라면, 여길 거쳐 간 금액과 물품이 상당할 게 분명했다. 쭈그려 앉은 덩치 둘의 모양새가 딱해 보였지만, 파쇄된 종이에 단서가 있을지도 몰랐다. 저걸 맞추는 데 며칠이 걸릴까.

그러고 보니 묘한 냄새가 느껴졌다. 탄내였다. 벌떡 일어선 그는 저쪽 구석에 뒤집힌 재떨이를 들어보았다. 두꺼운 재가 바스러져 있었다. 그가 희미하게 웃었다. 윤종건 이놈, 종이 쪼가리를 랜덤하게 집어 들어 태우다니, 똑똑한데. 어쩌면 장진호의 세밀한 지시였을지도 몰랐다.

뻣뻣해진 혀에 초코바나나 맛 츄파춥스를 탐욕스레 문지르며 그는 곰곰 생각에 잠겼다. 한 남자가 〈이끌〉에 왔다 갔고, 윤종건은 막 출근한 새끼 디자이너들을 퇴근시켰다. 그 남자가 백 수사관이라는 걸, 윤종건이 그 사실을 장진호 조직에게 보고했다는 걸, 이젠 안다.

어디에 빵가루가 더 남아 있을까. 그는 몸을 잔뜩 구부린 채 단서를 찾아 숍 내부를 휘젓고 다녔다. 윤종건 추종자들이 입을 헤 벌리며 올려다보는 작품들을 뒤집고, 이미 훑었던 컴퓨터도 다시 뒤졌으며, 바닥에 어지럽게 흩어진 미술용품도 집어 들어 보았다.

윤종건은 프랭클린 플래너를 사용한 모양이었다. 비닐 포장지에 든 플래너 속지가 서랍에 두껍게 쌓여 있었다. 캐비닛 안쪽에서 가죽으로 만든 두꺼운 장부가 발견되었다. 빈 장부였는데 이상하게도 세 장만 뜯겨 있었다. 두꺼운 종이라서 뒷면에 글씨 자국이 남아 있진 않았다.

무거워서 그랬을 거야. 가죽으로 장정한 장부는 두꺼웠기에, 윤종건은 가져가야 할 세 장만 뜯어다 평소 쓰는 플래너 속에 접어 끼웠을 것이다. 그 세 장은 왜 태우지 않았을까. 비쩍 마른 변호사의 몸을, 윤종건의 의자가 가볍게 받았다.

윤종건은 생각 이상으로 중요한 길목이었어. 변호사가 다시 손을 뻗어 갈색 보테가베네타 가방을 열었다. 녹차 맛이 떠올랐지만, 스스로를 북돋을 필요를 느낀 그는 포도 맛 츄파춥스를 물었다. 윤종건과 장부 모두를 놓쳤으니, 실패였다. 하지만 쓰디쓴 뒷맛과 별개로, 자신의 추론이 옳았다는 생각에 그는 무척 기뻤다. 은행 서류를 통한 자금 추적으로, 그는 〈이끌〉이 장진호의 세탁소임을 혼자 힘으로 알아냈다. 장진호가 이 세탁소에서 꽤 많은 돈을 빨아댔겠어. 윤종건은 가장 탁월한 세탁부였겠고.

바닥에는 디자인을 위한 드로잉 수십 점이 흩어져 있었고, 벽 한쪽엔 작업 중인 드레스 대여섯 벌이 빼곡히 걸려 있었다. 미술품도 여길 거쳤겠다는 생각이 들었다. 보석을 밀수할 창구로도 〈이끌〉을 써먹었을 게 분명했으리라.

예술가나 과학자가 아니라 범죄꾼들이 창의적인 법이야. 늘 그랬다. 인류 역사상 가장 창의적이었던 놈들은 언제나 범죄자들이었다. 범죄 자체가 세상에 대한 특이한 접근을 요구하지 않는가.

〈이끌〉을 폐쇄한다는 결정은 윤종건이 아니라 장진호가 내렸을 것이다. 그는 발을 길게 뻗어 윤종건의 책상에 올려두곤 입안에 퍼지는 달콤한 포도 맛을 깊이 음미했다. 그러면서 장진호가 검찰수사관에게 들킬까 두려워했을 뭔가가 자신에게 요긴할지 모르겠다는 생각을 했다. 송태섭을 잡는 것보단 그게 나을지도 몰라.

그런 생각을 하는데 누군가 〈이끌〉의 문을 쾅쾅 두들겼다. 푸른 재킷을 입은 사내, 최수현이었다.

4

그렇게 실랑이를 통한 전체 파악과 묘한 사업 제안이 이뤄졌다. 이제, 〈이끌〉 주변을 맴돌던 사람들은 모습을 감추고 없다. 자꾸 울리는 늴리리아에 고통받던 수사관은 골목에서 만난 검사와 함께 차를 타고 떠났고, 최수현 또한 반대편 도로에서 택시를 잡았다.

슬슬 엉덩이를 뗄 시간이었다. 검찰수사관 백태현에게 장진호를 흘린 건, 순간 떠오른 아이디어였다. 검찰이 장진호를 물어뜯게 만든다…….

최수현을 떠올리며 그는 고개를 갸웃거렸다. 힘차게 치켜올린 그의 반듯한 세 번째 손가락. 태도부터 말투까지 보통 변호사의 외양이나 행동이 아니었다. 걸림돌이 될까, 디딤돌이 될까. 그는 최수현에 대해 알아달라는 문자를 조직에 보냈다.

종잇조각을 늘어놓는 두 사람은 무료해 죽을 것 같은 얼굴이었다.

"호텔로 돌아가자."

떠나기 전, 그는 다시 한번 숍 내부를 돌아보았다. 그러면서 장진호가 왜 〈이끌〉의 폐쇄만 지시하고, 개입해 마무리하지 않았을까를 궁금히 여겼다. 윤종건이 잘 처리할 거라고 믿어서? 누군가를, 믿는다고?

들어온 것처럼, 그들은 뒷문으로 살짝 나갔다.

차 뒤에 앉은 그는 사색을 위해 라임 맛 츄파춥스를 뜯어 입에 물었다. 정리가 필요했다.

최수현의 방문이 후폭풍을 만든 거야. 그 뒤의 진행을 살펴보면 짐작이 맞을 수밖에 없었다. 전직 검사인 변호사 최수현은 돈세탁과 탈세를 하는 장진호의 숍에 들렀고, 그걸 운영하던 디자이너 윤종건은 그날 오후 사라졌다가 다음 날 새벽 나타나 〈이끌〉에 보관하던 서류를 없앴다. 손가락 두 개로 하얀 플라스틱 막대를 돌리며 그는 곰곰 생각을 굴렸다. 윤종건은 장진호의 지령을 받았을 거야. 하지만 조직 입장에서 숍 전체를 없앨 건 뭐람. 갈려 나간 종이의 양으로 보건대, 꽤 큰돈이 〈이끌〉에서 빨려 나갔을 것 같았다. 그만한 세탁소를 다시 마련하기란 쉬운 일이 아니다.

윤종건을 쫓으라 시켰어야 했는데……. 장진호가 윤종건을 보호하기 위해 빼돌렸다는 생각은 들지 않았다. 입을 막으려 그랬겠지. 확신에 찬 그가 저도 모르게 이를 악물었고, 라임 맛 츄파춥스는 바스러지고 말았다.

CCTV 속 백 수사관은 김 검사에게 장진호라는 단어를 내뱉었다. 그는 갸웃거리던 김 검사의 반응에 핵심이 놓여 있다고 생각했다. 짐작대로 그녀가 백 수사관의 직속상관이라면, 그는 앞으로 그 여자를 상대해야 했다.

그때 조수석에 앉은 덩어리가 몸을 뒤로 돌렸다.

"나거…… 워 쉬 슈어 나 부 디앤영. [저…… 그 영화 말입니다.]"

"셤머, 짜오다오 러 마? [뭐야, 찾아냈나?]"

그가 반만 남은 츄파춥스를 입에서 빼 들고는 뒷말을 기다렸다.

"카사불란카바? 뚜이바? [카사블랑카죠? 맞죠?]"

"아이야, 니 쩌거 뻰딴. [아이고, 이 멍청아.]"

인상을 확 구긴 변호사가 츄파춥스를 도로 입에 물었다. 샘, 그 곡을 연주해주게. 그는 많은 영화를 보았고, 몇몇은 잊었지만, 카사블랑카는 잊을 수 없는 무엇이었다.

"니우 쭈우쥐에 쉐 헤이 토우빠. 띠앤잉 더 파이써 쓰지앤 예 비 카사불란카 완 쓰 니앤. [여주인공이 검은 머리라니까. 영화 촬영 시기도 카사블랑카보다 10년 뒤야.]"

머쓱한 표정을 짓던 덩어리가 몸을 돌리자, 운전석에 앉은 덩치가 씩 웃으며 동료인 덩어리를 툭 쳤다. 그는 다시 시트에 몸을 깊이 묻었다. 며칠째 가물가물한 그 영화 제목이 사람을 얼마나 감질나게 만드는지, 떠오르기만 한다면 오른손이라도 내줄 작정이었다. 카사블랑카라니, 비슷하지도 않았다.

호텔 진입로는 분주했고, 흰 장갑을 낀 직원 하나가 사방으로 수신호를 주는 중이었다. 그제야 그는 윤종건이 뜯어 간 장부를 떠올렸다. 행여나 싶었던 그는 그 가죽 장부를 갈색 보테가베네타 가방에 넣어두었다. 다시 그걸 꺼내 살펴보았지만, 단서가 될 만한 건 아무것도 없었다.

룸서비스가 올라오기 전, 그는 잠시 침대에 누웠다. 종일 사탕을 핥은 혀가 뻣뻣하고 꺼끌꺼끌했다. 지금쯤 장진호는 안심하고 있을까. 세탁소 〈이끌〉을 적절하게 닫았다며 마음을 놓았을까. 단서는 폐기되었고, 내용을 아는 윤종건은 사라지고 없었다.

하지만 대한민국 검찰을 이용한다면, 일이 어떻게 뒤바뀔까.

5

조직의 인력 관리는 훌륭했고, 고용된 해커들은 아침이 오기 전에 답을 찾아냈다. 서비스 정신이 얼마나 투철한지, 그들은 인쇄한 자료를 호텔 라운지에 맡겨두기까지 했다. 덩치가 가져다준 파일을 읽으며 그는 거기 담긴 사안을 깡그리 외웠다.

그는 테이블 위에 놓인 가죽 장부를 쳐다보았다. 저게 문젠데. 윤종건은 저기에 뭔가 적어놨을 게 분명했다. 갈갈이 찢겨나간 자료들의 형태를 보면, 장진호는 자료를 엑셀 파일 형태로 받았던 것 같았다. 그럼 윤종건은 왜 장부에 뭔가의 입출을 기록했던 걸까. 만일 그가 자기만 알아볼 수 있는 알파벳 약어와 암호 같은 숫자로 기입을 변형시켜놨다면, 잃어버린 세 장을 찾더라도 소용이 없었다. 윤종건이 장부의 의미를 알려줘야 해. 윤종건과 찢어진 세 장은…… 패키지였다.

찢어간 세 장 안에 단서가 들어 있어. 윤종건은 바쁜 처지에 그걸 뜯어가기까지 했다. 그래, 그 세 장은 장진호에 대한 보험이었을 거야. 윤종건은 그 세 장에 자기 목숨을 보험 든 거야. 그는 그리 짐작했다. 어쩌면, 장진호를 위협할 세 자루의 단도일지도 모르지.

그렇게 생각한 그가, 미소를 지었다.

윤종건을 확보하면, 부수입이 생기지. 그놈은 노하우를 죄다 알 테니까. 적당히 꼬드겨 세탁소를 마련하면 그를 고용한 분들은 두 손 들고 기뻐할 것이다.

생각 외로, 윤종건은 여러 끈이 메인 고리였다. 아, 윤종건을 쫓으라 시켰어야 했는데…….

결국 대한민국 검찰이 답인가. 아님 다른 뭔가가……. 사과 맛 츄파춥스를 쭉쭉 빨며 그는 곰곰 생각에 잠겼다.

검찰이라는 개새끼를 어를 적절한 뼈다귀가 뭘까나. 아니면 그 개놈들을 두들겨 팰 무시무시한 쇠좆매라도 어디…….

그런 생각을 떠올리는데 휴대폰이 진동했다. 상하이였다.

6

로비는 북적였다. 프런트에 몸을 기댄 늘씬한 여성 몇몇과, 카우치에 앉아 휴대폰을 들여다보는 나이 든 남자들이 보였다. 상하이에서 붙여준 덩치와 덩어리는 주머니에 손을 찔러넣고 주변을 힐끗거리는 중이었다. 엘리베이터에서 내린 그에게 덩치와 덩어리가 다가왔다. 그들의 두꺼운 가슴, 널찍한 어깨, 단단한 이마를 보며, 그는 저 둘을 한밤중 길거리에서 만났으면 소름 돋았을 거라는 생각을 잠깐 했다.

"총 센자이 카이쓰 펀카이 씬똥. [이제부터 따로 움직인다.]"

지시를 듣자마자 둘의 얼굴에 미소가 감돌았다. 그는 보테가베네타 지갑에서 신용카드 한 장을 빼내어 건넸다.

"찌앙 팅처창 더 벤츠 팡쩌, 워먼 링와이 쭈이타이처빠. 란호우 룬빤 쩬쓰 이끌. [주차장 벤츠는 그냥 두고, 한 대 따로 렌트해. 그러고는 <이끌> 을 교대로 감시해.]"

덩치와 덩어리의 표정이 딱딱해졌다. 12시간씩 차에 앉았을 생각을 하니 형벌처럼 여겨지는 모양이었다.

"샹하이 셤머 쓰호우 카이쓰 부총 런위앤? [상하이에서는 언제쯤 충원해준답니까?]"

상하이엔 이쪽을 돕고 지원할 의지가 전혀 없었지만, 그리 말할 순 없었다.

"쪼 콰이러. 이치 누리바. [곧 될 거야. 힘 써보지.]"

엄밀히 따지면, 상하이는 이 일에 아무 생각이 없었다. 그는 조직에 홀로 이번 일을 제안했고, 상하이는 잘 풀리면 좋고 망해도 본전이란 생각에 착수금을 쓰는 정도였다.

뒤로 돌아서는데, 덩치와 덩어리가 그를 부르더니 몸을 바싹 붙였다. 그가 눈살을 찌푸리며 엉덩이를 뒤로 뺐다. 좀 더 뚱뚱한 덩어리가 가까이 다가와 달싹거리던 입술을 떼었다.

"훈뚜안 란치아오……! 훈뚜안 란치아오 바? 뚜이바? [애수……! 애수죠? 맞죠?]"

"훈뚜안 란치아오? [애수?]"

"촨저우 쑤아이치 준조앙 와이타오 더 로버트 타일러. 란호우 웨이웨이 안리 나거 뉘썬 토우빠 헌 헤이. [군복 코트가 멋진 로버트 테일러. 그리고 비비안 리 그 여자 머리가 검잖아요.]"

"오, 부씨아. 나거 쓰 띠얼츠 스찌에 따잔 더 뻬이진 아. 건 워 왕지 나거 디앤잉 쓰 건 짠정 메이요 꽌시. [오, 아니야. 그건 2차 대전 배경이잖아. 내가 까먹은 영화는 전쟁과 상관없어.]"

갸웃거리던 덩치와 덩어리가 어깨를 으쓱하더니 주차장으로 멀어져갔다. 영화 제목이 궁금해지자 두개골 바닥 밑이 다시 근질거렸다. 호텔 정문에서 공손한 미소를 띤 직원에게 만 원을 건넨 그가 차 키를 받았다. 흰색 벤츠의 냉방 시트를 켜고 호텔 내부 로터리를 지나 큰 도로로 빠져나왔다.

그 빌어먹을 영화가 흐릿해진 지는 엿새쯤 되었다. 비행기가 문제였다. 이륙하며 뭔가가 엷어지는 기분이었는데, 영화의 몇몇 장면이 희미하게 떠오를 뿐 주연배우나 핵심 줄거리, 하물며 영화음악조차 생각나질 않았다. 그냥 까먹었으면 그러려니 했을 텐데, 잊을 만하면 궁금해져서 사람을 감질나게 만들었다. 그는 덩치와 덩어리에게 자신이 잊어먹은 영화가 뭔지 알아내면 1만 위안을 주겠다 공언했고, 그들은 틈만 나면 휴대폰을 보며 옛 영화를 뒤적이곤 했다.

정차 중에 내비게이션을 찍으며 그는 휴대폰을 다시 한번 확인했다. 추가 메시지는 없었다. 상하이의 지령은 단순했다. 네 제안은 너 혼자 성사시켜야 한다. 성공의 영광도 실패의 파멸도, 온전히 네 것이다.

그렇다면 영광을 향해 질주해야 하지 않겠는가.

어제 해커들에게서 받은 파일을 다시 한번 떠올리며 그는 생각을 다졌다. 검찰수사관 백태현은 최수현이 반부패수사부 검사였을 때 부하였고, 백 수사관의 지금 상관인 김훈정 검사는 최수현의 옛 동료였다. 이 셋의 핵심은 최수현이다. 그리고 그는 지금 최수현에 대해 잘 알려줄, 그를 속속들이 알고 있는 사람과 점심으로 참치를 먹기 위해 가고 있다.

뒤쪽에서 클랙슨 소리가 울렸다. 그가 가속페달을 밟았다. RPM이 가뿐하게 3,000을 넘어섰다. 그제야 뭔가 허전하다는 걸 깨달았다.

이런, 츄파춥스를 사놨어야 했는데.

7

한지훈은 고추냉이 푼 간장에 참치를 두 점씩 듬뿍 찍어 삼켰다. 내온 음식의 절반이 벌써 사라졌는데 도저히 젓가락을 내려놓을 기미가 보이지 않았다. 이런 작자들이 종종 있지. 멀쩡하다가도 상 앞에만 앉으면 걸신들린 상태가 되는 인간. 한우는 피 색깔만 빠지면 다

구워진 거라며 싹싹 집어 들고, 참치 뱃살에 흰자위를 보이는 새끼들. 한지훈을 보며 그는 그런 생각을 했다. 씹지도 않고 삼키는구나.

"입맛이 없으세요?"

"환절기라."

입맛과 환절기 사이의 상관관계가 뭔지 고민하는 기색도 없이 한지훈이 고개를 끄덕였다.

"삼호 이후로 처음이죠?"

그 건을 이겼던 게 언제였지. 한국에 막 들어와서 로펌 입사하려 들 즈음이었나. 8년 전인 듯했다.

"그때 우리 멋지게 이겼잖아요."

"그까짓 거. 난 법정에서 져본 일이 없는걸."

붉은색 참치는 식감이 빼어났고, 한지훈은 뒤틀리는 배알을 잘 감추는 사람이 못 되었다. 저런 머저리가 주안에서 어째 지금껏 배겨냈을까.

"8년 전이 맞을 겁니다. 그 직후에 제가 주안에 들어갔으니."

그때만 해도 저 정도로 둔하고 멍청하지 않았는데. 과한 칼로리가 들어오면 몸은 그걸 지방으로 바꿔 축적한다. 굵어지는 허리, 일상화된 권태, 치수를 늘려야 하는 옷가지는 모두 그 때문이다. 게다가 기름은 뇌 주름에도 끼게 마련이고, 지능과 상상력과 자극에 대한 반응에도 영향을 미친다. 그는 조용히 젓가락을 내려놓았다. 기름이 낀다는 건…… 몸서리쳐지는 일이었다.

일이 어떠냐고 떠보니, 대답이 폭우에 범람하는 낙동강 하구 같았다. 빡빡하게 구는 상사와, 괜찮아 보이는 소송을 먼저 물어가는 비열한 동료들과, 도저히 함께 일할 수 없는 멍청한 부하들을 입에 올리며, 한지훈은 열을 냈다. 한지훈의 입에서 최수현이 언급되자, 변호사가 손을 들었다.

"그 친구 좀 불러오시죠."

한지훈의 젓가락이 그제야 상에 놓였다. 한참 눈을 깜빡이며 그를 보던 한지훈이 물수건으로 입가를 닦았다.

"왜요?"

"알아두게요."

그를 빤히 쳐다보던 한지훈이 씩 웃었다.

"재미있었어요. 깜빡 속을 뻔했네."

"뭘요?"

"사람 놀래키고 재미있어하시는 건 여전하시네."

그가 거의 30초를 빤히 쳐다본 뒤에야 한지훈은 농담이 아니라는 사실을 깨달았다. 그는 한지훈을 향한 시선을 돌리지 않았다. 한지훈을 불러 굳이 참치까지 처먹인 건, 예전 삼호 일을 함께했을 때 보았던 속내 때문이었다. 그는 이미 8년 전, 한지훈에게서 타락할 기미를 읽었다. 변호사가 바깥을 향해 목소리를 높였다. 장지문이 스르륵 열리더니 종업원이 고개를 들이밀었다.

"싹 다 걷어내고, 한 상 다시 차려요."

한지훈을 똑바로 응시하며 그가 말을 덧붙였다.

"판 한번 제대로 짜봅시다."

8

떨떠름한 얼굴로 문을 열었던 수현은, 비쩍 마른 드레스셔츠 차림의 사내를 보자 눈이 날카로워졌다. 한지훈이 엉덩이를 옆으로 조금 치우자, 수현은 드레스셔츠와 마주 앉았다. 〈이끌〉에서 마주한 지 하루 정도 지난 시간이었다.

참치가 새로 나왔고, 이번엔 사케도 함께였다. 차갑게 나온 사케를 한지훈은 잔 세 개에 푸짐하게 따랐다.

그가 상 너머로 악수를 요청했지만, 수현은 손을 마주 잡지 않았다.

"25시간만이네요. 그간 뭘 하셨을까나."

"어? 그럼 두 분 구면이신 거?"

한지훈이 추임새를 넣는답시고 호들갑을 떨었다. 수현이 종이포장지에서 묵직한 젓가락을 뽑더니, 이것저것을 집어 앞접시에 담았다.

"난 자기가 뱉은 말, 따박따박 지키는 사람이, 꺼려지더라고."

"최 변, 그게 뭔 말이야?"

"그냥 좀 그런 일이 있어요."

빠른 시일 안에 연락주겠다는 자기 말을 가리켰다는 걸, 변호사는 즉시 알아차렸다. 수현의 말이 지닌 뉘앙스에는 고추냉이처럼 톡 쏘는 맛이 담겨 있었다.

"검찰에 계셨다고?"

"로스쿨 성적이 괜찮았는데, 판사할 정도는 아니어서. 금방 쫓겨

났지."

"쫓겨났다면? 마찰?"

그가 검지를 들어 위를 가리켰다. 수현은 말해 뭐하냐는 표정을 지었다.

"최 변이 성질이 못돼 먹어서요."

변호사가 힐끗 보니, 한지훈의 얼굴에는 냉소가 그득했다. 수현이 잔을 들어 입술을 적셨다.

"대충 아는 얘기라 그런데, 당사자에게 들어봅시다. 검사장을 들이받았다던데."

"대충 알면, 아시는 그대로 아셔요. 뭘 더 아시려고."

"내밀한 얘기는 또 나름 색다른 측면을 가지기 마련이잖소?"

수현이 뚱한 표정을 지었다.

"수사 지시가 내려왔는데, 사실 뭐 좆도 없는 사건이었어요."

"뇌물수수 건이었죠?"

정치인 집무실에 찾아간 사장놈이 현금 다발이 든 쇼핑백을 놓고 간 사건이었다. 야당 거물 정치인은 비서를 시켜 즉시 쇼핑백을 돌려주었는데, 정권의 눈치를 알아챈 검찰이 사장을 소환해 사건을 뇌물 비리로 엮었다. 국세청이 마침 딱 맞게 세무조사를 벌이고, 검찰이 일가친척을 압수수색으로 쑤셔대자, 사장 놈은 놓고 간 쇼핑백을 돌려받지 못했다고 진술했다. 검찰 에이스라는 반부패수사부 주요 보직들이 총출동해 지지고 볶은 사건이었는데, 수사 검사였던 수현은 기소 지침에 반발해 지검장 면담을 신청했다. 알려졌더라면 검란이라고 언론이 호들갑을 떨었을 일이다. 최수현은 지검장 면담 직후 사직 처리되었고, 몇 달간 신문 정치면을 장식한 뇌물 수수 사건은 한 정치인의 몰락과 여당의 지방선거 승리로 이어지며 꾸물꾸물 잊혔다.

"그때 수사 책임자가 장태근 검사였나요? 지금 서울중앙지검장으로 계시는."

장태근이라는 이름에 수현은 웃음으로 반응했다. 그러나 관자놀이 위쪽으로 핏줄이 씰룩 도드라진 걸 보니 악연이 어지간히 깊은 모양이었다.

"큰 가르침을 많이 받았지요."

"대체로, 어떤……?"

"개기면 죽는다…… 나쁜 것과 나쁜 게 아닌 것의 구분은 검찰이 한다…… 뭐 그런 거."

변호사가 잔을 들어 한 모금 삼켰다. 차가운 사케가 깊이 번져갔다. 그는 최수현이야말로 검찰과 접촉할 루트로 딱 어울린다는 생각을 했다. 검찰 내부와 연이 닿으면서도 그들에게 비판적인 사람이, 그는 필요했다. 안과 닿으면서, 안으로 쑤셔 넣을 도화선에 불 댕길 누군가가. 최수현과 백태현은 꽤 훌륭한 패야. 김훈정의 입장과 상황 또한 그럴싸하고.

그들을 무대에 올리기로 결심한 찰나, 수현이 물었다.

"〈이끌〉 엎은 거, 당신들 아니죠?"

그가 아무 대답 없이 수현을 바라보았다. 힐끔 옆을 보니, 한지훈의 입술에서 단어 하나가 도르륵 도는 게 보였다. 이끌? 이끌…….

“문이 열렸기에 들어가 살펴보기만 했지.”

“컴퓨터를 뒤졌겠고. CCTV 기록도. 아!”

수현이 젓가락 끝으로 그를 가리켰다.

“그걸로 나를 알아낸 거군.”

쓰레기통에서 명함을 줍고, CCTV 기록에서 가운뎃손가락을 들었던 사진을 입수했던 거지만, 그걸 다 설명하고 싶진 않았다.

“윤종건이를 그렇게 후벼파는 이유가 뭡니까? 걔, 그냥 바지에 불과한데.”

“바지 안엔 다리가 있겠고, 다리는 으레 몸통이랑 연결이…….”

“그러니까. 그 몸통을 노리는 건 알겠는데. 왜 그걸 잡으려 드냐는 거지. 당신이 그 판에서 뭘 먹으려는지가 궁금하다 이거야.”

그는 참치살 가득 놓인 이 상에 ‘장진호’라는 주제를 올리고 싶지 않았다. 핸들을 돌릴 타이밍이었다.

“소송이 거의 넘어갔다던데. IOE.”

수현의 얼굴이 표가 날 만큼 구겨졌다.

“잘 아시네.”

“서초동에 비밀이 어디 있어요.”

“왜요? 서초동뿐 아니라, 우면산 너머 과천까지 파다하진 않고?”

한지훈이 끼어들었다.

“과천? 경마장 거기?”

머리가 딱딱하게 굳은 한지훈을 레이스에 끼우려니 보통 곤혹스러운 게 아니었다. 하지만 최수현에겐 쐐기가 끼워져야 했고, 그러려면 한지훈만 한 이가 없었다.

“그 소송 도와줄 수 있는데.”

반색하는 한지훈과 달리 수현의 표정에는 변화가 없었다. 계곡에서 익사할 뻔한 아이가 목욕탕 물 근처에서 보이는 표정이 수현에게 떠올라 있었다.

“도와줬다 치고, 그쪽에서 얻어가는 게 뭘까?”

“호의를 쌓는 거지, 최 변과 한 변께.”

“이름도 모르고 성도 모르는 아저씨한테 명함 한 장 못 받았는데, 호의가 어떻게 쌓이나?”

중뿔나게 나서려는 한지훈을 변호사가 손 뻗어 저지시켰다.

“한 팀장은 잘 알겠지만, 내가 중국에 꽤 괜찮은 인맥을 지녔거든.”

“그래서?”

“난 IOE와의 소송을 뒤집어줄 수 있어요. EMG의 기술개발 팀장인 은유철이 IOE에게 돈을 받았다는 증거만 있으면 소송은 이쪽으로 다시 넘어오게 될 텐데.”

“그걸 만들어줄 수 있다? 그렇게 조작된 증거를 줄 테니 법정에 제출하라?”

“조작이라니. 멀쩡한 증건데.”

오늘 아침 상하이는 IOE가 소송 중단을 검토하는 중이라고 일러줬다. IOE 입장에서 재판은 기술 유출 시도를 덮기 위한 도구에 불과했다. 너저분한 짓을 시도하다 들키면 소송을 제기해 지리한 싸움으로 몰고 가다가 화해로 슬쩍 무마시키는 IOE의 전형적인 수순이었다. 눈을 이리저리 굴리며 듣던 한지훈이 입을 열었다.

"정말 제대로 된 증거를 줄 수 있어요?"

"속고만 사셨나."

수현의 눈빛은 여전히 싸늘했다.

"대체 어떤 증거이길래?"

"은유철을 IOE와 연결해준 사람이 바로 나거든."

수현과 한지훈의 눈빛이 심하게 흔들렸다.

"내가 대리하는 분들은 한국 내 중국 기업의 원활한 활동에 큰 관심을 기울여요."

"그래서 사람에게 돈 먹여서 기술 빼돌리게 만든다?"

"자유시장경제라면서요? 탄탄한 회사로 자본이 몰리고, 더 나은 근무환경으로 사람이 쏠리는 게 당연하지 않아요?"

팔짱 낀 수현의 시선을 받으며, 그 또한 수현을 바라보았다. 담담한 차가움이 수현에게서 풍기고 있었다.

"은유철은 IOE와 아무런 접촉이 없었다고 주장하고 있는데?"

"소송은 주안이 먼저 걸었다면서요?"

한지훈을 힐끗 확인하며, 변호사가 대꾸했다. EMG를 대리해 은유철을 고발한 주안은 은유철이 기술 유출을 위해 IOE 측과 적극적으로 만나왔다고 주장해왔다. 그런데 은유철 측 변호사가 제출한 자료에는 주안의 주장에 대한 반박이 빼곡하게 들어차 있었다. 영수증 더미와 은유철 소유의 차량이 찍힌 CCTV 영상 때문에, 재판은 과

천을 지나 서해 저 멀리 떠내려갈 판이었다.

"송도에 있는 호텔에서 만난 걸로 추정했다죠? 내가 거길 잘 알지."

"은유철이 로비를 지나 엘리베이터 타는 CCTV 영상이라도 잡아놨나요? 보관 기간이 석 달도 안 된다던데."

"호텔 건 이미 지워졌겠지. 하지만 원본을 내가 갖고 있어요. 날짜까지 또렷이 찍힌 걸루."

한지훈이 수현을 돌아봤다. 수현의 시선은 변호사에 못박혀 있었다. 그 또한 수현을 빤히 바라보았다. 어쩔 건가. 난 이미 공을 던졌고, 넌 피하든가 후려쳐야겠지.

"어제 당신이 보여준 그 사진, 누군지 알아봤는데."

수현이 젓가락을 다시 들었다.

"대단한 분이시던데."

장진호 얘기로군. 이어질 말을, 변호사는 묵묵히 기다렸다.

"그 양반 기둥뿌리가 워낙 튼튼해서 보통 지렛대로 어디 넘어가겠나 싶던데."

"튼튼한 걸로 하나 있긴 하지요, 최수현 변호사. 근데 계속 말이 짧으시네."

입에 든 참치를 꼭꼭 씹던 수현이 맞은편 벽을 바라보았다. 젓가락을 내려둔 양손은 다시 팔짱을 낀 상태였다. 수현이 자기 생각을 털어놓았다.

"우선 그 친구가 이 판에 들어와야 할 거고."

고개를 한쪽으로 툭 돌리며 내뱉은 수현의 '그 친구'는 백 수사관을 가리키는 것 같았다. 변호사는 수현의 다음 말을 기다렸다.

"대답 없으신 걸 보니, 그 친구는 오케이하신 거고. 그럼, 그 위로는 어느 정도나?"

수현은 변호사를 향해, 김훈정 검사를 포함해 그 위 어느 검사까지 포섭할 건지를 묻는 중이었다. 대화가 되겠다 싶은 생각에, 그가 씽긋 웃었다.

"막 자를 수 있나요. 재가면서 잘라야지."

한지훈은 두 사람이 자기 머리 위에서 서로에게 던져대는 공을 보며 부아가 치민 듯했다. 하지만 수준이 완전히 바닥까지 떨어진 건 아니었는지, 끼어들 기미를 보이진 않았다. 하긴 뭐든 덜떨어진 게 문제지 않은가.

"연락처를 주시죠."

좋았어. 성사되었군.

"은유철 관련 증거는 어찌할 겁니까?"

한지훈이 끼어들었다. 그가 수현을 가리키며 대답했다.

"최 변과의 일이 정돈되면, 넘겨드리죠."

"공판이 보름 뒤인데."

"그사이에 이 일이 정돈되어야겠죠."

그가 돌아보자, 눈치 밝은 수현이 알아들었다는 시늉을 했다.

"이틀 내로 연락드리죠. 브로커 양반."

"딜 메이커라고 해두지요. 인연은 맺어져야 하고, 거래는 성사되어야 하는 법이니."

변호사가 몸을 일으켰다. 앉은 채로 그를 올려보던 수현은 벌떡 일어선 말라깽이의 허벅지가 호리호리하니 볼품없다는 생각을 했다. 별안간 뭔가 생각난 듯, 변호사가 탄성을 흘렸다.

"혹시 두 분. 옛날 영화 좀 보셨나?"

가물거리는 그 흑백영화에 대해, 그는 최대한 상세히 설명했다.

"그때 당시로도 촌스러운 영환데. 남자는 좀 나쁜 놈이고, 여자는 순진해요, 검은 머리 여자지. 남자가 피아노를 쳤던 것 같고. 암튼 드레스부터 뭔가 전부 촌스러워."

"영화요?"

"영화요."

끄덕이던 그가 펼친 손으로 떠오르는 동작을 보였다.

"비행기가 문제예요. 기압 차가 생기면서 뇌가 강한 압박을 받는데, 그 때문에 이 안에 퓨즈 같은 게……."

그가 뭉쳐놨던 손을 확 펼치며 뭔가가 훅 사라지는 시늉을 했다. 그 순간 수현이 휘파람을 불었다. 경악으로 일그러진 그의 얼굴과 휘파람 부는 수현의 입술 사이를 한지훈의 눈길이 바쁘게 오갔다.

"그거……!"

그가 잊어버린 영화에서, 남자가 여자를 앉혀놓고 연주하던 피아노곡이 분명했다. 휘파람을 불기 위해 입술을 오므렸던 수현이 씩 웃었다. 머리가 뜨거워진 그는 츄파춥스가 필요해 혀가 뻣뻣하게 굳을 지경이었다.

"맞아, 그 곡이었어."

채근하는 눈초리를 보냈지만 수현은 빙글빙글 웃기만 할 뿐이었다. 그의 다급함을 눈치챈 수현이 천천히 입을 열었다.

"이틀 내에 연락드리죠."

변호사가 회색 재킷을 움켜쥐고는 장지문을 당겨 열었다. 더 머물렀다가는 모양이 빠질 뿐이었다. 비틀거리며 카운터에 간신히 다다른 그가 메모지에 번호 하나를 적었다. 입국하자마자 개통시킨 국내용 전화번호였다.

"저 안쪽 손님이 나오면 이걸 줘요."

참치집 주인에게 그리 이른 그는, 계산을 치르지 않고 나왔다. 원래 그럴 생각은 아니었다. 열받게 하는 개자식. 일주일 가까이 내 두개골 밑을 살살 긁었던 그 영화를 일러주지 않으며 보였던 수현의 조롱 섞인 미소에, 그는 어떻게든 대응하고 싶었다. 수현에게서 이것저것 얻어낼 게 많았던 그는, 거기에 또렷하지 않은 흑백영화의 제목까지 얻어야 했다.

가게를 막 나서는데, 벨이 울렸다. 그가 〈이끌〉에 보냈던 덩치가 다급하게 외쳤다.

"콰이디안! 신짜이 쩌리 촨진 러 헌뚜어 한꿔 꽁안! [얼른요! 지금 여기 한국 공안들이 잔뜩 쳐들어왔어요!]"

제 4 장

검은 하이힐을 신은 검사

1

그건 발돋움이야.

아니, 발돋움을 하고픈 내밀한 욕구라는 게 맞겠지.

그렇게 불편하고 힘든 하이힐을 신는다는 건, 다른 누구에겐 어떨지 몰라도, 내겐 그래. 다른 높이에서 세상을 보고, 그 높이까지 나를 밀어 올리고픈, 욕망.

그 욕망들은, 아름다운 모습으로 내 유리 찬장 안에서 나를 지켜보고 있어. 성취를 갈망하는 나를 종용하며 말이야. 지극하고, 드높은 곳까지 내게 이르라며, 그토록 고요한 매혹으로.

2

백 수사관은 그의 남색 아반떼를 천천히 세웠다. 퇴근길 러시아워가 시작될 무렵이었다.

조수석에 앉은 김훈정 검사가 몸을 앞으로 쭉 빼고 상황을 살펴보았다. 〈이끌〉에 들어갔던 수사관들이 검은색 검찰 마크가 찍힌 파란색 상자를 하나씩 가슴에 끌어안고 나와 경광등 달린 은색 스타리아 두 대에 차곡차곡 싣는 중이었다. 그 주변을 한가로운 표정을 지닌 몇몇이 담배를 피우며 어정거렸다. 서쪽 하늘은 이미 거뭇해지고 있었다.

운전석에 앉은 백 수사관이 어찌할지 묻는 표정으로 돌아보았다. 뭘 모르긴 김훈정 검사도 마찬가지였다. 압수수색은 마무리되어 가는 듯했고, 검찰수사관들은 접근금지 표시를 위해 노란색 테이프를 꺼내는 중이었다.

신통방통한 계획이 있어 여길 온 건 아니었다. 하지만 기획수사를 하려 했던 장소가 압수수색 당한다는 소식을 듣고만 있을 순 없었다. 그저께 백 수사관을 쫓아와 둘러보긴 했지만, 유심히 살핀 건 아니었기에 〈이끌〉에 대한 김 검사의 기억은 대단치 않았다.

"그러니까."

운전석에 잠시 늘어졌던 백 수사관이 김 검사의 목소리에 몸을 곧추 세워 반응했다.

"여기가 조폭들 돈세탁하는 곳이라 기웃거리셨다고요."

"비밀정보원의 첩보였죠."

누가 그 비밀을 흘렸는지에 대해선 따로 '취조'할 작정이었다.

"그래서 들어가 보니 엉뚱한 놈들이 숍을 점거하고 있었고."

"거기서 장진호에 대해 귀동냥을 한 거죠."

그리 기획수사를 물어오셨다?

하지만 김 검사는 자기만의 방식을 지닌 사람이었다.

"뭔지는 알고 물어야 할 거 아닙니까, 백 계장님."

"그래서 이틀간 알아본 겁니다, 김 검사님."

백 수사관이 손가락으로 핸들을 톡톡 두들겼고, 김 검사는 건너편 〈이끌〉을 한동안 바라보았다. 김훈정은 이 사건을 미심쩍다 생각했고, 백 수사관은 김 검사의 그런 반응이 편치 않았다. 팔짱을 낀 김 검사는 곰곰 생각했다. 자칭 '변호사'라는 인간도 문제지만, 장진호라는 작자도 만만치 않았다.

조직폭력배들의 사업 다각화 노력은 아주 오래되었다. 술장사와 사람 장사로 돈을 번 그놈들은 80년대 흙먼지 속에서 건설회사를 일궜고, 호황이 일으킨 흥청망청의 파도를 타고 사채시장에 진출했다. 그걸 단속하긴 쉬웠다. 그런 이유로 2000년대에 들어 조폭들은 합법적 사업의 틀로 범죄를 위장하려 들었다. 조폭들은 이런저런 기업을 세우고 물밑에서 주먹과 칼을 써서 사업을 진행시켰다. 사업

조달과 물건 판매에서 벌어지는 폭력과 강압은 애교 수준이었다. 예전엔 시장에서 가판을 때려 부수는 짓거리로 이목을 끌었다면, 요즘은 앞에선 웃는 얼굴로 권하고 뒤로 칼을 써 모르게 처리했다. 조폭들은 거래처를 말리는 방식으로 사업체들을 쪼들리게 만들었고, 급전이 필요한 그들에게 선이자를 떼고 돈을 빌려주었으며, 다양하고 집요하게 이자를 짜내다가 쪼그라든 기업을 낼름 삼켰다.

그런 요즘 조직폭력배의 정점에 자리한 놈이 장진호였다.

스무 살이 되자마자 장진호는 친구 몇몇을 섭외해 중고 거래로 자동차를 사들인 후 약속한 장소에서 서로 들이박아 보험금을 타 먹었다. 대여섯으로 시작한 이 짓은 사기꾼 몇 명이 붙고, 전국 노름판에서 흘러들어온 거지와 잃을 것 없는 역 앞 노숙자가 동원되며 사업으로 확장되었다. 47번째 사고를 당한 놈이 보험금 분할로 앙심만 먹지 않았어도 장진호는 경찰과 보험사에 쫓기지 않았을 게 분명했다.

감옥에서 나온 장진호는 당시 유행하던 벤처 사업에 눈독을 들였는데, IT기업을 합법적으로 운영하려는 게 아니라, 붐을 기회로 투자금을 조성하고 덩어리 돈을 잘게 찢어 일부는 깡통 회사 사들이는 데 쓰고 나머지로는 돈놀이를 했다. 그러면서 부하들을 풀어 악착같이 이자를 받아냈고, 소송이 들어오거나 경찰 수사가 시작되기까지 버티다, 맡아둔 투자금을 찔끔찔끔 돌려주었다.

금고를 설치한 사무실이 다른 범죄자의 습격을 받았을 때부터 장진호는 돈세탁에 관심을 기울였다. 은행에 넣어두면 세무서가 들여다볼 것이고, 금융감독원을 거쳐 검찰까지 이어질 것이었다. 장진호는 자기가 쌓아둔 돈을 다른 사업체로 회전시키거나, 관련 없는 깨끗한 돈으로 만들어 확실한 계좌에 쟁여두길 원했다. 그렇게 깨끗하게 빤 돈들은 다른 지저분한 목적을 위해 쓰였다.

처음에는 자산 관리를 위해 시작했지만, 숙련도가 올라가자 손님이 붙었다. 부동산 투기 시장에 주체가 불분명한 투자자가 난립하던 시기였다. 불어난 돈에는 세금이 붙게 마련이었고, 많이 번 놈들일수록 세금을 회피하려 들었다. 장진호는 그들이 맡긴 돈에서 선이자를 떼고, 불어난 돈의 상환은 분납 형태로 가져가면서 다시 돈놀이할 돈을 쟁였다. 그래도 은행에 넣는 것보단 낫잖아? 장진호를 이용하는 것도 부유한 자들에겐 투자였다. 장진호는 막대한 돈을 받아 원금과 선금과 이자율과 할당금과 분납금이 정해진 대로 지급되는 시스템을 만들었다. 말이 쉽지, 김 검사가 볼 땐 행켈 칼 6개로 저글링을 하는 거나 다름없었다. 운이 좋았는지 기술 덕인지 그걸 해낸 장진호는 막대한 자금으로 이런저런 회사를 마구 사들였고, 상사를 세워 수출입 업무까지 진행시켰다. 유력 정치가에게 후원금을 내면서 장학사업을 하고 다각도로 사업을 확장시키는 그는 떠오르는 기업가였지만, 근원은 검은돈을 굴리고 협잡과 협박을 서슴지 않으며 목적을 위해 폭력을 교사하는 깡패 두목이었다.

장진호를 붙잡으려는 시도가 없진 않았다. 지난 15년 동안 경찰과 검찰의 내사가 드문드문 이어졌다. 하지만 주의 깊은 장진호는 꼬리 한번 밟히지 않았다.

그런 장진호의 세탁소 〈이끌〉이 지금 검찰의 압수수색을 받고 있는 것이다.

김 검사가 골똘히 생각에 잠긴 그때, 어디서 차 문 닫는 소리가 들렸다. 10여 미터 앞에 정차한 흰색 벤츠에서 한 남자가 나오더니 〈이끌〉을 비스듬히 바라보며 걸었다. 남자를 뒤따르는 사내는 우람했는데, 그 몸으로 운전석엔 어찌 앉을까 싶었다. 김 검사의 시선과 달리 차창에 이마가 완전히 붙은 백 수사관은 〈이끌〉에 몰두하는 중이었다. 숍 주변을 살펴보던 남자와 덩치 큰 사람은 몇 마디 주고받더니 차로 돌아왔다. 남자는 고개를 숙이고 사근사근 걷는 스타일이었는데, 비쩍 마른 몸에 회색 슈트를 입고 있었다. 입에 문 저건 뭐지, 담배치곤 가늘다는 생각이 미처 떠오르기 전에 사내는 흰색 벤츠에 도로 탔다. 시동 거는 소리가 들렸고, 붉은 후미등 불빛에 주변이 환해졌다. 그러고는 스르르 어둠을 향해 천천히 미끄러져 갔다.

백 수사관이 그제야 고개를 이쪽으로 돌렸다.

"검사님. 제가 쓱 가서 분위기만 살피고……."

"고개 숙여!"

몸을 오그라뜨리는 김 검사를 의아한 얼굴로 보던 백 수사관이 흠칫 놀랐다.

"차 얼른 돌려."

백 수사관이 고개를 끄덕이며 서둘러 기어를 바꾸고 핸들을 돌렸다. 스타리아 앞쪽으로 걸어 나온 중년 남자의 입가엔 담배가 물려 있었고, 시선은 이쪽에 머물러 있었다. 〈이끌〉을 뒤편에 두고서야 김 검사가 웅크린 채 고개를 돌려 뒤를 보았다.

"부장님이 여기 왜 계신데요?"

김훈정 검사 역시 알 길이 없었다. 차가 교차로까지 나온 다음에야 두 사람은 오그렸던 몸을 폈다. 골똘히 생각에 잠긴 김 검사와 달리 백 수사관은 한숨을 크게 내쉬었다. 장진호에 대한 기획수사를 건의한 백 수사관은 〈이끌〉이 시작점이라 짚었고, 주변이나 둘러보자 싶어 낸 걸음이었는데, 압수수색에다가 직속상관인 성진규 부장검사의 현장 출동까지 봤으니, 속이 메슥거리는 것도 당연했다. 가속페달을 밟으며 백 수사관은 김 검사에게 슬쩍슬쩍 시선을 던졌다.

"돌아갈까요?"

"〈이끌〉로?"

"아뇨. 사무실이죠."

김훈정의 바지 주머니에서 벨 소리가 울렸다. 2G폰의 장점은 꽤나 많다. 잡다한 인터넷 뉴스를 훑느라 시간 낭비할 필요가 없고, 통화료도 절감되며, 휴대폰 크기도 주머니에 넣기 알맞다. 하지만 종종 발신자 확인이 어렵다. 하긴 그게 어찌 2G폰의 잘못이겠는가.

— 어딜 그리 급히 가?

김훈정이 얼굴에서 휴대폰을 떼고 걸려온 번호를 다시 한번 확인했다. 머릿속이 하얘져 별다른 대답을 떠올릴 수 없었다.

"아, 저, 밥 먹으러."

— 아홉 시 다 되어 가는데, 이제?

성진규 부장은 말이 길지 않았고, 에두르는 말투는 더더욱 아니었다.

— 길 건너에 한참 서 있던데.

뇌가 변비라도 걸린 걸까. 세탁기 속 빨래처럼 생각은 머릿속을 빙글빙글 돌 뿐이었다.

"부장님. 내일 아침에 보고드리겠습니다."

휴대폰 저쪽에서는 아무 소리도 들리지 않았다. 운전석에서 김 검사를 돌아보는 백 수사관의 입도 헤 벌어져 있었다.

— 그래, 그럼.

성진규 부장은 건조한 목소리로 답하고는 전화를 끊었다. 신호가 바뀌었고, 낡은 아반떼는 소음을 내며 앞으로 나아갔다. 차 안에 침묵이 감돌았다. 불행히도 김훈정은 죽지 못한 채 계속 살아가야만 했다. 성진규 부장을 만나 변명을 늘어놓게 될 내일 아침을 기다리며, 괴롭게.

3

〈이끌〉에 왜 나타났냐는 질문에, 대답이 빈곤하진 않았다. 문제는 대답에 근거를 갖춰야 한다는 것이었다.

깎은 사과 두 조각과 물 한 잔으로 아침 식사를 마친 김훈정이 옷장을 뒤졌다. 어제 스타일러에 걸어놓은 정장은 마음에 들지 않았다. 옷장을 거의 들어내다시피 하며 이 옷 저 옷을 꺼냈지만, 결정하기 쉽지 않았다.

겨우 옷을 챙겨 입은 김 검사의 발걸음은 신발장 앞에서 또 한참을 멈추었다. 커다란 유리 신발장 안에는 구두가 가득했다. 크리스찬 루부탱을 매만지던 김 검사의 손길은 구찌를 거치고 지미추를 지나 에르메스와 마놀로 블로닉의 아름다운 작품들 사이를 천천히 지났다. 신발이 가득 놓인 그곳은 김 검사의 컬렉션이 모인 명예의 전당이자 욕망의 신당이었다.

김훈정이 그것들을 신고 나가는 일은 좀체 없었다. 아주 우울할 때, 구두들을 꺼내 잠시 매만지고 발에 끼워보는 걸로 그녀는 만족했다. 내 귀엽고 아리따운 구두들이 감당하기에 세상은 너무도 가혹하지. 출근 전에 구두들을 둘러보는 것만으로 충분했다.

서울을 관할로 공무원의 비리와 중요 기업 범죄를 다루는 반부패수사부의 업무량은 많다면 많고 적다면 적었다. 찾아 먹는 사람에겐 진수성찬이었지만, 먹을 재주가 없는 놈에겐 그림 속 만찬인 셈이었다. 형사부 시절만 해도 김훈정은 자신이 탁월한 인재인 줄 알았다. 형사부 일은 많았지만, 경찰에서 넘어온 사건을 검토하고 기소를 결정한 뒤 서류를 죽어라 파서 관련자 소환해 사건 아귀를 맞추면 어쨌든 일단락되었다. 그렇게 할당된 사건을 수사하고 처결해나가는 일에 있어 김훈정 검사는 부서 최고라는 평을 들었다. 잘리다시피 퇴직한 수현이 괴상할 정도로 일 처리에 빨랐을 뿐, 김 검사 정도면 서류 처리나 사건 처결에 있어 뛰어난 재능을 지녔다 평가해도 아깝지 않았다.

하지만 반부패수사 제2부의 업무는 개념이 완전히 달랐다. 주변에서는 영전했다며 팡파르를 울려주었지만, 정작 김 검사는 지옥 불길 한가운데 앉은 기분이었다.

그녀의 약점은 인지수사였다. 예전에 특수부로 불렸던 반부패수사부의 수사 방식에서, 범죄를 미리 알고 주변을 탐문해 범죄의 기미와 증거를 확보하는 과정은 매우 중요했다. 범죄인지부터 영장을 쳐 대상자를 골인시키는 과정까지 정교해야 했는데, 김 검사는 그걸 성공시킨 적이 없었다.

반부패수사부 구성원은 기민한 대응 능력과 정보 취득 요령을 지녀야 했다. 사건에 대해 일러줄 사람은 범죄자이거나 범죄자를 다루는 사람이었는데, 전자를 다루는 데 김 검사는 서툴렀고 후자와도 익숙해지지 않았다. 청와대에 파견근무를 나갔던 백 수사관이 부임하며 개념이 잡혔지만, 그 전엔 수사 자체에 감이 없었다. 수사하며 받은 제보와 정보가 자신의 손에서 기소로 맺어지지 못하고 다른 검사들에게 스며 승진의 기회로 이어질 때마다, 김 검사는 스스로의 멍청함에 절망하곤 했다.

형사부로 돌아가는 방법도 있었다. 그건 한결 쉬웠지만, 뒷걸음질 치는 건 김 검사의 성미에 맞지 않았다. 무엇보다도, 안 되는 게 있더라는 체념을 지니고 싶진 않았다.

오전 회의는 길지 않았다. 성진규 부장이 파일을 탁 덮자, 다들 부스럭거리며 일어섰다. 성진규 부장은 김훈정 검사를 빤히 바라보기만 했다. 엉거주춤 탈출을 시도하려던 훈정은 불판 위 곰장어처럼 몸을 구부리며 도로 앉았다.

어젯밤, 성진규 부장과의 통화를 마치자마자 백 수사관은 차를 세웠다. 그러고는 김 검사에게 수현과의 일을 털어놓았다. 취조할 필요도 없는 이실직고였다. 재판 증거물을 분실한 수현이 드레스를 만든 〈이끌〉에서 검찰수사관을 사칭한 상황과 그로 인해 불거진 모든 일이 술술 진술되었다. 오 마이 갓, 내 등 뒤에서 그런 일이 벌어졌었다니.

백 수사관에게 보고받은 내용을 전달하는 도중에야, 김 검사는 어젯밤 도로에서 봤던 몸 큰 사람과 비쩍 마른 사내가 〈이끌〉 내부에 있던 자들이었음을 깨달았다.

"그래서. 기획이다?"

재미없을 줄 알아. 그건 서울중앙지검 반부패수사 제2부 성진규 부장의 말버릇이었고, 재미없다는 건 곧 엄격과 근엄과 진지의 상태를 넘어 뇌 정지 상태에 들어설 각오를 하라는 의미였다. 피의자든 부하직원이든, 성진규 부장은 작정하면 정말 상대를 그리 만들곤 했다.

"그러니까. 여기에 있다 나간 최수현이가 백 계장하고 빚 청산할 게 있었다? 백 계장은 최수현이 말에 넘어가 거길 뒤적이다가."

"나온 겁니다. 장진호 이름이."

"그런데 그놈이 누군지도 모르고. 연락처나 신상도 없고. 장진호 넘길 뭔가 있다는 뉘앙스 뿐이고. 잠긴 숍에 무단으로 들어간 그 두 놈이……."

"문을 두드렸는데 안에서 열어주더랍니다."

"걔네 정체를 모르잖아. 비쩍 마른 회색 재킷의 사내랑 큰 놈 둘.

걔네가 윤종건 쪽이야, 그 반대야? 어? 만일 가택침입 중이었으면 어쩔래? 현행범한테 수사 물려온 거야? 던져주니 물어왔니? 너 뉘 집 개새끼냐?"

"시민을 지키는 개……."

"지랄하네."

입안에서 쇳내가 나면 운동을 멈춰야 하고, 성진규 부장 입에서 상소리가 나오면 입을 닫아야 했다. 훈정은 시선을 멀리 두고 몸을 반듯하게 폈다. 침묵이 한동안 이어졌다.

"야, 김 프로."

성진규 부장이 김훈정 검사를 향해 몸을 기울였다.

"걔들이 조만간 연락한다고 했댔지?"

"저희는 그에 맞춰 대응하려고……."

"잘도 그러겠다."

성진규 부장은 뭔가 곰곰 생각에 잠겨 있었다. 태평성대라 너네한테 도감청도 못 걸어놓겠고. 악문 이 사이로 그런 웅얼거림이 들려왔다.

"장진호와 여러 번 마주쳤지."

김훈정 검사의 시선을 느낀 성진규 부장이 뜸을 들였다. 저쪽 벽을 향한 시선이 회상으로 멍했다.

"내가 땅개로 오래 기었지 않냐."

공안이나 특수 등 승진이 유력한 보직에 있지 않은 지방검찰청 검사 대부분은 속칭 땅개라 불렸다. 검찰청은 방대한 인원을 포괄한 거대한 조직이고 몇몇을 제외한 검사 대부분은 땅개였다. 지금 자리에 오르기까지, 성진규 부장은 대전과 인천과 대구에서 현장수사로 오래 돌았다.

"골인시킬 기회가 있었는데, 위에서 끊어내기도 하고, 단서 끊기는 건 셀 수도 없고."

성진규 부장이 김훈정 검사를 깊이 들여다보았다.

"장진호 붙들기 쉽지 않다."

"붙들 생각 없습니다."

성진규 부장이 묵묵히 김훈정의 뒷말을 기다렸다. 김훈정은 정말로 장진호를 골인시킬 생각이 없었다. 그 비쩍 마른 변호사라는 놈은 접촉할 순서를 뒤바꾸었고, 그녀는 그런 실수를 대강 넘기지 않았다.

"그냥 그렇다기에 그런가 보다 하는 것뿐입니다."

"그 기획, 안 물겠다?"

"내키질 않았고요. 덥석 물기엔 출처도 똑똑치 않고."

"라벨링 딱 붙어서 제대로 들어오면?"

말할 것 있나.

"라벨 누가 어찌 붙였나 보고요."

성진규 부장이 다시 골똘히 생각에 잠겼다. 훈정은 성진규 부장에 대해 놀라는 중이었다. 성진규 부장은 장진호와 어떤 식으로 여러 번 마주쳤을까.

한편으로는 〈이끌〉 압수수색 현장에 왜 갔는지도 궁금했다.

"어제 거긴 조영환 검사 껀으로 갔지."

"조 검사는 마약 수사하는 중이잖아요."

"여당 거물 하나가 그 숍에서 액상대마를 팔았다고 제보했어. 압색 영장 바로 받았고."

장진호의 세탁소였던 〈이끌〉이 마약과도 관련 있다는 건가. 김훈정이 눈을 깜빡였다.

"이제 상황 파악이 돼?"

마약 유통 수사와 장진호의 세탁소 제보가 동시에 숍 〈이끌〉을 가리킨다는 사실이, 성진규 부장을 골치 아프게 만들었던 것 같았다. 압수수색과 관련자 검거가 끝나 언론에 관련 소식이 모두 풀린 건에서, 돈세탁 정황이 나왔다는 사실에 성진규 부장은 신경이 곤두서 있었다.

"며칠 두고 압색 들어갔으면 나을 뻔했는데요."

"어제 거기만 압색했냐? 인천하고 부산까지 동시다발로 다섯 군데 털었어."

부서 내에서도 쉬쉬한 걸 보니, 꽤 치밀하게 준비한 모양이었다.

"지나간 거 말해봤자지……. 장진호만 보자. 김 프로 너 그거 핸들링할 수 있냐?"

김훈정의 속에서 일렁이던 뭔가가 발끈 터져 나왔다.

"왜 못 합니까. 여자라고 무시합니까?"

"난 성별 안 봐. 너네들 태도나 표정도 안 봐. 난 수사실적과 보고서로만 평가해."

잠시 침묵이 내려앉았다. 성진규 부장이 조용히 뇌까렸다. 라벨

붙은 거 보겠다더니, 속셈은 또 안 그런가 보네.

"내가 백태현이까지 추가 소환해서 심문해야 돼?"

성진규 부장의 질문은 백 수사관의 입을 잘 단속하란 뜻이었다. 그거야말로 김 검사가 진짜 핸들링해야 할 일이었다. 김훈정이 고개를 저었다.

"아닙니다."

파일을 집어 들고 일어선 성진규 부장이 대꾸했다.

"있어봐. 당장 뭐 못하잖아. 연락 기다릴 밖에."

4

검찰청 통로에 김 검사의 검은 하이힐 굽 소리가 또각또각 울렸고, 그 소리에 가라앉았던 기분이 조금 풀렸다. 검찰청 근무자 중 7센티미터 힐을 고수하는 사람은 김 검사 하나뿐이었다. 힐은 앉았을 때는 발을 압박하고, 일어서거나 걸을 땐 몸에 소모적 긴장을 준다. 김훈정은 그 긴장을 좋아했다.

김 검사에게 힐은 자신을 제어하게 만드는 방식이었다. 힐은 그녀를 앞으로 나아가게 만드는 도구였다. 힐이 바닥을 두들기며 내는 특유의 소리는 마음을 경쾌하게 만들었다. 슈트 입은 사내들이 득실거리는 검찰청에서 도드라지고 싶어 힐을 신는 건 아니었다. 힐과 스커트와 액세서리를 사랑한 그녀는, 다른 누군가의 시선을 의식해

무채색 정장을 입고 검정 단화를 신고 싶진 않았다. 힐을 신고 스커트를 입으며 액세서리로 포인트를 주는 삶을 유지하는 게, 그녀의 방식이었다.

그런 생각을 하며, 김훈정은 기분을 밝게 되돌렸다. 어젯밤과 오늘 웃기는 일들을 겪었지만, 여전히 김훈정인 그녀는 제게 남은 길을 나아갈 터였다. 나머진 다 좆까라고 해. 김 검사는 성진규 부장의 비스듬한 시선을 떠올렸다. 씨발, 핸들링 못할 건 뭐야. 힐이 바닥을 찧는 딱딱 소리가 더 커졌고, 몇몇은 돌아보기까지 했다. 심호흡이라도 할까 싶은 찰나에 벨이 울렸다.

— 어이, 김 프로. 바쁜가?

화면에 찍힌 익숙한 번호를 보고서야, 김 검사는 전혀 뜻밖의 사람이 건 전화라는 사실을 깨달았다. 수현이었다.

— 안 받겠거니 생각하고 건 거였는데.

그냥 어둠 속에서 앵앵 울리게 내버려 뒀어야 했나.

"왜 전화 받냐고 물어보려고 전화 거셨나요?"

멋쩍은지 허공에 대고 하하 웃는 소리가 2, 3초 이어졌다. 최수현이 인간이 사람은 별로여도 웃음소리 하나는 시원해서 들어줄 만했다. 그러나 흡족함과 별개로 짚어야 할 일이 많았다.

"이 시간에 어인 일이실까요?"

— 후배님 만나 상의할 일이 있어서.

"최 변호사님. 이젠 후배님이 아니라, 검사님으로 호칭하셔야 할 건데요."

— 깐깐한 건 여전하시네.

말은 그리했지만, 깐죽거리는 기운은 누그러져 있었다. 엘리베이터 앞에 모여 있던 사람들 몇몇이 김 검사에게 목례했고, 몇몇은 그녀의 목례를 헛기침으로 받았다. 통화하기 껄끄러워진 그녀가 비상구 문을 열었다.

"며칠 전에 저희 백 계장이랑 즐거운 추억을 만드셨다고."

— 깝깝한 건물에 시커먼 정장 입고 갇혀 사는 양반들이 말 옮기는 건 참 기막히게 빨라. 그나저나 소리가 왜 그리 울려.

"말을 옮기다뇨. 백 계장이 보고 안 올렸으면 제가 징계 먹였을 일이죠."

— 그걸 지금 입씨름해서 뭐 합니까, 김 검사님.

손목을 힐끗 보니 정오 되기 30분 전이었다. 무거운 쇠문을 당겨 열 때의 끙 소리가 저리 넘어가지 않게 훈정은 휴대폰을 멀리 떼었다. 김 검사의 사무실은 비상구 바로 옆이었다. 처음 배정받았을 때 누군가 농담했던 게 떠올랐다. 가장 먼저 검찰청 탈출할 사람한테 비상구 옆 방을 준다던데. 어떤 개자식인진 잊었어도, 그 말이 틀렸다는 걸 증명하려 검사질을 악착같이 해온 것도 사실이었다. 하지만 그 또한 고마운 일이었다. 누군가에게 경쟁할 마음, 들러붙어 해낼 각오를 불어넣어 준다는 건 쉬운 일이 아니니까. 분명 그 자식은 그 개소리를 농담이랍시고 주절거렸겠지만.

멀리 떨어뜨려 놓은 휴대폰에서 가물거리는 잡소리가 났다. 휴대폰을 다시 귀에 대면서 김 검사는 사무실 문을 열었다. 벌떡 일어서는 직원들 사이에 백 수사관은 보이지 않았다. 회의 들어갈 때 나가서 아직 들어오지 않았다는 대답이 돌아왔다.

"식사들 해요. 나도 하고 올 테니."

힐끗 보니 문 옆에 세워둔 손수레에 김 검사의 허리 높이까지 서류가 쌓여 있었다. 오늘도 책상에 앉아 종이 뒤적이며 야근해야 할 팔자였다.

그나저나 이 인간은 생각보다 눈치가 없군. 알아서 적당히 좀 끊지 그래. 먼저 끊을까 고민하는데 '이끌'이라는 단어가 들렸다.

"뭐라고요?"

―〈이끌〉에서 만난 그 인간이었다니까.

"누가요?"

― 그러지 말고 나랑 식사나 하지. 이거 통화로는 소통이 제대로 안 되네.

수현과 단둘이 식사할 생각을 하니, 벌써 얹히는 기분이었다. 하지만 훈정은 수현에게 들을 말이 있었다.

"지금 어디신데요?"

― 나? 검찰청.

"그럼 곧장 올라오시지, 왜."

― 거길 일개 변호사가 어떻게 올라갑니다, 김 검사님.

쪽팔려서 못 올라오는 건 아니고요? 입 밖으로 거의 튀어나왔지만, 다행히 자제력을 발휘했다. 시계를 들여다본 훈정이 대답했다.

"내려갈게요, 5분 안에."

5

수현이 검찰청 밖에서 기다리겠다기에, 훈정은 차를 가지러 지하 주차장으로 갔다. 몸에 딱 붙는 슈트를 입은 수현은 택시 잡는 포즈로 서 있었다. 짜증스럽게도, 반대편 도로에 선 수현은 김훈정의 검은색 K7이 유턴 신호를 기다리는 내내 손을 흔들어댔다.

"설마 차 놓고 다녀요?"

검찰청 진입 금지 조치를 당한 게 아닐까 반쯤 생각하며, 훈정은 수현에게 물었다. 수현이 검사장 들이받은 걸 떠올리면 출입 금지에 그칠 게 아니라 현장 사살을 당해 마땅했지만, 그 말을 꺼내진 않았다. 수현이 버스를 타고 다닐 리 없었다. 수현의 차 사랑은 유난하고도 지극해서 그때그때 다른 여자 만나듯 차를 바꿔댔는데, 누군가는 일찍 세상을 떠난 부모가 막대한 유산을 남겨주었다고 수군거렸고, 어떤 이는 재테크에 능한 증거라고 확신했고, 나머지는 그저 낭비벽이 심한 대책 없는 놈이라며 입을 모았다. 대체 무엇이 진실일까. 그러고 보니 김훈정은 최수현에 대해 잘 모른다는 생각이 들었다.

"어떤 멍청이 때문에 견인되었어. 그런데 거기 주차장에서 다른 새끼가 긁고 갔더라고."

"보험 들었을 거잖아요?"

"보험료가 오를 거래. 가뜩이나 다달이 들어가는 것도 많은데."

아랫입술을 깨무는 수현은 설핏 분한 마음이 되살아나는 모양이었다. 좌회전 받으려 일 차선 쪽으로 슬금슬금 움직이며 김 검사는 생각했다. 렌터카에 대기엔 너무 귀한 엉덩이를 지니셨나.

“어디로 가요?”

“좋은 데 없나.”

“선배랑 좋은 데 갈 생각이 없는데요.”

“야, 좋다. 그동안 그립더라, 이런 날 선 대화.”

“결혼하면, 밤낮으로 자주 하지 않겠어요, 각시랑, 이런 대화?”

“각시라니, 단어 선택 고루하긴. 난 봄바람 같은 사람이랑 할 거라서, 결혼.”

“요새 봄이 황사에 미세먼지에 아주 칼칼하고 텁텁하던데요.”

혀들이 신랄하게 놀았고, 기어 나오는 대형 세단들로 도로는 복잡해져 갔다. 김훈정이 검찰청 내 구내식당을 이용하는 건 이런 도로에 나오길 싫어하기 때문이었다.

“우회전하지. 거기 괜찮은 참치집이 있는데.”

아직도 참치라면 자다가도 일어나나. 기름진 거라면 질색을 하는 김훈정으로선 이해 못할 괴이함이었다.

“간단하게 점심 특선으로 하자구. 그리고…….”

수현이 그제야 훈정을 똑바로 보았다.

“누가 봐서 좋을 게 없으니.”

“그런 생각을 한 것치곤 너무 대놓고 제 차에 탄 거 아니에요? 전 무슨 사생팬이 아이돌 만난 줄 알았네요.”

“거기 말고, 우회전…….”

신호등 앞에 잠깐 멈춰 섰을 때 수현이 헛기침 소리를 냈다. 곁눈으로 보니 똑바로 내민 손이 보였다. 수현은 환하게 미소 짓고 있었다.

"오랜만에 악수 한 번 하자. 보니 좋다, 김훈정 검사."

김훈정이 우물쭈물하는 사이 신호가 바뀌었다. 수현이 멋쩍은 표정으로 손을 내렸다.

"여기서 우측으로 들어가면 되는데."

"거기 안 가요."

직선 도로에 들어서자마자 김 검사가 오른손을 내밀었다. 수현과 짧은 악수를 나눈 그녀가 기어를 바꿔 속도를 높였다. 김 검사가 한 손으로 핸드백 안을 뒤적이더니 레코더를 꺼냈다. 누가 요즘 이런 걸……. 찌푸린 수현의 표정은 쳐다보지도 않고 김 검사가 녹음 버튼을 누르며 말했다.

"다 말해요. 〈이끌〉과 관련해 무슨 일이 있었는지, 전부."

6

수현의 설명은 길었다. 말을 끊고 싶지 않았던 훈정은 가려던 식당들을 전부 지나쳐버리고 말았다. 가을이 오는 즈음이어서 그런지, 도심 질주가 꽤나 즐거웠다. 수현이 이야기를 마친 다음에야, 김 검사는 검정 K7을 우회전시켰다. 12시가 넘어 1시에 가까워진 시각이었다.

"저거 먹게?"

"쌈밥, 싫으세요?"

"어……. 내가 잘 가는 중국요릿집 있어."

"저 중국요리 안 먹는 거, 아직도 몰라요?"

"안 먹는다고? 언제부터? 왜?"

"중국요리라면 죄다 별로예요."

수현은 이게 화낼 일인가 하는 얼굴이었다. 함께 근무하던 시절 김 검사가 수십 번 말했다는 사실을, 수현은 조금도 기억해내지 못했다. 결국 둘은 참치로 합의를 보았고, 김훈정의 검정 K7이 선 곳은 수현이 아는 집이 아니었다. 어쨌거나 수현은 즐거워 보였다.

"구내식당 메뉴나 읊는 줄 알았더니."

물수건으로 손을 닦으며 김 검사는 대꾸했다.

"맛집 따윈 워낙 관심이 없어서."

그릇들이 방문 앞에 도착했다. 음식이 놓이는 걸 잠자코 바라보던 김 검사가 물었다.

"참치 먹은 게 어제라고 안 했어요?"

법무법인 주안의 팀장인 한지훈에게 불려가 변호사를 만난 자리가 참치집이었다고 수현은 말했었다. 정작 수현은 심드렁했다.

"어제 잤다고 오늘 밤새나. 어제 참치는 벌써 변기 속으로 사라졌는데."

변비는 아닌 모양이네. 그건 좀 부러웠다.

"그러다 수은 중독 걸려요. 후쿠시마 영향도 없지 않을 텐데."

"뭐에라도 중독된 삶이 낫지. 맹숭맹숭 권태로운 것보다."

씩씩한 태도로 젓가락을 뽑아 들며 수현이 씩 웃었다.

"사실은 김 프로랑 상의해야겠다 싶은 게."

수현이 어깨를 으쓱거렸다.

"결국 IOE 때문에 변호사란 놈에게 물리긴 해야 할 거 같아. 어정쩡하게나마."

김훈정은 수현이 변호사라는 자의 요구에 응한다는 사실에 놀랐다. 거부할 결기를 지녔다고 생각한 것도 사실이었다. 평검사 주제에 검사장을 들이받았었으니.

"그딴 거에 얽히는 거, 엄청 귀찮아하는 스타일이잖아요?"

"주안에서는 패소에 마이너스 실적을 붙여."

그리고 IOE 건은 클 테지. 수현이 들러붙은 이유도, 자신이 그걸 물어야 할 이유 또한 김훈정은 알 것 같았다. 그녀는 올해 하나도 성사시키지 못한 기획수사를 떠올렸고, 수현이나 자신이나 매한가지라는 생각을 했다. 거기에 백 수사관이 껴야 했다. 장진호라는 뜨거운 공을 집으려면 그만한 집게가 없었다.

"선배. 변호사라는 놈이 장진호 기획수사를 청탁하는 이유는 뭔가요?"

수현이 고개를 갸웃거렸다.

"나도 그게 궁금해. 한지훈하고 나하고 그리 원수지간이 되지만 않았어도 물어봤을 텐데. 근데 술 시켜도 되나?"

아무 대꾸 없는 김 검사를 보며 수현이 작은 한숨을 내쉬었다.

"변호사 그놈은 한지훈과 나를 한꺼번에 엮으려 같은 식당에 불러들인 거야.”

“엮어서, 바닷바람에 말리려고요?”

“일부러 둘을 부른 거지. 사이가 나쁘단 걸 알고서. 한지훈이 나를 변협에 고발할 수 있는 거리를 건넬 겸 해서. 나는 이미 붉은 옷으로 한지훈에게 코뚜레를 해놓았으니, 서로 칼 한 자루씩 쥐고 있는 셈이지만, 그 삐쩍 마른 아저씨가 그것까진 모를 테고.”

“증거 없잖아요.”

“둘을 부르면서, 녹취도 안 했을까.”

김훈정이 곰곰 머리를 굴렸다. 나에게 오는 길에 한지훈과 최수현을 디딤돌 삼으려는 건 알겠다. 그럼 변호사는 무슨 득을 볼까. 최수현은 IOE, 나는 장진호인데, 변호사 자신에겐 무슨 이득이 걸린 걸까.

“변호사의 이익까진 모르겠어. 김 프로 앞에 놓인 갈림길이 뭔지는 알겠지만.”

“말해보세요.”

“변호사라는 놈의 제안을 받거나 거부하거나.”

하나 마나 한 소리였다.

“받아들여서 장진호를 붙들면 끝. 변호사는 그걸 이루게 할 증거를 지녔다고 했잖아.”

그렇다면, 이것도 두 개였다. 하나로는 증거의 신뢰성과 강력함을 점검해야 했고, 다른 하나로는 변호사의 정체와 이 일을 추진하는 의도를 알아내야 했다.

"증거가 어떨진 나도 몰라. 아마 김 프로를 만나면 직접 확인시켜 주겠지."

"근데 아까부터 김 프로, 김 프로, 요새 누가 검사를 프로라 부릅니까. 촌스럽게."

위 기수 검사들은 서로를 프로라고 불렀는데, 그건 검사를 지칭하는 Prosecutor를 줄여 만든 호칭이었다. 수사를 프로페셔널하게 한다는 뜻이기도 했지만, 젊은 검사들은 서로를 그리 부르길 겸연쩍어했다. 수현이 어이없다는 표정으로 눈썹을 찌푸렸다.

김훈정은 훈정대로 머리가 복잡했다. 장진호를 붙들 증거를 검토하려면 변호사라는 작자를 만나야 했다. 굳이 〈이끌〉과 장진호를 파헤쳐야 하나. 하지만 성진규 부장부터 해서 백 수사관과 최수현까지 얽혔는데 뒷걸음질 치기도 난감했다.

어쩌면 여기서 집어치우는 게 용기일지도 몰랐다.

"선배, 아직도 검찰이 가증스러워요?"

검찰이 가증스럽다. 그건 수현이 사직서를 낸 뒤 이를 갈며 낸 첫 말이었다. 최수현은 부당한 수사 지휘에 넌더리를 냈고, 그게 잘못되었다는 항의를 온몸으로 드러내며 멋지게 검찰에서 내쫓겼다. 김훈정은 수현을 싫어했지만, 오만하다고 오해받는 그의 올곧음에 종종 감탄하곤 했다. 그건 김훈정이 수현과 마주 앉아 있는, 몇 안 되는 이유 중 하나였다.

"그때 왜 그런 말을 했는지 알아?"

뜸을 충분히 들인 수현이 말했다.

"검사장 들이받기 직전에, 언론사에 메일을 보낼까 말까 했었어. 부당한 수사 압력을 받고 있다는 폭로성 메일을."

그건 몰랐다.

"위에서 막았겠네요?"

"꽉 틀어막았지. 지금 차장검사인 이태훈 당시 부장부터, 여전히 굳건하신 장태근 지검장까지, 전부."

노크와 함께 문이 열렸고 종업원이 접시 몇 개를 빼갔다. 다른 음식들로 상이 채워지는 걸 보며 두 사람은 각자의 생각에 잠겼다.

"그때, 성 부장이 자기 명패 가리키며 그러더라. 최수현 넌 여기 안 올라올 거냐. 입 다물고 역할 잘하면 서열이고 기수고 간에 너부터 여기 올라오게 해주겠다."

와, 수현 선배가 내 부장이 될 뻔했다니. 감사한 마음이 차오른 김훈정이 자기도 모르게 성호를 그을 뻔했다.

"그래서 뒷걸음질 치셨다?"

"발송 버튼만 누르면 되게끔 해놓았는데. 그때만 해도 이리저리 걸리고 사방에서 말 들어오고. 중이 가야지 절이 가겠나 싶기도 했고. 그나저나 결정은 한 거야?"

시선을 저리 한참 주었던 김훈정이 마침내 고개를 끄덕였다. 부지런히 놀리던 젓가락을 수현이 잠자코 내려놓았다. 그가 품속에서 냅킨을 꺼내 펼쳤다. 전화번호가 휘갈겨져 있었다.

"변호사 직통 번호래."

아하.

"지금? 인? 아웃?"

고추냉이를 너무 많이 풀었나. 김 검사의 콧등이 절로 찡그려졌다.

"고."

스피커폰 속 신호는 길게 가지 않았다. 비쩍 말라 보였던 변호사는 목소리가 카랑카랑했다. 김훈정 검사와 함께 있다는 수현의 얘기를 들은 변호사가 천천히 대꾸했다.

— 기다려주시지요. 곧 뵙게끔 움직이겠습니다.

7

장지문 뒤에 선 변호사는 키가 상당히 커 보였는데 호리호리해서 더 그런 듯했다. 갈색 보테가베네타 가방을 든 그가 턱짓하자, 뒤에 섰던 덩치 큰 사람이 복도 저쪽으로 물러갔다. 몸이 너무 커서 들고 있는 노트북 가방이 작은 도시락처럼 보였다. 들려오는 소리로는 바로 옆방에 앉는 듯했다.

안으로 들어서며, 변호사는 김훈정과 최수현에게 각각 눈인사를 보냈다. 방은 발을 아래로 뻗어 넣고 앉는 방식이었다. 누군가 엉덩이를 옆으로 밀어 변호사가 앉을 자리를 마련해줘야 했지만, 훈정과 수현 둘 다 꼼짝하지 않았다. 둘 사이를 변호사의 눈동자가 뱀처럼 매끄럽게 오갔다. 그러고는 가방을 옆에 세워둔 채 발 넣을 공간도 없는 식탁 바깥쪽에 양반다리로 털썩 앉았다. 그리곤 입을 떼었다.

"연락을 하셨다는 건……."

"들어보고."

김 검사가 말을 잘랐다. 저쪽은 자신이 누군지를 잘 알고 있었다. 그녀는 저쪽에 대해 아무것도 몰랐다. 판을 깨려는 작정이 아니면, 변호사로부터 무엇도 얻어내지 못할 거라고 훈정은 판단했다.

"〈이끌〉에서 백 계장과 최 변께 제안을 하셨다고."

"그럼 제가 무슨 증거를 지녔는지 궁금하시겠군요."

목소리엔 고저가 존재하니, 말의 높낮이는 자연스러운 것이었다. 하지만 변호사에겐 그런 게 없었다. 조금의 찰랑임도 없는 게 언덕 하나 없다는 프랑스 평야처럼 평탄하니 심심했다.

"왜 장진호를 붙들 증거를 넘기겠다는 거죠? 원한이 있어요?"

"저는 변호사입니다. 누군가를 대리하죠."

"당신 뒤가 누군지는 밝힐 순 없다? 그리고 이름도 모르는 아저씨랑 누가 일을 해?"

"아저씨 아닙니다. 그리고……."

발끈한 변호사의 시선이 김 검사에게 똑바로 꽂혔다.

"제 이름이 저를 보증합니까? 저에 대한 신뢰는 제가 지닌 증거가 해주겠지요."

변호사가 앙상한 팔을 저리로 뻗었다. 손끝은 벽, 덩치 큰 사람이 들어갔을 방을 가리키고 있었다. 변호사가 예의 그 차분한 투로 말했다.

"저를 얼마나 신뢰할 수 있을지, 가서 보고 오시죠."

8

방 안에는 아무도 없었다. 식탁 위 노트북은 켜져 있었다. 바탕화면엔 아이콘 하나가 덩그러니 띄워져 있었다. 7분짜리 비디오 클립이었다.

커서를 올린 김 검사가 그걸 작동시켰다.

9

빈방을 나온 김훈정이 잠시 똑바로 섰다. 정신이 아직 멍한 그녀가 대여섯 번 깊이 숨을 들이쉬고 내쉬었다. 어느 영화에서 괴로운 일을 겪은 주인공이 죽은 아버지가 일러준 방법이라며 바닥에 엎드려 폐가 아플 때까지 심호흡하는 걸 본 뒤, 김훈정은 종종 그걸 써먹었다. 그녀에게는 숨이 필요했다.

장지문 너머로 변호사와 수현의 목소리가 들렸다. 언쟁치고는 높지 않았고, 대화치고는 말의 속도가 다소 빨랐다. 영화 이야기인 것 같았는데, 변호사가 수현에게 발끈하며 치사하다는 말을 내던지는 중이었다. 김 검사가 장지문을 열었고, 수현과 변호사 사이의 대화는 툭 끊어졌다.

식은 보리차로 마른 입을 적시는 내내, 변호사의 눈길은 김 검사를 떠나지 않았다. 시선에는 말이 숨겨져 있었다. 어때요, 감당할 자신이 있습니까.

“솔직히 만만치 않네요.”

“어디, 보증받을 만은 합니까?”

대답 않고 시선을 돌린다는 게 수현을 쳐다보는 꼴이 되었다. 김 검사가 고개를 끄덕이자 변호사가 만족스레 양손을 싹싹 마주 비볐다.

“장진호를 구속시킬 증거를 지니고 있다는 건 확인하셨고.”

“김 검, 사실이야? 법정에 제시할 수 있는 형태로 존재해?”

“확인해주시죠, 김훈정 검사님. 저희가 영상에 어떻게 정리해놨는지를.”

“그 정도면 구속영장 청구 가능해요. 참고인 소환으로 쑤시다 보면, 관련 사안이 고구마처럼 덩이로 나올 게 분명하고요.”

물건은 좋은데, 부작용이 걸렸다.

변호사가 건넨 증거는 폭탄으로 작용할 게 분명했다. 폭발 자체보다 후폭풍이 훨씬 더 거대할 폭발물. 주먹을 입가에 댄 변호사가 막히지도 않은 목청을 큼큼 틔웠다.

“프로세스는 이렇게 구성되어 있습니다. 영상 클립에 제시된 증거물의 복사본이 여기에.”

바둑돌을 착점하는 식으로 손가락을 뻗은 변호사가 테이블 위에 USB를 툭 내려놓았다. 이 증거로 찔릴 대상은 장진호만이 아니야. 이건 장진호를 통과해 검찰을 찌를 창이야.

덜컥, 김훈정은 겁이 났다.

“태풍이 불면 해일이 일고 바다가 미쳐 날뛰지요. 하지만 그리 가끔 뒤집어줘야 바닥에 깔린 더러운 것들이 위로 뜨고 파도에 밀려 먼바다로 나가게 됩니다."

하지만 드높고 견고한 성채인 검찰은 기민하게 반응하는, 한 몸 된 수천 마리의 맹견이었다. 그리고 김 검사 또한 몸이 거기 들러붙은 한 마리였다. 개가 비굴한가? 개는 충직하다. 개는 섬긴다. 마당의 개는 어둠과 그 너머 존재한 사악한 것을 향해 짖는다. 김훈정 또한 그런 검사이고 싶었다. 시민을 지키는 개로 살고자, 그녀는 딱딱하고 견고하며 드높은 검찰이라는 성채에 들어섰다.

그리고 이제 그녀는 선택을 강요받는 중이었다.

개로 누구를 섬길 것인가. 시민인가, 검찰인가.

"이 증거를 내가 엉뚱하게 쓴다면?"

"윗선에 줘서 무마시키게요? 아니면 장진호에게 대비하라 주면서 뒷돈 받게요?"

"꽤나 건방지시네. 대한민국 검사 상대로 딜을 다 치고. 당신 하나 조지는 거, 일도 아냐."

김 검사의 플러핑에, 변호사는 빙글빙글 웃기만 했다.

"칼날 위를 걷는 셈이죠. 각오도 없이 나섰겠습니까."

첫인상은 역시 과학이었다. 누군가는 절대 '절대'라고 말하지 말랬지만, 어떤 건 '절대' 틀리지 않는다. 변호사라는 저 인간을 좋아할 수 없으리란 걸, 김 검사는 다시 한번 느꼈다.

"다른 검사를 찔러보겠지. 누군가는 그런 뼈다귀라면 환장할 테니까."

동의한다는 표정으로 변호사가 고개를 끄덕거렸다. 재킷 안쪽 주머니에서 휴대폰을 꺼낸 그가 녹음 버튼을 눌렀다.

"서울중앙지방검찰청 반부패수사 제2부 김훈정 검사님. 저는 지금 검사님께 장진호가 20년 동안 검찰 고위층에 상납해온 뇌물장부와 여러 사업체를 확장시키며 벌여온 폭력과 협박과 범죄 교사의 혐의를 입증할 자료를 드리려 합니다. 맞습니까?"

김 검사가 입 떼려 할 때, 누군가 테이블 위에 놓인 그녀의 손을 확 잡았다. 수현이었다. 수현이 고개를 내저었다. 한편으로 그는 묻고 있었다. 김훈정이 보고 온 게, 장진호가 20년 동안 검찰 고위층에 상납해온 뇌물장부라는 게 사실이냐고.

"그래요."

변호사가 수현과 김 검사를 번갈아 보았다. 수현에게도 같은 걸 물을지 곰곰 따져보던 변호사가 김 검사를 바라보았다.

"장진호를 구속시키고, 그 수하들까지 잡아들일 각오로 증거가 담긴 USB를 받아가시는 거, 맞죠?"

김 검사가 손가락을 뻗어 휴대폰 화면을 눌렀다. 녹음은 중단되었고, 변호사의 얼굴이 일그러졌다.

"당신이 내민 증거물이 당신을 보증한다 했지?"

그건 사실이었다.

"당신의 정체에 대해 묻지 않고 일을 진행해주겠어. 당신의 증거만을 믿고. 그러니 알량한 협박 따윈 하지 마. 나를 믿고 넘기려면 통째로 믿어. 나도 당신의 증거와 그게 일으킬 부작용까지 통째 받을 테니."

변호사는 대답 없이 김 검사를 응시했다. 그 모습을 보며, 김훈정은 자신이 상대할 존재가 보통이 아니라는 생각을 했다. 테이블에 놓인 USB에 김 검사의 손이 뻗었다. 손끝이 닿는 순간, 변호사의 손가락이 USB의 반대쪽 끝을 눌렀다.

"통째 주고 통째 받으라 하시지만, 어디 이 세계가 그리 만들어져 있습니까."

"그래서? 결렬이란 거예요?"

"제가 대리하는 분은 그리 오래 참는 성격이 못 되십니다."

"그럼 직접 잘 달래드리시구요."

"또한 수단을 가리는 분들이 아니시죠."

"협박하는 거야?"

"사실의 전달이지요."

변호사가 USB를 김 검사 쪽으로 슬쩍 밀었다. 그러면서 불만스러운 표정으로 꺼진 휴대폰 화면을 슬쩍 돌아보았다. 팔짱을 낀 수현의 표정은 잔뜩 굳어 있었다. 김훈정은 술잔을 내던지는 식으로 성미를 드러내는 사람이 아니었다. 그녀는 조용히 웃는 편이었다. 무식한 귀신은 부적을 몰라보는 법이었고, 모르면 당하는 게 세상 규칙인 셈이었다. 그런 생각을 떠올리며, 김 검사는 부드럽게 웃었다. 변호사를 향해, 그 뒤에 존재한다는 악독한 작자들을 향해.

수현과 김훈정은 참치집을 나섰다. 김 검사의 손엔 변호사가 넘긴 USB가 쥐어 있었다. 자기도 모르게, 김 검사는 발뒤꿈치에 힘을 주었다. 참치집 복도에 높은 구두 굽 소리가 카랑카랑 울렸다. 그래, 내 발엔 이 검은 하이힐이 신겨져 있지. 난 내 세상을 이렇게 내딛어. 자동으로 열리는 저 유리문을 지나면, 바닥을 경쾌하게 울리는 맑은 소리는 사라질 것이다. 그러나 걸음을 멈추지 않으리라. 소리 영롱할 단단한 바닥을 걸어도, 혹여 진흙 가득한 흙길에 저 높은 굽이 통째 빠지더라도, 끝내 이 걸음을.

그런 생각으로, 검찰을 찌를 긴 창을 손에 쥔 김 검사가, 검정 K7을 향해 걸어 나갔다.

제 5 장

황금 커프스단추를 단 칼잡이들

1

어둠 속에서, 물방울 떨어지는 소리가 들린다.

동굴인가? 아니, 이 퀴퀴한 냄새는…… 하수구다.

악몽이었다. 내가 꿈을 꾸는 거란 걸 또렷하게 아는, 그런 악몽. 하수구를 헤매는데 저쪽에서 붉은 반짝임이 보였다. 그건…… 담뱃불처럼 붉게 번들거리던 그건, 쥐의 눈이었다. 그 반짝임들이 점멸하며 어두운 공간에 촘촘히 번져나갔다. 수백, 수천의 쥐들이 하수구 깊이 다다른 그를 맞이하는 꿈에서, 성진규 부장은 간신히 깼다.

2

카페 1층은 조용했다. 조명이 설치된 천장은 높았고, 나무로 마감된 벽에는 고갱을 연상시키는 이국적 그림이 걸려 있었다. 드문드문 앉은 사람들을 지나 성진규 부장은 창가에 앉았다. 그는 파스쿠찌 매장만을 찾았다. 더 기막힌 커피를 내오는 카페가 어딘가 존재하겠지만, 성진규 부장은 모험을 좋아하지 않았다. 거래를 트면 신뢰를 준다는 게 그의 방식이었다. 그렇게 파스쿠찌 서초점 창가 의자는 성진규 부장이 자주 머무는 공간이 되었다.

그는 정리를 하려 시간을 낸 참이었다.

어젯밤 김훈정 검사는 방배동 그의 집 근처까지 와 면담을 요청했고, 갈 만한 곳은 아파트 상가 맥줏집 구석이 고작이었다. 고시 이후 20년 만에 그런 곳에 엉덩이를 대본 셈이었다.

최수현을 보게 되리라곤 짐작조차 못 했기에, 성진규 부장은 맥줏집 문손잡이를 잡은 그대로 돌아나올 뻔했다. 저 미친놈을 법정에서 봐도 패 죽이고 싶을 판인데, 내 집 인근이라니.

김 검사의 손에 이끌려 간신히 자리에 앉은 뒤 듣게 된 사안은 그야말로 가관이었다. 밝히기도 낯 뜨거운 장난질에 걸려든 최수현은 〈이끌〉을 터는 과정에서 백 수사관을 사칭했고, 그게 윤종건의 윗선을 자극했다. 〈이끌〉에 대한 압수수색이 들어간 건 제보에 의한 마약 수사 때문이었지만, 〈이끌〉의 주인이 장진호라는 걸 몰랐다는 건, 내 멍청한 실수였다.

"조 검사랑 나는 윤종건이 작대기 장사에 정신 팔린 줄만 알았지."

"〈이끌〉에서 마약 관련 증거가 나왔습니까, 부장님?"

그게 문제였다. 제보자가 술술 불어댄 다른 장소와 달리 〈이끌〉에서는 그럴듯한 증거가 나오지 않았다.

"내일 새끼 디자이너랑 경리 직원을 참고인 조사할 예정인데."

"조 검사가 짜증 좀 났겠는데요."

최수현 저 자식 말투는 여전히 거슬리는군. 성진규 부장은 별수 없이 고개를 끄덕였다.

"건진 게 없지. 조 검사나 나나."

"윤종건이 튄 건 마약 때문일 수도 있고, 세탁소 때문일 수도 있는 거네요?"

파스쿠찌에 앉아 어제의 대화를 떠올리며 성진규 부장은 마약과 세탁소 둘 다 중요한 이유라고 생각했다. 장진호가 고작 검찰수사관을 위장한 전직 검사의 방문에 놀라 잘 돌아가던 세탁소를 접었을까. 작대기라면 얘기가 완전히 다르다. 장진호는 작대기에 대해 짙은 혐오를 지녔고, 마약을 하다 걸리면 조직 내에서 즉각 잘라버리기로 유명했다. 코카인 중독으로 딸을 잃은 장진호는 그런 면에서 사정을 두지 않았다.

"죽으면 죽었지 자기 구역에 작대기 돌아다니는 꼴 안 보니까."

어젯밤 최수현은 윤종건이 〈이끌〉을 버리고 떠난 이유를 곰곰 따져봐야 한다며 말을 맺었다. 그 새끼 지적이 옳았기에, 성진규 부장은 기분이 더욱 좋지 않았다.

어쩌면 촉이 발동한 장진호가 〈이끌〉을 버리면서까지 윤종건을 처벌하려 한 건 아니었을까. 그렇다면 윤종건은 산 깊은 구덩이나 서해안 바닷속에서 찾아야 할지도 몰랐다.

"제가 허락 없이 일을 벌였습니다."

최수현 옆에 앉은 김 검사는 방금 나온 튀김 세트 위로 고개를 여러 번 숙였다.

그 변호사란 놈의 정체가 뭘까. 그 뒤엔 어떤 놈들이 병풍처럼 늘어서 있는 거지?

김훈정은 최수현을 통해 변호사라는 놈을 만났다고 했다. USB 속 자료의 폭발력에 대해 설명하는 김 검사의 표정은 어두웠고 뺨은 차가워 보였다.

"증거 중 일부만을 넘기는 거라 합니다."

"일부? 몇 프로나?"

둘은 말이 없었고, 그건 알아내야 할 목록이 길어진다는 의미였다.

김 검사는 USB 자료가 수십 쪽 분량의 거래장부라고 했다. 송태섭이라는 이름이 있었습니다. 송태섭이 장부에 기입된 사람들에게 뇌물을 보냈어요. 성 부장님, 송태섭이 열쇠예요.

아니, 송태섭은 브릿지였다. 그놈을 통해 칼 든 우리가 장진호에게 건너가야 하니까.

그 밤 집 앞까지 최수현을 달고 온 김 검사가 한심했지만, 성진규 부장은 그 자리에서 탓하진 않았다. 요즘 젊은것들은 비밀을 어찌 다뤄야 하는지에 대한 기초상식이 없어. 아는 놈이 적어야 비밀이

유지되는 법이거늘. 최수현은 꺼져야 했다. 쫓겨난 전직 검사 따위를 달고 다녀서 대체 뭘 어쩔 셈이야, 김훈정 너는.

라떼는 너무 달았다. 성진규에겐 시럽 펌핑을 두 번 하느냐, 세 번 하느냐가 늘 어려웠다. 머리를 굴리려면 당분이 필요하지만, 이건 그걸 넘어섰다. 작년에 옷 맞추면서 허리 치수를 하나 늘였는데 올해도 위태위태하겠군.

어제 듣기론 최수현은 변호사라는 놈과 소송 관련해 엮인 모양이었다. 최수현은 변호사의 의도가 수상하다 말했고, 성진규 부장은 마지못해 공감했다. 변호사라는 놈, 왜 여기저기 흘리고 다니지. 수면 아래에서 고요히 진행되어야 한다는 정도는 알 텐데.

"변호사라는 그놈이 저를 백 계장으로 착각해 그리 일을 벌였을 겁니다."

글쎄. 변호사 입장에서는 누가 백 수사관이고 누가 최수현인지 알게 된 순간, 상황을 정돈하면 될 일이었다. 그런데도, 그놈은 그러질 않았다. 여하튼 찜찜했다. 변호사는 최수현과 김 검사와 백 수사관을 왜 서로 물고 물리게 만들려는 걸까.

그러면 나 또한 누구를 통해 물려두려 하겠지. 성진규 부장의 입꼬리가 올라갔다.

중요한 건 USB였다. 송태섭에게 상납받은 자들이 누군지, 김 검사는 미리 말하지 않았다. 직접 살펴보는 게 좋겠다고 그녀는 성진규에게 얘기했다. 짐작이 아예 없진 않았다. 송태섭 이 새끼 참 오랫동안 골치 썩이네. 변호사 그놈은 송태섭을 붙들어 장진호를 엮어달라는 거였다. 미친 새끼, 검찰이 어디 홍신소줄 아나.

송태섭, 송태섭, 아 송태섭. 검경 할 것 없이 꾸준히 뇌물을 뿌려온 송태섭의 자료가 검찰 손에 들어갔다? 장진호는 송태섭과 이리저리 얽혀 있는 상태니, 볼 것 없이 송태섭을 붙들어 어느 구덩이에 파묻으려 들 게 분명했다. 검찰이 자신을 붙들 이유를 송태섭을 정리하면서 끊어내는 거지.

김 검사는 송태섭 붙들 근거를 잡아두려 간밤 내내 여기저기 쑤시고 있을 게 분명했다.

"부장님, USB에 담긴 자료만으로도 송태섭 소환 가능합니다."

성진규 부장은 어젯밤 보았던 김 검사의 표정을 떠올렸다. 그리 자신만만한 얼굴을 본 게 얼마 만이던가. 직속상관으로서 반가운 일이었지만, 패기만 믿고 운전석에 앉힐 순 없었다. 자료를 근거로 수사 기초를 세우고, 거기 맞게끔 수사 형식을 가동시켜 증거를 확보하고 증언도 끌어모아야 했다. 수사에는 시일이 걸리고, 수사 정보는 외부로 흘러나가게 마련이다. 결국 주변 단속과 진행 속도가 관건이었다. 입을 단속하고, 속도를 높여서 목표물을 향한 루트를 최단 시간으로 뽑아 찍소리도 안 나게 붙들어야만 했다. 그러려면 우선 이걸 들여다봐야겠지. USB를 꽉 거머쥔 성진규 부장이 천천히 일어섰다.

가보자, 죽기밖에 더 하겠냐.

2

창문을 열자 바람이 휘몰아쳤다. 습기를 머금은 아직 뜨끈하고 불쾌한 바람이었다. 하지만 물기 남은 머리로 검찰청 입구 검색대에 줄을 설 순 없었다. 손가락을 한껏 벌린 김훈정이 차창으로 들어오는 바람에 머리칼을 털었다.

어젯밤, 성진규 부장의 표정은 좋지 않았고 수현 또한 마찬가지였다. 둘 사이의 악연을 듣기만 했지 그 정도일 줄은 몰랐기에, 김 검사는 둘을 마주 앉힌 걸 그 밤 내내 후회했다.

"뭔가 찜찜해."

USB를 넘겨받은 성진규 부장이 먼저 일어섰고, 배웅을 나갔던 훈정과 수현은 맥줏집에 다시 앉았다. 아무도 입 대지 않은 생맥주 피처 한 통을 혼자 들이켜며, 수현은 구시렁거렸다. 훈정은 감자튀김을 집어 케첩에 찍어 먹었다.

"성 부장님이랑 장진호 사이에 구원이 있다던데."

"야, 김 프로. 장진호 그거 오래 묵은 괴물이야……. 검찰청 칼잡이 중 그거 찔러볼 생각 안 해본 사람 있어?"

그럼 난?

"아아! 김 검, 너는 칼 쥔 지 얼마 안 되었잖아."

아, 형사부는 칼잡이가 아니로구나.

고개를 돌리고 트림을 내뱉던 수현이 창밖 아파트 단지를 쳐다보았다. 나온 지 오래된 튀김은 차가웠고, 잘린 채소의 수분 섞인 드레싱은 희멀게져 있었다.

시동을 건 김훈정의 검정 K7에 수현은 자연스럽게 올라탔다. 택시가 잦은 곳까지만 태워달라 했지만, 드문드문 이야기가 이어져 한밤의 드라이브는 좀처럼 끝나지 않았다.

"내가 걸리는 건 따로 있어."

수현이 내리기 직전 꺼낸 말은 오늘 아침에 이르기까지 김 검사의 뇌리에 내내 들러붙어 있었다.

"뭔데요?"

"송태섭이라는 이름을 들었을 때의 표정."

누구의?

"성 부장이지 누구야."

그 표정을 읽을 생각을 아예 못 했다는 자괴감에, 김훈정은 간밤 잠을 설쳤다.

"잘못된 경로를 선택했다고 생각해요?"

성진규 부장이라는 경로. 차 문을 닫으려는 수현에게 몸을 기울이며 김훈정은 물었었다. 차 문을 짚은 채 수현은 꽤 오래 생각에 잠겼었다.

"별수 없었잖아."

차 문을 밀어 닫은 수현이 저 뒤로 휘적휘적 걸어 나갔고, 김훈정은 해결되지 않은 답들을 품은 채 집으로 돌아왔다.

이른 시간이었지만, 검찰청 주차장은 댈 곳 없이 빽빽했다. 앞뒤로 기어를 바꿔가며 죽어라 검정 K7을 밀고 당겨내 덩치 큰 대형 세단 사이에 간신히 끼워 넣은 김 검사가 출입구 검색대에 섰다. 파란 줄에 매달린 검찰 출입증을 목에 걸고 서류 가방을 한 손에 들면 시선은 줄 저 앞, 그리고 둥근 계단 위쪽에서 쏟아지는 햇살로 자연스레 향했다. 검색대 줄 이 정도에서 아침마다 김훈정은 출근하는 이유를 떠올렸다. 검찰, 비판과 비난으로 늘 소란스러운 이곳. 누추한 냄새를 풍기는 한심한 사람들이 존재하고, 삐뚤어진 욕망 또한 득실거리지만, 부여받은 힘을 올바르게 쓰려는 곧은 사람들 또한 존재하는 여기. 그녀는 서울중앙지방검찰청이 거악과 싸우는 대한민국 싸움터의 맨 앞이자, 정직한 사람들이 믿고 기댈 수 있는 마지막 보루라는 신념을 가지고 싶었다. 그리고 스스로 가장 먼저 그런 사람이고자 하는 믿음으로 아침마다 저 빛을 바라보곤 했다. 지난 시절 그토록 오고 싶던 곳이자 지금도 머물길 바라는 이곳 서울중앙지검은 김훈정의 싸움터이자 그녀가 휘두를 힘의 근원이었다.

그 중심을 향해 김훈정 검사는 천천히 나아갔다.

3

서류를 다 살펴본 김훈정 검사가 파일철을 덮자, 창밖 오후 풍경을 내려다보던 성진규 부장이 몸을 돌렸다. 그녀의 얼굴이 긴장으로 굳어 있었다. 아까 내 표정도 저와 비슷했겠지. 방금 김 검사가 들여다본 서류는 어젯밤 넘겨받은 USB의 자료에 성진규 부장이 알고 있던 여러 정황을 덧입힌 것이었다.

“뇌물을 받았다는 자들이 누구인지만 덧붙인 거야. 내가 아는 선에서 대강 추렸지만 싱크로는 거의 맞을 거야.”

기가 질린 김 검사는 오그라드는 모양이었다. 김훈정이 참치집 노트북에서 알아본 자들은 전직 지검장 정도가 전부였다. 성진규 부장이 궁금한 건 최수현이었다. 그놈은 더 알아봤을 텐데.

“노트북은 저만 봤습니다. USB는 체크 안 했고요. 그리고 제가 알아본 사람들은…….”

김 검사가 양손으로 만든 원을 좁혀 보였다. 그러고는 멍한 눈빛으로 다시 파일철을 열었다.

USB 속 증거는 건설업자 출신 폭력배 두목 송태섭이 인천지검과 부산지검 검찰 인사들을 접대한 내역이었다. 2007년에 시작된 기록은 드문드문 이어졌는데, 룸살롱에 지불한 영수증부터 명절 떡값 목록이 자세했고, 목욕값이니 회식비니 하는 명목으로 뒷돈을 받은 검찰수사관 명단과 검사들의 이름이 즐비했다. 그들이 다른 지검으로 이임할 때 건넨 선물 비용의 집행 내역도 상세하게 기록되어 있었다.

“다 먹을 수 있겠냐?”

고개를 든 김 검사의 눈동자에 혼란이 휘몰아치는 게 보였다.

“크네요, 엄청.”

혀로 입술을 핥는 모양이 입 찢어질까 걱정되는 눈치였다.

“일단 김 프로는 그것만 파. 다른 검사들 눈치 때문에 사건배당은

할 텐데, 구석에 쌓아둬."

"파면 어디까지 팝니까?"

"다 파."

성진규 부장이 싸늘하게 되물었다.

"정해두고 파면, 제대로 되겠니?"

다 파야 했다. 전체 규모를 알아야 이게 불러올 파장의 크기도 가늠하고, 조정할 수 있을 테니까.

변호사는 일부를 넘겼다고 했다. 액면 그대로 믿으면, 이만한 덩어리가 몇 개 더 있다는 얘기였다. 지금 것만 터져도 신문 1면이 닷새 동안 채워질 텐데.

"보고는 나한테 직접 해."

김 검사의 표정에는 변화가 없었다.

"이 건, 어디의 누구까지 아십니까?"

김 검사는 범위를 묻는 중이었다.

"나 하나야. 우선은."

어디 가져다가 함부로 상의할 수도 없는 내용이었다. USB의 내용이 그리 생겨 먹었기에, 그럴 수밖에 없었다. 다른 계산이 없진 않았지만.

파스쿠찌를 나와서 서울중앙지검에 복귀하자마자 성진규 부장은 USB 내용을 샅샅이 검토했다. 인천 부동산업자 송태섭은 80년대에 아파트 딱지장사와 떴다방으로 밑천을 잡아 건설업을 일으킨 입지전적인 노다가꾼이었는데, 벌어놓은 돈을 제법 비상하게 써먹었다.

그럴듯한 건설업체를 세워 재개발판에 뛰어든 송태섭은 일을 쉽게 만든답시고 용역을 쓰다가 몇 건의 민형사 소송에 얽혔다. 지역 주민 대부분을 적으로 돌린 걸 무마하느라 번 돈 태반을 경찰에 쏟아붓던 송태섭은 차차 개념을 익혀 검찰에 돈을 부었다.

송태섭을 붙들려는 시도가 없진 않았다. 특히나 경찰이 열을 올렸는데, 전국 여러 재개발 지역에서 너절한 잡음을 일으켰기 때문이었다. 하지만 희한하게도 검찰에서 여러 번 불기소 처분을 내렸고, 피해자와 합의가 되었다는 이유로 약식기소만 했다. 경찰은 송태섭을 검찰 조직과 얽힌 더러운 놈으로 포착해두었으나 잡아 가두진 못했다. 송태섭이 검찰 내부에 튼튼한 사슬을 지닌 건 분명했다. USB는 그 사슬이 어떻게 이어졌는지를 알려줄 증거의 일부였다. 엮인다는 건 이만큼이나 무서웠다. 구덩이에 빠진 놈을 건지기도 하지만, 떨어지는 놈에게 딸려 들어가기도 하는 법이었다.

"송태섭에겐 관심 없다며, 그 변호사라는 놈."

"변호사는 장진호 따길 바란답니다. 검찰로 송태섭 통해 장진호 따려는 거죠."

"그 둘 사이를 엮을 뭔가는 없고?"

"장진호 잡아들이기만 하면, 왜 없겠습니까."

그건 송태섭도 마찬가지였다. 찐득거리는 피 냄새와 풀풀 날리는 돈 냄새가 반경 1킬로미터는 퍼져나갈 놈들이었다. 다만, 덮어놓고 잡아들이기엔 이리저리 엮인 덩어리가 조심스러울 뿐이었다.

송태섭과 장진호 사이에 어떤 관계가 존재하는 건 분명했다. 송태섭은 장진호라는 수단을 부려 재개발사업 현장을 거머쥐어 왔고, 장진호는 송태섭에게서 자금을 융통받아 유흥업소를 장악하고 사업을 확장했다. 술장사에 사람 장사를 섞던 장진호는 90년대 들어 급격히 사업 방향을 틀었다. 전국 각지의 자잘한 조직폭력배들을 가랑이 아래 모아두어 유통망을 확보한 장진호는, 여러 잡다한 사업체를 굴리며 자기 조직원들을 합법적인 사업가로 변모시켰다. 장진호가 탁월한 실력을 보이는 영역 중 하나가 돈세탁이었다. 장진호 소유의 파이프가 전국에 빼곡하고 복잡하게 설치되어 있어 그가 빨아댄 검은돈을 추적하기란 하늘에 별 따기였는데, 한동안 국세청에서 장진호 전담팀 구성을 고려할 정도였다.

한때 손잡았던 둘은 재개발쪽으로 경찰 수사가 들어오자 뜯어졌다가 몇 해 전에 슬그머니 도로 붙은 것으로 알려져 있었다. 송태섭은 검찰 쪽 인맥이라는 자산을 지녔고, 장진호는 술집과 클럽을 뼈마디로 하는 전국적 유통망과 세탁 라인이라는 설비가 있었다. 송태섭은 장진호에게 고객을 소개하며 비용을 따로 받았고, 장진호는 송태섭이 물어온 고객을 통해 새로운 거래처와 인맥이라는 우산을 챙겼다.

성진규 부장이 그런 내용을 쭉 풀어 설명하는데, 김훈정의 표정이 묘하게 변했다.

"어젯밤에 알려드린 사안인데, 정리가 정말 잘되어 계시네요."

"나랑 몇 번 인연이 있거든."

성진규가 인천지검 검사보 시절일 때, 송태섭은 동네 시끄럽게 만드는 지능 사기범으로 여겨졌고, 간혹 정무 보고에 언급되었다.

"송태섭 잔챙이 시절에, 꼭지 따려는 선배 검사 몇몇이 있었지. 그 새끼 성장 과정이 너저분하거든. 지금에야 목욕 많이 해서 깔끔해진 사업가가 되었지만. 반면 장진호는……."

성진규 부장이 검지로 파일철을 툭툭 두들겼다.

"조폭 두목치곤 생각이나 행동이 좀 묘해."

"어쩌면 그래서 성공했는지도 모르죠."

조폭은 의리로 뭉친 주먹 패거리가 아니다. 조직 내에 돈이 흐르지 않으면 아무도 움직이지 않는 게 조직폭력배의 생리였다. 장진호는 돈을 능통하게 흘렸고, 그의 아래로 그 정도 인원이 한데 모인 건 그런 이유였다.

"제가 어디까지 담당할까요?"

다 먹겠다고 눈 부릅뜰 땐 언제고, 이젠 나자빠지려 드나. 우선은 김 검사가 이 패를 받아야 했다. 김 검사가 안 죽어야 전체 판이, 무엇보다도 내가 산다고 성진규 부장은 생각했다.

"누구 하나가 파야잖아."

"저 혼자 곡괭이질해서 되겠습니까?"

성진규 부장이 김 검사를 들여다보았다. 다른 검사가 아닌 김 검사가 이 사건을 물어왔다니, 성진규 부장은 잔치라도 벌이고 싶은 심정이었다. 김 검사가 인지수사에 서툴다는 사실을 알 만한 사람은 다 알았기에, 부장인 자신이 운전석으로 손 뻗어 핸들을 거머쥐기도 나쁘지 않았다. 게다가 책임을 뒤집어씌우기에도 최적이지 않나. 성진규 부장은 검지를 들어 둘 사이에 놓인 파일철을 쿡쿡 찔렀다.

"혼자 파다가 죽기라도 할 것 같아서 그래?"

공수처가 생기고, 경찰과 수사권 조정이 이뤄지면서 위상이 얼마간 추락했지만, 검찰은 아직 대한민국에서 가장 강력한 사정기관이었다. 특히나 커다란 사건을 인지하고 그걸 제대로 털어 건어낼 만한 덩어리로 만드는 건 풋내기 경찰이나 수 딸리는 공수처가 감히 못할 비즈니스였다.

"이거 파다가 날아가도 저는 불만 없습니다. 근데 변호사라는 놈한테 수사 하청받은 건 좀 꺼림칙합니다. 연루된 이름들만 봐도 저 혼자 들고 가겠나 싶습니다."

"혼자 들고 가라는 게 아니잖아."

"저는 부장님이 이걸 어떻게 다루려는지를 여쭙는 겁니다."

성진규 부장이 김훈정 검사를 빤히 쳐다보았다. 이걸 어쩔 거냐고? 내 직속상관과 다른 지검 부장들 이름 수십 개가 빼곡히 박힌 뇌물 제공 기록을 들고 내가 어찌 움직일지를 묻는 건가.

"예전 조폭 수사할 때, 나한테 칼 보낸 놈이 있었어. 번들번들한 행켈이었지. 그걸 들고 내가 어딜 갔는지 알아?"

유명한 얘기였고, 부서 회식에도 종종 오르내리던 소재였다.

"마장동에 갔지. 거기에서 죽은 지 얼마 안 되는 돼지를 통째 샀어. 칼을 왜 보냈겠니. 나를 쑤시겠다는 얘기잖아. 그렇지, 김 프로?"

"네."

"그래서 그 칼로 돼지 사체를 막 찔렀어. 열 번이고 스무 번이고 미친놈처럼 피 뒤집어써 가면서. 내가 왜 그랬을까?"

"찌를 놈이 되어보고 싶으셨나요?"

말귀가 빠르면 말의 수고로움과 시간의 총량이 줄어든다. 성진규 부장은 바짝 기울였던 몸을 뒤로 물렸다.

"검사가 왜 칼잡이겠냐. 왜 그랬냐고? 마장동까지 꾸역꾸역 가 갓 죽은 돼지를 왜 찔러댔느냐고? 제정신으로는 못 찔러. 찔러보니, 알겠더라."

그러고 나니 찔릴 것 같지 않았다.

그건 일종의 배짱 싸움이었다. 성진규가 김훈정에게 털어놓진 않았지만, 칼을 보낸 그 조폭에게, 뇌물을 받은 건 사실이었다. 성진규에게는 그놈이 재판에서, 감옥에서 그 사실을 떠벌릴 것인가가 정말 중요했다. 그렇다고 그놈이 보낸 칼에 주눅 들어 자기만의 칼과 배짱을 보이지 못하는 것도 납득할 수 없는 일이었다. 그놈에겐 혀라는 칼이 남아 있었지. 하지만 감옥에서 8년이나 썩고 나오는 동안 그 놈은 그걸 입안에 그저 뉘어두고만 있었다.

성진규 부장은 지금도 간혹 그 일을 곰곰 생각했다. 그놈은 혀라는 칼을 써서 나를 무너뜨릴 수도 있었지. 하지만 성진규는 검사였고 검찰 조직은 검사를 무너뜨린 놈을 그대로 두지 않는다. 안절부절못하던 상태에서 이뤄냈던 그 구속은 돼지를 찌르며 성진규 부장이 내린 결론이자 상황을 이겨낸 방식이었고, 이후 여기까지 오며 확고히 붙들었던 원칙이었다.

찔리지 않기 위해, 먼저 찔러야 한다.

이봐, 김훈정. 알아들었다면, 이제 네가 해야만 하는 그 핸들링을, 해봐.

"변호사라는 놈 신상 파악해. 그건 백태현 계장 조져서 시켜. 김 프로 넌 내가 준 자료 근거로 상납받은 자들 체계적으로 파."

"알겠습니다."

"그리고 변호사 직통 번호, 받았다며. 그거."

김 검사가 잠시 머리를 굴리더니 메모지에 번호를 적어냈다. 그러고는 입술을 깨물었다.

"부장님. 서류에 기입하신 그 이름들 정말 확실합니까?"

그건 성진규 부장이 아는 그대로였다.

"홍 씨, 차 씨, 류 씨가 많기나 하냐."

성진규 부장은 변호사라는 놈이 일부러 그 이름들과 관계된 자료만 잘라서 USB에 담았다고 생각했다.

"검찰 내부 비리로 커질 거야. 총장님은 물론이고, 조직 절반이 날아갈 사안이야. 맞아?"

김 검사가 미처 끄덕이기도 전에 성진규 부장은 말을 이었다.

"비밀은 아는 놈이 적을수록 단단히 지켜지는 법이야, 이것도 맞지? 그리고 변호사가 이걸 왜 너에게, 그리고 최수현에게 넘겼는지 알아내기 전엔, 이 내용 구체화 못 해. 맞아?"

"맞습니다."

"자료 본 건 너랑 나뿐이야."

"최수현은 모릅니다."

흡족한 마음에 자세가 풀어질 지경이었다.

“그럼 구체적인 내용이 흘러나가기라도 하면, 너랑 나.”

“이걸 제공한 변호사 중 하나겠죠.”

“백태현은?”

“이런 게 넘어왔다는 정도만 압니다.”

“복사본은?”

“없습니다.”

“그럼 이건 내가 맡아두기로 하고…….”

변호사, 이 파동의 중심엔 그놈이 존재했다. 그놈을 따야 했다. 딸 수 없다면, 다른 방법을 써서라도, 얼른.

그러나 그걸 먼저 할 순 없었다.

“송태섭을 따야 합니다.”

“장진호를 골인시키려면 그래야겠지. 그거 보면서 이름을 외워.”

자료를 뒤적거리던 김 검사가 고개를 끄덕였고, 성진규 부장이 그걸 파쇄기로 가져가 밀어 넣었다.

“최수현 연루되면 곤란해. 그놈, 외부인이야.”

“변호사가 최수현을 매개체로 삼았어요. 우리로서는 거부할 방법이 없었습니다.”

최수현이 껍질만 알고 알맹이를 모른다면, 우선 동행해도 무리는 없어 보였다. USB는 여기로 넘어왔고, 김훈정 정도는 충분히 다룰 수 있다고 성진규 부장은 생각했다. 대꾸 없이, 그는 고개만 끄덕였다. 김 검사가 몸을 일으키고는 고개를 숙였다. 하이힐 소리가 저쪽으로 멀어졌고 문 닫히는 소리가 들렸다.

김 검사는 USB에 담긴 이름을 중심으로 사실관계 파악에 나설 것이다. 이 사안은 지뢰찾기 게임이다. 폭탄이 있을 만한 지점을 살살 봐가며 짚어 인근을 홀딱 뒤집어 폭탄을 찾아내야 한다. 성진규 부장이 의자에 몸을 묻었다. 수사를 30년 넘게 피해온 놈이니, 인근 100킬로미터 반경까지 신경선이 뻗어 있을 게 분명했다. USB에 담긴 명단 모두가 송태섭의 뒤를 봐주고 있는 걸까. 전별 선물을 받았거나, 자잘한 잔돈푼을 먹었던 인연이었는지도 모르지. 단순히 재주가 좋아 송태섭이 검찰 칼날을 빗겨나갔던 건 아닐 것이었다. 검사檢事는 곧 검사劍士이고, 칼잡이들을 뒤로 물렸던 자는 윗선이었을 것이다. 아득한 기분이 들었다. 그때 성진규 부장 안에서 뭔가가 바짝 일어섰다.

나는 대체 어떤 괴물을 상대하는 중인가.

4

무슨 말인지 알아듣기까지, 김 검사는 몇 초간 시간이 필요했다.

"일단 심난하니까 그 큰 얼굴 좀 뒤로 물려봐요."

백 수사관은 그제야 엉덩이를 당겨 자기 의자에 털썩 앉았다. 행정관 둘이 나간 점심시간에, 김 검사와 백 수사관만 있던 사무실에서의 일이었다.

검사 사무실이라 봤자 별것 없었다. 문 반대편에 김 검사의 책상이 있고, 이어 붙인 책상 두 개에 사무를 돕는 검찰행정관들이 앉았으며, 그 옆에 니은 자로 붙인 책상을 백 수사관이 썼다. 한쪽에 접견실이자 회의실이자 취조실이자 휴게실인 소파 놓인 공간이 자리했지만, 지금은 김 검사가 처리 못한 서류가 쌓인 창고 꼴이었다.

백 수사관은 다시 설명해야 하나 싶은 표정이었다.

"먹방 본 적 없으시죠?"

"뭔진 알아요."

"걔네들 먹는 양을 우리가 흉내나 내겠습니까? 따라 하다 입 찢어지고 배 터지는 겁니다."

백 수사관은 김 검사가 USB로부터 물러서기를 바랐다.

"공수처에 비밀리에 쓱 넘기는 방법도 있고……."

"비밀이 유지는 되고요?"

"던지는 거죠, 뭐."

핀 뽑은 수류탄을 저 뒤 아무 데나 던지고 달아나자는 얘기였다. 안 그러면 폭탄 터진 다음 날에 김훈정의 잘린 목이 검찰청 앞에 내걸릴 터였다.

"사수 따라 길거리 나앉았다고 다들 혀를 끌끌 차겠네요."

"최수현을 누가 기억합니까. 사람들이 손가락질하는 건 김훈정 검사님 하나예요. 진중하게 들으세요. 검사님은 그거 못 먹습니다."

성질이 치솟았지만, 반박할 거리가 없었다.

"아니, 숟가락 들기도 전에."

"다시 설명해드려요?"

백 수사관이 진저리를 쳤다.

"성진규 부장검사께서 무슨 생각으로 김훈정 검사님께 이 건을 핸들링하라셨는진 모르지만, 내용이 너무 큰 게 암만 부장님 커버가 들어와도 혼자 감당 못 한다 이겁니다. 이 건 공개되면요. 공수처가 깃발 들고 언론이 나팔 불어서 총장님 짤리고, 법무부 장관 모가지도 같이 걸릴 겁니다. USB에 언급된 사람들 줄줄이 소환되어서 포토라인 서는 그림이 두 달 내내 정치면에 실릴 거예요."

"우리 검찰이 포토라인 없앤 게 언젠데."

"그딴 거 없어도 언론이 대장장이 달군 쇠 때리듯 연일 패겠죠. 게다가 USB에 관련자가 다 담긴 게 아니라면서요?"

변호사는 송태섭에게 뇌물 받은 검찰청 사람들의 일부를 담았다고 했다. 송태섭이 돈을 먹인 선이 저 위 아득하게 뻗기라도 한다면…… 혹시나.

서울 한가운데?

"검사님. 검찰청엔 비밀이 없어요. 그리고 저는 좀 묘한 게…… 부장님이에요."

백 수사관은 성진규 부장이 이 건을 인지한 뒤에도 왜 자꾸 단독으로 움직이는지, 이해하지 못했다.

"얘기했잖아. USB에 이 차장님 이름이 있다고."

"그럼 지검장께 직보를 해야죠. 아니, 반부패수사부 부장이 암만 세도, 지금 본인 직속상관이 연루되고 나열된 이름들이 떠르르한 증거가 나왔는데……."

"일단은 사나흘 파보고……."

"사흘이면 죽었던 사람도 부활해요."

백 수사관이 뚱한 얼굴로 덧붙였다.

"누군가를 산 채 파묻기에도 사흘은 아주 널널한 시간이구요."

백 수사관은 셋 중 하나 택하길 바랐다. 언론에 흘리든가, 차장이 언급되었으니 검사장에게 직접 보고를 하든가, 아예 발을 빼시라.

김 검사가 USB를 엉덩이 아래 뭉개고 있으면, 변호사도 보고만 있진 않을 것이다. 변호사는 이쪽을 접고 다른 채널로 USB를 돌릴 것이다. USB의 폭발력에 군침 흘리지 않을 사람은 검찰, 경찰, 공수처, 언론 통틀어 아무도 없었다. 그런데 백 수사관은 간신히 쥔 이걸 그만 놓으라 간청하고 있다. 돌아가라고? 이런 거대한 기회 앞에서? 대체 어디로?

그럴 순 없었다. 변변찮은 시도조차 못 하고 포도를 흘겨보기는 싫었다.

지금 덤비지 못하면, 영원히 이겨내지 못한다고 김훈정은 이를 악물었다.

"우선 이렇게 합시다, 백 계장님."

김 검사로선 백 수사관을 다독여야 했다. 백 수사관은 이 사건을 아는 몇 안 되는 사람 중 하나였고, 그에게 도움받을 필요도 있었다.

"부장님 말대로 일단 파보자고요. 48시간만 해보고 다시 얘기해요. 뭐가 나오는지 보고, 그 셋 중 하나를 정합시다."

백태현이 하늘을 향해 양손을 벌렸다.

"늪에 발 담그는 거랑 같아요. 시간 지날수록 빨려들 뿐이에요!"

김훈정이 고개를 가로저었다.

"우선은 그리하세요, 계장님. 그래야 나도 이 폭탄을 어찌 다룰지 계산이 설 테니."

터뜨릴지, 잠자코 죽일지를.

김 검사가 휴대폰을 집어 들려는데, 백 수사관이 커다란 손으로 덮었다. 깜짝 놀라는 김훈정에게, 백태현이 낮게 깔린 목소리로 말했다.

"검사님, 저 이거 정말 무섭습니다."

김훈정 또한 그랬다. 어젯밤을 하얗게 새운 건, 성진규 부장 집 앞 맥줏집을 나올 때 별안간 휘청거렸던 건, 수현을 내려준 뒤에도 집에 가지 않고 빈 밤거리를 기름이 다 떨어지도록 나돌아다녔던 건, 그런 까닭이었다. 정신없이 타고 올라오는 저 밑의 무언가가, 김훈정은 무서웠다. 백태현이 눈썹을 찌푸렸다.

"검사님. 지금 여기서 뒤돌아도 아무도 뭐라 못 합니다."

그건 김훈정이 차가워진 감자튀김을 케첩에 찍으며 내내 했던 생각이었다. 그리고 남은 맥주를 자기 잔에 붓는 수현을 보며 들었던 깨달음이기도 했다.

나 또한 알몸에 창 하나 들고 저 거대한 풍차로 돌격하고 있구나.

김 검사가 알아들었다는 뜻으로 고개를 끄덕였다. 그러나 본심은 끝내 털어놓지 않았다. 여기서 뒤돌아 나오면 죽는 순간까지 스스로를 혐오할 것만 같았다. 그만두더라도 자기만의 온전한 선택으로 그만두어야 한다고, 김훈정은 생각했다.

그 순간 김훈정은 괴상하게도 수현 생각이 간절해졌다. 병원에 가야 하나. 김훈정의 내면이 이리 피폐해졌나. 집 앞 사거리에 있는 정신의학과 이름이 뭐더라.

백 수사관이 몸을 일으켰다.

"점심 안 하십니까?"

김 검사가 손을 내저었고, 고개를 꾸벅 숙인 백 수사관이 밖으로 나갔다. 김 검사는 긴 한숨을 내쉬었다. 전화 한 통 거는 게 아주 이상한 행동은 아니지 않을까…….

근데, 수현의 번호가 나한테 있던가.

5

김 검사를 내보낸 성진규 부장은 다른 업무를 처리하느라 바빴다. 하지만 송태섭 리스트에 대한 생각은 끊임없이 머릿속을 맴돌았다.

우선 변호사의 정체나 의도는 배제해야 해. USB 증거가 사실이라면 그건 송태섭의 작품일 게 확실했다. 오랫동안 뇌물을 뿌려온 송태섭은 그 돈더미를 차근차근 데이터화했을 것이다. USB에는 뇌물장부와 접대하고 긁은 영수증 스캔본이 첨부되어 있었다. 63년생인 송태섭이 그걸 직접 했을 리가 없었다. 송태섭의 자녀 하나는 미국에 건너가 사는 중이었고, 다른 하나는 젊어서 사망했다.

어쩌면 송태섭도 이 증거들을 도둑맞은 걸지도 몰랐다. 그렇다면 변호사가 말했다는 참을성 부족하다는 외뢰인이 그 도둑일까, 도둑을 휘하에 둔 자일까?

시계를 보니 주례회의가 코앞이었다. 서울중앙지검은 검사장인 지검장 아래 4명의 차장이 자리했는데, 성진규 부장이 속한 반부패수사부는 이태훈 3차장의 지휘를 받았다. 주례회의에서는 부장 7명이 보고를 올리고 차장검사의 지시를 받았다. 이태훈 차장……. 속에 뭐가 얹힌 것처럼 불편했다. 미친 척하고 들이받아 볼까. 이 차장님, 어제 확보한 범죄 자료에 뇌물 받은 사람 명단이 쭉 나왔는데요. 거기 차장님 이름이 있습니다.

그제 털었던 마약 관련 사안과 관련해 보고할 내용이 많았다. 성진규 부장은 초조하게 입술을 빨았다. 고시 선배인 이태훈 차장은 서울중앙지검에서도 핵심부서인 반부패수사부로 성진규를 뽑아온 은인이었다. 당장 차장실로 올라가 수사 첩보 중에 차장님 이름을 발견했다고 알려줘야, 도의상 옳았다. 이태훈 차장검사……. 세상엔 적이 되면 절대 안 되는 인간 유형이 존재하는데, 이태훈이 거기 속했다. 덮지 않는다면……. 그건 김훈정이 낸 질문이기도 했다. 어떻게 핸들링하실 거죠? USB 뇌물 수뢰자 목록에서 반부패수사를 지휘하는 3차장 이름이 나왔다. 수순을 따르자면, 차장보다 높은 직급에 이를 보고해야 했고, 대한민국 검찰 조직에서 서울중앙지검 차장검사 위는 10명도 되지 않았다.

성진규 부장은 이런저런 생각 중에 최수현을 떠올렸다. 검찰 조직의 꽃이라는 반부패수사부 소속 막내 검사 최수현은 조직 최상층부에서 내린 수사 지시를 거부하고는, 한 발 더 나가 지검장 대면을 신청하는 결기까지 보였다. 투구 쓰고 긴 창에 방패 끼고 거대한 성을 향해 돌진했는데, 팬티 차림인 셈이었다. 펄펄 뛰는 최수현을 지검장이 붙들었고, 수사 지휘의 부당함에 대해 기염을 토하는 최수현에 맞서 소파에 기대어 한쪽 다리를 꼰 지검장님은 설탕 3스푼을 넣은 예의 그 달달한 커피를 홀짝이며 묵묵히 고개를 끄덕였다고 한다. 그렇게 조직 관행이 마음에 안 들어 어쩌겠나. 요새 로펌이 변호사 대우를 그리 잘한다며. 지검장님은 그 정도 선에서 마무리했다지만, 성진규로선 정수리에 커피를 붓지 않은 게 놀라울 따름이었다.

그때와 지금, 검찰청 밖 풍경은 같지 않았다. 정장 입은 머저리들이 로스쿨에서 쏟아져나오는 요즘, 변호사 개업은 쉬운 일이 아니었다. 몇 해 전 고위층 검사 십여 명이 동시에 사의를 표했는데 그런 난리가 없었다. 높은 연봉이 보장되는 로펌 자리는 한정되어 있었고, 암묵적으로 행해지는 전관예우는 2년이 채 못 되었기에 거기 또한 비정규직인 셈이었다. 성진규 부장이 가슴 주머니를 매만졌다. USB는 여전히 거기 들어 있었다. 이걸 윗선에 넘기는 것도 방법이었다. 어쩌면 그게 우리 검찰의 수사 지휘체계를 존중하는 방법이기도 하지. 그게 아니라면, 직속상관을 포함한 검찰 지휘부를 찌르기 위해 이걸 들고 감찰부장을 만나야 할지도 모르고.

명확한 건 하나였다. 프레디 머큐리가 노래했듯, 공은 내가 쥐고 있고 누구도 나를 말릴 순 없다는 사실.

이태훈 차장검사와 주례회의를 하기 위해 성진규 부장은 정돈된 파일을 들었다. 커다란 심호흡으로 심기를 가다듬으며.

6

발신음이 꽤 오래 갔지만, 양준기는 전화를 받지 않았다. 약속 시간은 10분 정도 지나 있었다. 이 염병할 흰색 벤츠로 경찰서 문을 부수고 들어가 층계에 처박고는 벼락처럼 3층 사무실로 뛰어 올라가 그 두툼한 모가지를 잡아 틀어버릴까 하는 참에, 저 밑에서 차 소리가 났다.

먼지 잔뜩 일으킨 시커먼 코란도 차창을 내리며 양준기는 비릿하게 웃었다. 탑건도 아닌 게, 얼굴 반을 가리는 시커먼 선글라스 차림이었다.

"어휴, 변호사님. 실마리 잡느라 내가 얼마나 땀 뺐나 몰라."

넉살 좋게 웃으며 갈색 서류봉투를 내밀던 양준기가 변호사의 일그러진 얼굴을 보자 얼른 표정 관리를 했다.

"건방 떨지 말고 나와서 진행해."

차에서 내린 양준기가 내민 갈색 봉투를 변호사가 홱 낚아챘다. 서류를 뒤적이는 변호사를 힐끔대며 양준기가 설명을 덧대었다.

"그 윤종건이란 놈, 마약으로 수배 떨어졌잖아요. 휴대폰도 먹통이고, 동선도 싹 죽었어요."

"그래서?"

"얘 친형이 부산 영도에 살아요. 그쪽에 찐붙어서……."

"영도는 버려. 형 찾아갈 캐릭터 아냐."

뭐 따로 들은 거 있냐는 표정으로 양준기가 쳐다봤지만, 변호사는 서류만 뒤적거렸다.

"검찰에서는 마약으로 턴 거네?"

"직접 했더라고요. 우리 경찰은 통보만 받았고."

범죄꾼들은 이게 문제다. 지가 뭔 죄목으로 쫓기는지도 모르고 골목으로, 집 반대 방향으로, 산기슭으로, 항구와 공항으로 내달린다.

"나중에 압색 얘기 듣고 펄펄 뛰었을걸요. 장진호요."

"작대기 장사라면 워낙 질색하니까."

"딸년 산송장 된 게 작대기 때문이라고 이를 득득 간다는데요. 걔네 조직원 중에도 몰래 작대기 돌리다가 갈려 나간 애들이 서넛 된다던데."

변호사가 서류를 대강 접어 갈색 서류봉투 안에 집어넣었다. 잡스런 부스러기나 다름없었다.

"결론이 뭐야? 둘이 붙었다는 거야, 이젠 찢어졌단 거야?"

"장진호랑 윤종건요? 장진호 동선 쪽 봤는데 특이점이 없던데요."

"〈이끌〉은?"

"거기야 폭탄 떨어졌는데 쳐다라도 보겠어요?"

조사를 이딴 식으로 해놓고 2천만 원이나 받아 처먹는다 이거지?

목구멍까지 그 말이 솟았지만, 변호사는 끝내 내뱉지 않았다. 양준기 형사는 아직 이리저리 써먹을 데가 있었다. 양준기가 변호사에게 슬쩍 물었다.

"어디 짚이는 데 있으세요?"

"왜? 검찰에 넘기게?"

"어휴, 거래 텄는데 상도의가 있지. 변호사님께 연락을 먼저 드려얍지요."

담배에 불을 붙인 양준기가 이죽거렸다.

"장진호는 검찰 수사 결과 안 기다릴 거예요."

"혐의만으로도 윤종건을 버릴 거다?"

"딸내미가 죽었다잖아요."

하나 마나 한 소리를 지껄이며 양준기는 담배를 빼끔거렸다.

"얼마 못 살겠네. 어쩌면 벌써일 수도 있고."

변호사가 갈색 보테가베네타 가방을 뒤져 츄파춥스를 꺼냈다. 애들처럼 무슨 사탕이람. 웃음을 들키지 않으려 고개를 저리 돌렸던 양준기가 물었다.

"윤종건은 왜 찾는 거예요?"

변호사는 찢어간 세 장의 장부 때문에 윤종건을 붙들어야 한다고 생각했다. 거기엔 내가 아직 모르는 뭔가가 있어. 변호사는 그리 생각했다. 어쩌면 그 자체가 금덩어리일지도 몰랐다. 윤종건은 경황없는 중에도 그걸 찢어 갔고, 그의 도주엔 장진호와 검찰이라는 각기 다른 원인이 존재했다.

그러나 그런 내용을 양준기에게 굳이 흘릴 필요는 없었다.

"뭐 좀 물어볼라고."

양준기가 선수끼리 왜 이러냐는 표정을 지으며 수염으로 시커먼 턱을 득득 긁었다.

"아, 저거 한번 보세요."

퍼뜩 생각났는지 양준기가 부산을 떨며 다른 서류를 꺼냈다.

"어제 윤종건 폰을 켠 기록이 떴어요. 통화는 하지 않고, 하루에 두어 번 켜기만 했더라고요. 근데, 거기가 어디냐. 로이스 문이라고 아세요?"

흥분했는지, 어금니 사이에 물린 굵은 츄파춥스를 변호사는 저도 모르게 깨물고 말았다.

"로이스 문이랑 윤종건이랑 업계 라이벌이라면서요. 개도 작대기 냄새가 나던데."

"로이스 문이랑 같이 있다?"

"로이스 문, 아니 김만호가 자기한테 왔었다곤 얘기하더라고요……. 지금은 연락 안 한다던데, 사실인지는 또……."

이 자식이 와인을 처먹나. 왜 자꾸 잔을 빙빙 돌려.

"그래서 지금 윤종건이를 김만호가 숨겨줬다?"

"몰라요. 명확한 게 없어요. 장진호가 윤종건을 무릎까지 쎄멘에 담가 서해에 밀어넣었을지도 모르고, 영도 앞바다 지 형네 집에서 소줏병 나발 불면서 부들부들 떨고 있을지도 모르고, 로이스 문 가게 다락방에서 가위질 중인지도 모르죠."

"전담반은 뭐래?"

"검찰이 핸들링한 거라 전담반도 한 것 없이 해산각이에요. 이게요, 전국 다섯 개 지청이 동원된 거라, 윤종건이는 잔챙이로 봐요. 관심 밖이야."

피를 부으면 상어가 달려드는 법이다. 휴대폰을 켜면 뭐가 달려들지, 윤종건이 모를 리 없었다.

"일부러 켠 거야."

누가 달려드는지 보려고.

영도 사는 형이랑은 원수에 가깝다고 상하이 해커들은 알려줬었다. 양준기가 가져온 서류를 보니 통장 잔액은 3천 원이 고작이었다. 그간 이리저리 모은 돈은 손 닿는 어디 두었겠지.

"그래서 로이스 문이라 불리는 김만호를 조지고 왔죠. 윤종건 폰 위치랑 너랑 계속 겹친다. 윤종건이 만난 적 있지?"

"뭐래? 빨랑!"

"대포폰 하나 섭외해줬다고 하더라고요. 그런데 이놈의 약쟁이들이 고질적 문제가 서로를 불신해. 불신해도 너무 불신해서 정말 끝없이 불신해."

양준기가 재킷 안에서 은색 기기 하나를 꺼냈다.

"뭐야?"

"위치추적기예요. 이놈의 약쟁이들이 또 그런 데는 빠꼼이라. 윤종건이 자는 중에, 옷 끝단에 재봉질해 넣었다네요."

개자식, 돈값 했단 얘기를 일찍도 하네. 변호사가 뒤돌아보자, 저쪽 흰색 벤츠에서 휴대폰을 만지던 덩어리가 얼른 나왔다. 그러고는 손에 든 종이 뭉치를 양준기의 코란도 보조석에 툭 던졌다. 누가 보면 서브웨이 샌드위치를 포장해왔나 싶을 정도로 비슷했다.

"본론부터 얘기해야잖아!"

변호사가 욕을 해댔고, 양준기가 씩 웃었다.

"얘기에 기승전결이 있어야죠. 차분히 계시면 다 들려드릴 얘기를. 흐흐."

"안테나 바짝 올려둬. 노후 자금 쟁일라면."

"충성! 어련하시겠습니까."

빙글빙글 웃으며 양준기가 코란도 운전석에 올랐다. 빌어먹을 비리 경찰 새끼. 변호사가 추적기를 확인했다. 등록된 추적 대상을 화면으로 확인하는 장치였고, 추적단자의 고유번호가 적힌 포스트잇이 뒤쪽에 붙어 있었다.

"반경 안에 들어가야 해요."

"마지막이 어디야?"

"마포대교요."

오랫동안 차를 몰며 여러 곳을 돌아야 하겠군. 불현듯 그런 생각이 들었다. 세 장의 장부를 찢어간 게 장진호를 만나기 전이었을까, 만난 뒤였을까. 세 장의 장부엔 핵심이 그득하진 않을까. 어쩌면 장진호가 무리해서 〈이끌〉을 폐쇄한 이유도 그 세 장 안에 있을지 몰랐다.

"근데, 그놈의 츄파춥스는 하루에 몇 개를 먹는 거예요?"

발걸음을 멈춘 변호사가 고개 돌려 양준기를 바라보았다. 그러고는 대꾸 없이 흰색 벤츠에 올라탔다. 종종 받는 귀찮은 질문이었다. 하루에 몇 번 숨 쉬나, 세는 놈 있던가?

7

회의는 길었지만, 보고 순서가 지나니 따로 낼 말이 있진 않았다. 성진규 부장은 아직도 그 생각 중이었다. 이 차장님. 송태섭 아시지요? 송태섭 그놈이 차장님에게 전별 선물 줬다는 영수증이 나왔는데, 정말 그거 받으셨어요?

"성 부장, 정신이 다른 데 있어? 어디, 로펌 소개시켜 줘?"

고개를 돌린 성진규 부장이 이태훈 차장의 날 선 시선에 움찔했다. 부하들 속 긁는 건 이태훈 차장의 취미이자 특기였다. 어디 번듯한 로펌 하나 모르면서 유세는.

"요새 검찰청 밥 잘 나오는데, 어딜 갑니까. 길거리 차디차서 못 나갑니다."

"그럼 집중해. 저기 박 부장처럼 아예 푹 자든지."

회의 내내 졸던 공정거래조사부 박평호 부장이 움찔 놀라더니, 겸연쩍은 시선을 좌우사방으로 돌렸다. 대꾸 없는 성진규를 힐끗 본 이태훈 차장이 한 손을 휙 저어 회의의 끝을 알렸다. 몸을 무겁게 일으킨 부장검사들이 목례 올리곤 하나둘씩 떠나갔다. 몇몇 꾸물거리는 부장들 사이에서 성진규 부장은 이태훈 차장과 단둘이 남을 기회를 노리며 의자에 엉덩이를 문질렀다. 똑딱거리던 볼펜을 저쪽에 툭 던진 이태훈 차장이 성진규 부장을 향해 묻는 듯한 시선을 던졌다.

"안 바빠?"

"바쁘죠."

"아주 프랑스인처럼 느긋하네. 점심도 두어 시간씩 먹겠어. 일 더 줘? 어? 그저께 마약 관련해서 압색한 거 수순 밟으려면 불붙은 채 돌아다녀야 정상 아니야?"

"그거야 아래에서 돌릴 일이고요. 저기, 차장님."

말이 안 나오는 건 아니었다. 어떤 말로 시작해야 할지 갈피가 안 잡혔을 뿐이다. 그래도 운은 띄워놔야 뒤탈이 적겠지.

"저희 쪽에 제보 들어온 게 있어서 아무래도 기획이 들어가야 할 것 같습니다."

"튼튼해?"

이태훈 차장은 얼마나 확실한 건인지를 묻고 있었다. 성진규 부장이 타이밍을 슬쩍 늦췄다.

"기미는 있는데, 파본 다음에야 테두리가 잡히겠습니다."

뭔가 골똘해진 이태훈 차장이 얼굴을 씰룩거렸다.

"커?"

"큽니다."

"일단 가져와."

"하루 이틀 파보라고 시켰습니다. 좀 두들겨서 견적을 보려고요."

이태훈 차장이 피식 웃었다.

"어디서 블러핑을 해. 아직 견적도 안 나왔는데 혼자 남아 보고를 해? 오죽이나 내가 믿겠다."

피식거리던 이태훈 차장이 성진규를 똑바로 쳐다봤다.

"성 부장 너, 나중에 말 나올까 봐 보고랍시고 미리 발라놓는 거 아냐?"

역시나 차장 자리는 아무나 오르는 게 아니었다. 너스레를 떨까, 진중하게 나갈까.

"차장님. 제가 어디 상하좌우 모르는 놈입니까. 부서에서 뭘 집어왔기에 말씀드리는 거죠."

휙 뒤돌아선 이태훈 차장이 자기 책상으로 가 전자담배를 꺼냈다.

"크다고…… 커……."

대답하지 않은 채, 성진규 부장은 팔을 조금 뻗어 재킷 매무새를 가다듬었다. 전자담배 특유의 단 냄새가 물큰 풍겼다.

"사흘?"

그 정도면 괜찮았다.

"네, 사흘."

"입수 경로부터 이후 어떻게 뭘 파봤는지까지 전부. 응?"

목례하기 전 간신히 미소를 지었지만 그걸 이태훈 차장이 어떤 의미로 받아들였는지, 성진규 부장은 파악할 수 없었다. 딸깍, 문이 닫히자 그는 자기도 모르게 한숨을 흘렸다.

생각에 몰두한 채 탁, 타닥, 파일철로 허벅지를 치며 성진규 부장은 사무실을 지나 검찰청 내 긴 복도를 뱅뱅 걸었다. 사흘, 송태섭에게 접대와 향응을 받은 고위 검사 수십 명, 이 사건을 어젯밤 꿈꿨던 크기로 사흘 만에 키워나갈 수 있을까. 성진규 부장이 휴대폰을 꺼냈다. 걸음이 천천히 느려졌고, 저쪽에서 걸어온 몇몇 검사와 직원이 목례를 올렸지만, 휴대폰에 박힌 그의 시선은 떨어질 줄 몰랐다. 11시 14분. 약속이 이미 잡혔다면 티타임이라도. 신호는 길게 가지 않았다.

"검사장님, 안녕하셨습니까. 저 성진귭니다."

8

"그래서 존경하는 김훈정 검사님. 집어치우시겠다?"

수현이 배배 꼬인 말을 냈고, 훈정이 어이없다는 표정으로 양손을 들어 올렸다.

"지금 내가 집어치우자 했어요? 저글링을 공으로 해야지, 흔들바위 서너 개로 하나요?"

서로에게 독설을 쏘아붙인 훈정과 수현은 오래도록 말이 없었다. 그걸 운전석에서 지켜보며, 백 수사관은 해와 달을 삼키려던 개를 떠올렸다. 깨물기엔 너무 뜨겁거나 차가운 걸 앞에 둔 우린 결국…….

백 수사관이 침묵을 깼다.

"변호사라는 놈한테 기획수사로 엮인 거잖아요."

"그래서, 이 일에서 손을 떼겠다? 백 계장님. 검찰 역사에 용역질 안 하던 때가 언젭니까. 검찰이 정권의 개노릇해서 물어뜯어 죽인 사람이 한둘인가요? 개짓이나, 용역질이나."

"최 변호사님, 그건 좀 다르죠."

룸미러 속 수현이 몸을 좌우로 뒤트는 게 백 수사관에게도 보였다. 아반떼에 엉덩이 붙이기가 불편한 건지, 마음이 그런 건지. 뭐, 둘 다겠지만.

"김 프로, 아니 김 검. USB에서 나온 증거가 맞긴 해?"

고고히 앉았던 김훈정이 고개를 끄덕였다. 수현이 몸을 일으켜 세우며 의자 사이로 고개를 내밀었다.

"정리해보자. 백태현 계장님은 USB를 내려놓자 이거죠? 변호사가 넘긴 이 폭탄을?"

백 수사관이 동의의 뜻으로 침묵했다. 수현이 말을 이었다.

"근데 그래봤자 변호사는 이걸 다른 놈 아가리에 넣어줄 겁니다. 그것도 맞죠?"

고개 끄덕이는 대신 백 수사관은 한숨을 푹 내쉬었다. 그가 몸을 뒤로 돌려 수현을 보았다.

"변호사님. 성 부장 치우고, 변호사 치우고, 다 치우고 사건만 보자고요. 얼핏 나온 명단만 해도 소화가 안 될 지경인데, 나머지 증거 다 받아서 대체 어떻게 하시려는 겁니까?"

"몸무게 50인 사람이 벤치 200 들겠다고 설치는 꼴이다?"

"노름 이겨도 그 판돈 다 못 들고 가는 수가 있어요. 못 먹으면 독

박 쓰는 거고요."

"백 계장 말대로 드롭하면 다음 수순은?"

"그러니까 왜 저랑 상의도 없이 부장님께 USB를 넘기셨어요. 성 부장이 그걸 어디에 들고 갈지 모를 일인데……. 변호사한테 얘길 해야죠. 못 하겠다고."

"아니, 그걸 왜 못 해. 그 큰 건을 들고. 김 검, 말 좀 해봐."

"입장이 다른 겁니다, 변호사님. 검사님이나 저나 검찰 내부인이잖아요. 조직원이 조직 생각도 해야죠. 변호사님이야 소송 때문에 그러는 거겠지만."

IOE 소송 때문에 이러는 거 아냐? 그리고 가증스러운 검찰 수뇌부에 엿을 먹일 수 있다는 점도 당신을 방방 뜨게 만들겠지? 백 수사관의 말엔 그런 의미가 스며 있었고, 수현은 그걸 못 알아들을 정도로 멍청하지 않았다. 뒤로 몸을 뉘인 수현의 귀가 벌게져 있었다.

아무도 입을 열지 않았다. 백 수사관이 보조석에 앉은 김 검사를 힐끗 보았다. 형사부에서 검사 생활 시작해 공판 검사로 돌다가 촉망받는 반부패수사부로 어쩌다 들어온, 현장 감각 없는 풋내기가 바로 그녀였다. 하지만 백 수사관은 김훈정 특유의 열정이 좋았다. 딱딱거리고 을러대길 좋아하지만 그게 다 속이 뜨거워 저런다는 걸, 그 또한 알았다.

그에 반해 우리 변호사님은 아직 검사물이 덜 빠진 게 틀림없었다. 왜 그걸 들고 긴장하지? 그래봤자 잘리기밖에 더 해? 유급도 당해본 공부 잘하는 양아치 최수현은 턱 치켜들길 좋아하는 소년이었다. 풋내기와 소년. 그 둘을 데리고 뭔가를 만들어낼 자신이 백 수사관에겐 없었다.

"저기요."

잠겨 있던 김 검사의 목소리가 탁했다.

"두 분 모두 빠지세요."

깜짝 놀란 수현과 백 수사관이 서로를 쳐다보았다.

"김 검 뭘 어쩌려고?"

김훈정은 오랫동안 대답하지 않았다. 그녀의 시선은 도로 저 너머로 길게 이어진 붉은 미등들을 향해 있었다.

"그냥 감당해보고 싶어요. 오래 매달리기 같은 거예요. 다리를 엑스자로 꼬고 몸을 오그린 채로 얼굴을 찡그리면서 턱을 거기 걸고 있는 거죠. 할 수 있을 때까지."

더는 못 할 때까지.

"짜증나지만 백 수사관 말이 맞아. 내 IOE 소송에 이 건이 물려 있어."

수현이 허심탄회하게 속을 털어놓았다.

"솔직히 내가 김 검을 도울 방법도 없고."

그 순간, 수현은 변호사가 왜 자신을 선택했는지 깨달았다. 검찰에 대한 내 적개심을 이용하려 했던 거구나. 김훈정에게 폭탄을 쥐여주곤 나를 쐐기로 써서 물러서지 못하게 만들려는 거였어.

백 수사관은 다른 생각에 정신이 없었다.

"검사님, 어디까지 가시려구요?"

"대답했잖아요."

안 가면 모르되, 내 방 검사가 간다는데 버티고 설 순 없지. 하지만 한편으론 폭죽 뭉치를 든 다섯 살배기를 보는 심경이었다. 백 수사관은 인간 김훈정을 믿었다. 그러면서도 검사 김훈정은 조금도 믿지 못했다. 다 죽는 겁니다,라는 말이 긴 한숨으로 흘러나오고 말았다.

대화는 거기까지였다.

USB부터 제대로 파보자는 의견과 성진규 부장이 뭔가 지시를 내리겠지 하는 흘러가는 얘기와 상황에 변화가 있지 않겠느냐는 하나 마나 한 소리가 드문드문 오가더니, 말은 사라져버렸다. 수현이 차 문을 열었다.

"차 수리 끝났다고 찾으러 오라네."

수현이 의미심장한 눈길을 보냈고, 배웅을 하려던 훈정이 백 수사관을 도로 돌아보았다. 백 수사관이 목청을 큼큼 틔웠다.

"요새 공기 많이 나빠졌네요. 차 문 잠깐 열었다고 그새 목이 칼칼해지네."

드르륵 기어 바꾸려는 찰나에, 수현이 조수석 창문을 짚었다.

"근데 잠깐. 백 수사관, 나, 닐리리야에 들어 있어요?"

지금에라도 넣고 싶었다. 아님, 영영 지워버리든가.

백태현이 말없이 고개를 돌렸고, 김훈정은 수현이 물러서자마자 가속페달을 밟았다.

사무실로 돌아오는 내내, 김 검사와 백 수사관은 말이 없었다. 무슨 말을 할 수 있겠는가. 모든 게 둥둥 떠 있는데, 대체 어디로 흘러가는지 종잡을 수 없는 상황이었다.

"여기 서면 난 항상 저길 봐요."

차에서 내린 백 수사관에게, 김훈정이 서울중앙지검 건물 저쪽을 비스듬히 가리켰다. 계단과 오후의 비스듬한 햇살이, 거기 있었다.

보안대로 걸어가던 김 검사가 말했다.

"우린 아래로 향하는 에스컬레이터에 올랐어요."

그럼에도 불구하고 김훈정은 저 밑으로 내려갈 생각이 전혀 없었다. 검색대를 통과한 두 사람은 오후의 햇살로 인해 금빛으로 물든 계단을 천천히 걸어 올라갔다. 김 검사의 힐 뒷굽이 계단 한 단 한 단을 따각따각 쳤다. 숨이 차올랐지만 김 검사는 걸음을 늦추지 않았다. 그녀를 뒤따르며 백 수사관은 자신의 직속상관이 그 박자에 취한 건 아닌가 생각했다. 또각또각 스스로 만든 박자에 흠씬 붙들려 숨이 턱까지 차고도 차가운 철봉을 놓아야 할 찰나를 망각한 건 아닐까 싶은 걱정이, 그 밝고 경쾌한 구둣발 소리 사이로 스멀스멀 올라오는 오후였다.

9

택시에서 내린 성진규 부장이 가게 안으로 들어왔다. 이진섭 변호사의 사무실도, 검찰청 성진규 부장의 방도 모임에는 적절치 않았다. 서초동에는 거기 깔린 건물들의 창문 개수 만큼이나 많은 눈이 존재했다. 이진섭 변호사는 양재역 떡갈비집 얘기를 했다. 가본 적 있는 곳이었다.

카운터에 물어보니 이진섭 변호사는 이미 와 있었다. 이목을 끌고 싶지 않은 법조계 모임에는 암묵적인 관행이 존재했다. 검사는 늦게 도착해 먼저 나가고, 변호사는 검사가 식당을 떠났을 즈음 일어난다. 사람들의 눈초리를 서초동에서는 그런 식으로 피해 나갔다. 방석에 앉아 있던 이진섭이 무릎을 짚고 일어서려 했고, 성진규 부장은 화들짝 놀란 시늉을 하며 그를 앉혔다.

건강과 안부를 묻는 싱거운 대화를 나누며 성진규 부장은 회한에 젖었다. 이리 보니, 이진섭이도 많이 늙었구나.

"성 부장. 여태 뭐해, 차장 자리 안 오르고."

"올라가고 싶다고 해서 마냥 되는 자립니까."

노크 소리가 들렸다. 그릇이 상에 놓이는 동안 성진규 부장과 이진섭은 잠시 입을 닫았다. 늙은 너구리 이진섭은 성진규 부장이 왜 만나자고 했을지를 짐작하려고 머리를 핑핑 돌리는 눈치였다. 성진규 부장이 접은 만 원짜리를 손가락 사이에 끼워서는 종업원에게 건넸다. 장지문이 조용히 닫혔다.

"검사장님."

"옷 벗은 지가 언젠데 검사장이야. 그냥 선배님이라 해."

성진규 부장이 인천지검에서 검사보 딱지 묻힌 채 바닥 박박 길 때, 이진섭은 강력부 부장이었다. 그는 당시 한진영 사건을 해결해 전국적 관심을 받았던 스타 검사였다.

한진영은 인천 소래포구에서 창고업으로 돈을 꽤 번 아버지를 두었는데, 도박빚이 많아 부모 눈 밖에 났다. 외동아들에게 뭉칫돈을 몇 번 주던 부모가 차차 고개를 내젓자 한진영은 회사 금고에 손을 댔다. 아버지가 신고하겠다며 펄펄 뛰었지만, 한진영은 바뀌지 않았다. 나중에 알려진 사실이지만, 한진영을 얽은 도박사기단이 있었고, 거기 관련된 사채꾼들이 한진영을 심하게 닦달한 모양이었다.

찌는 듯한 여름 어느 날, 한진영은 부모를 둔기로 때려 죽이고는 여행 가방에 담아 인근 야산에 묻었다. 그러고는 사흘 뒤 경찰서에 가출 신고를 했다. 태연한 척했지만 강력반원들이 어디 아파트 경비원도 아니고, 미심쩍은 기색을 아예 모르지 않았다. 심문을 세게 하고 거짓말탐지기까지 동원했지만 실마리는 나오지 않았다. 한진영은 그날 바람을 쐬러 혼자 동해안에 다녀왔다며 속초 횟집 영수증을 제출했다. 톨게이트 CCTV를 들여다보던 이진섭 부장은 모니터를 톡톡 두들겼다. 혼자 탔다는 놈 차 바퀴가 왜 이리 내려갔어?

"그때 정말 대단하셨는데 말입니다."

인생 가장 빛나던 순간을 떠올리며 이진섭이 환히 웃었다.

이진섭과 당시 검사보였던 성진규는 한진영이 몰았던 소나타II를 같은 톨게이트에 가져가 두 번 촬영했다. 한진영과 비슷한 몸무게를 지닌 성진규 부장이 혼자 탔을 때 차체가 내려간 걸 찍고, 한진영의 부모와 같은 몸무게를 지닌 사람들이 트렁크에 실렸을 때 차체가 내려간 걸 또 하나 찍었다.

한진영 살인사건을 해결하면서 이진섭은 주가를 올렸고, 대검찰청으로 자리를 옮기며 승진 고속도로를 탔다. 대검 차장 시절 이진섭은 성진규를 자기 밑에 넣으려 몇 번 공을 들였다. 성진규 검사가 굵직한 사건 두어 개를 잘 말아 유죄 선고 받아낸 걸 눈여겨본 것이었다. 승진축하 난蘭을 받긴 했지만 간혹 인사를 드릴 뿐, 성진규 부장은 이진섭이 5년 전 검찰을 떠나기까지 만나지 않았다.

"선배님. 송태섭이라고 기억하시지요?"

젓가락질하던 중 슬쩍 묻자, 이진섭이 몸을 앞으로 쑥 기울였다.

"잡은 놈은 몰라도 놓친 놈은 못 잊어. 송태섭이 기억하지."

이진섭이 떡갈비를 집었다. 시선이 저쪽 어딘가로 턱 넘어가는 모양새가 머릿속이 바빠진 기색이었다.

"뭐가 나왔어?"

"별건 없고요. 연관된 사안이라 그럽니다. 예전에 선배님이랑 송태섭 들여다봤던 게 떠올라서요."

"우리, 인천에서."

"그렇죠. 근데 가물가물해서요."

"송태섭이 관해서는 재미있는 이야기가 있어."

이진섭에 의하면, 당시 인천에서 큰 사업가 행세를 하던 송태섭은 인천지검에 검사가 부임하면 다른 검사를 통해 소개받아 안면을 트고 향응을 제공했다고 한다. 바닷가 호젓한 횟집에서 시작한 술자리는 검사 직급에 따라 각기 다른 등급의 룸살롱을 거쳐 호텔로 이어졌다.

"그 정도 어울리는 거야 당시엔 다들 했는데 작별 방식이 좀 독특

했지."

인천지검을 떠나는 검사들에게 송태섭은 전별금이 담긴 봉투와 함께 작고 검은 함을 건넸다. 거기엔 커프스단추 두 개가 들어 있었다. 금 열 돈으로 만든.

"양쪽에 앉은 아가씨들이 검사 셔츠 소매 단추를 싹 뗀다는 거야. 그리고 거기에 황금 커프스단추를 탁 껴줬지. 너나 할 거 없이 입이 헤 벌어지는데, 거참."

이진섭의 얼굴에 꿈엔들 잊힐리야 하는 표정이 잠깐 어렸다 사라졌다. 별처럼 빛나는 우리 선배님들, 하, 그러고 노셨군요. 지방 유지들의 향응 제공이야 늘 듣는 풍월이었지만, 황금 커프스단추는 처음 듣는 얘기였다. 송태섭은 자기 뒤에 어둑한 사내들을 거느리느라 그런 걸 만들어 바쳤었구나. 황금 커프스단추로 소매를 장식한 검사들이라.

"근데 송태섭은 왜 물어?"

예의 그 너구리 같은 표정을 지으며 이진섭이 슬쩍 물었다. 얘길 해야 하나. 당초엔 송태섭에 대해 파악이나 하려고 마련한 자리이긴 했다.

"다른 건 아니고요. 그놈에 대해 뭐가 나와서요."

이진섭이 성진규에게 눈을 끔뻑거렸다.

"껀이 돼? 증언이야?"

"증겁니다."

"영장 칠 만큼 확실해?"

"계산기 뚜들기는 중입니다."

"송태섭이는 친구가 많아."

성진규 부장은 대답 없이 고개만 끄덕였다. 고급스러운 청자 접시에 은색 젓가락 딸가락거리는 소리만 한동안 울렸다.

"반부패부가 직접 다룰 사안인가?"

"위는 아직 모릅니다. 안다면 가르마 타려 들겠죠."

"교통정리될 수도 있겠네?"

전망인가, 바람인가.

자고로 검사란 미소 지은 채 칼을 휘둘러야 하는 법이다. 하지만 이진섭의 캐묻는 듯한 시선 앞에서 무심한 얼굴로 눈을 끔뻑이는 건 쉽지 않았다.

이쪽 복도로 가까워지던 발소리가 저쪽 복도로 멀어졌다. 시계를 보니 1시였다.

"송태섭 그 새끼 이번엔 못 빠져나갈 겁니다."

이진섭이 눈을 가늘게 뜨고 샅샅이 캐듯 성진규를 보았다. 그의 눈밑살이 가늘게 떨렸다.

"이번에 저희가 아주 단단히 물었거든요."

"파봐야 안다고……."

"아뇨, 아뇨. 하, 선배님이니까 속 시원히 말씀드리는 겁니다. 이번엔 진짜 세게 물려놨거든요. 살덩이 이만큼 뜯겨나가는 거면 모를까 못 빠져나갑니다."

성진규 부장은 손가락 사이를 두텁게 벌렸고, 이진섭은 곰곰 생각에 잠겼다. 주먹 한 방이 더 들어가야 고민하다 성진규 부장이 말을 이었다.

"사흘 내로 재가받아 공식수사 들어가려 합니다."

이진섭은 그런가 하는 표정으로 고개만 끄덕일 뿐이었다.

"제가 곧장 회의가 있어서."

맹숭맹숭한 표정으로 손목을 내려다보던 이진섭이 아, 그런가 하는 표정을 또 지었다. 꾸물거리는 이진섭을 보며 벌떡 일어선 성진규 부장이 가보겠다는 인사를 올렸다.

성진규 부장은 관행을 따르는 중이었다. 검사가 늦게 도착하고 일찍 나간다. 이야기를 들은 변호사는 홀로 남아 무엇을 할까.

나무 복도엔 떡갈비 특유의 달콤한 냄새가 진득하니 눌어붙어 있었다. 긴 복도 끝에는 아까 그 종업원이 서 있었다. 방문이 열리는 걸 보고는 저쪽 복도로 뭔가 귀띔을 하는 게, 치우러 들어갈 모양이었다. 장지문을 닫은 성진규 부장이 장지문 옆으로 몸을 바짝 붙였다. 돌아보니 다가오는 종업원의 표정이 심상찮았다. 검지를 세워 입술에 댄 성진규 부장이 아까처럼 손가락 사이에 끼운 지폐를 그녀에게 건넸다. 양손을 내밀어 5만 원권을 받은 그녀가 고개를 끄덕였다.

애당초는 송태섭을 파악하려고 부른 이진섭이었다. 그런데 이진섭의 한마디가 날카롭게 박혔다. 동석한 아가씨들이 양쪽에 붙어 셔츠 소매 단추를 떼더라고? 그건 어디서 들은 얘기가 아니었다. 그건 황금 커프스단추를 차봤던 사람이 할 법한 회상이었다.

만일 이진섭 또한 황금 커프스단추를 단 칼잡이였다면, 내사가 시작되었다는 걸 알게 된 지금 어찌 행동할까.

가까운 방들에서 젓가락이 접시에 부딪치는 소리가 들렸다. 성진규 부장이 귀를 바짝 댄 이진섭의 방에서는 부스럭대는 소리조차 없었다. 장지문을 향해 이진섭이 걸어오는 소리가 들리면 곧장 저 긴 복도로 달려나가야 했다. 어찌해야 하지 싶어 머리가 복잡한 그 순간, 목소리가 들렸다. 송 사장, 나 이진섭이야.

"지금 누굴 만났는데, 당신 내사가 들어갔대. 사안은 모르고, 서울중앙지검 반부패수사부."

한동안 아무 말도 들리지 않았다.

"내가 움직이긴 그렇고, 송 사장 인맥 좀 동원해. 움직여보고 안 되면 내가 손을 써보……."

통화 소리가 조금 커졌다 싶은 찰나, 이진섭이 말을 뚝 끊었다. 장지문에 자기 그림자가 비치고 있다는 걸, 성진규 부장은 그제야 알아차렸다. 놀란 성진규 부장이 복도 반대편으로 뛰쳐나오는데, 복도 저쪽에 서 있던 종업원이 이리 바삐 다가왔다. 마룻바닥을 밟는 걸음에 소리 하나 나질 않았다.

성진규 부장이 모퉁이를 돌자마자 장지문이 콱 열렸다. 종업원이 어머 소리를 화들짝 냈다.

"먼저 손님 나가시기에 치우려고요."

이진섭이 고개 끄덕거리는 광경을, 성진규 부장은 보지 못했다. 구두에 발을 꿴 그가 헐레벌떡 떡갈비집을 등졌다.

택시에 오른 뒤에야 성진규 부장은 겨우 마음을 놓았다. 그러고는 탈에 대해 생각했다.

웃는 낯에 진심을 숨기는 건 그게 쉽기 때문이다. 웃지 않고 마음을 숨기는 건 상대적으로 어려웠다. 아무 표정 없는 상태는 잔잔한 호수와도 같고, 조금의 바람만 불어도 거기엔 물결이 일게 마련이었다. 웃음을 연습해야겠군. 당신들 압박에 끄덕없다는 시늉을 해내려면 말이야. 압박이 시작될 것이었다. 그걸 통해 성진규 부장은 누가 이쪽이고 누가 저쪽인지 가늠해야 했다. 이 싸움을 이겨야 해. 차장검사와 그 너머로 가는 길을 열기 위해, 그는 이겨야만 했다. 성진규 부장은 바람을 떠올렸다. 그게 간절했다. 소매를 황금 커프스단추로 장식한 자들을 쓸어버리고, 자신을 저 높이 밀어 올려줄 강한 그 바람이, 그렇게나 간절히.

제 6 장

은빛 라이터를 딸깍거리는 깡패

1

예배는 막바지였다.

끄트머리에 다다른 설교는 140킬로미터로 가속이 붙은 상태였다. 얼굴이 붉게 달아오른 목사가 치켜올린 양손을 경련하듯 떨며 아멘을 내뱉었다. 성도들 역시 양손을 하늘로 뻗었고, 기도들이 어우러지며 웅장한 장면이 연출되었다. 오르간 연주자가 화음을 넣어 분위기를 띄웠다. 성도들이 하나둘 자리에서 일어나면서 주님을 찾는 신음을 내뱉었다.

합창단은 설교단 오른쪽에, 악기들은 왼쪽에 무리 지어 있었다. 아마추어들이지만, 음대 교수나 전공자들이 섞여 있어 소리는 그럭저럭 들어줄만 했다.

목사의 손이 천천히 내려가자, 합창단이 내지르는 찬양의 곡조가 천둥처럼 사방을 뒤흔들었다. 영적 교감, 신이 우리와 함께한다는 순전한 믿음이 예배당을 가득 채웠다. 그러나 여전히 부족했다. 신이 우리와 함께 있는 걸까. 하지만 신이 달리 어딜 가겠는가. 우리의 꼬락서니를 보고, 우리의 고통을 느끼고, 우리의 탄식에 한쪽 입술을 비틀기 위해, 신은 우리를 창조하지 않았나. 설교로 불붙은 예배가 격렬한 도취에 이끌려 떠르르한 음악으로 격동하며 마감할 때, 나 송태섭은 장엄함의 부재를 아쉬워한다. 프로테스탄트 집합소인 교회엔 장엄함이 없다. 장엄함, 그 신적 풍성함은 빛나는 권위에 대한 처참한 인정, 인간이 지닌 어쩔 수 없는 비루함에 대한 수긍, 절대자가 베푸는 용서의 존귀함 앞에 인간이 느끼는 격정적 감동이다.

역시나 가톨릭을 믿어야 했어.

기울어진 오후의 햇빛이 색유리창 너머로 비쳐 들어오고, 고해실 칸막이 안에서 속삭이는 목소리들이 자근자근 펴져나오는 곳. 문가에는 이마에 찍어 바를 성수 담긴 돌단지가 놓여 있고, 구석 어둠에선 날아오를 비둘기 떼가 오종종거리며 때를 기다리는 곳. 장갑 낀 손으로 권총 슬라이드를 당겨 물려 있는 총알을 확인하는 그 장소.

개신교도들이 절대로 흉내내지 못할 독특한 격조가 성당에는 존재한다. 그게 바로 관록 혹은 연륜이란 것이다. 공단貢緞으로 멋을 낸 사제들은 그러한 관록과 연륜으로 2,000년 넘도록 비천한 자들의 고혈을 빨아먹어 왔으니, 얼마나 멋진가.

씨발, 내 조직도 그런 장엄함을 지녀야 하는데.

2

"죄 많이 빌었냐?"

슬쩍 옆을 돌아봤던 송태섭이 시선을 앞으로 재깍 돌리더니 어금니를 꽉 깨물었다.

"검찰수사관은 일요일도 없답니까?"

"그러게. 수당도 안 나오는 날에 뭔 지랄인지 몰라. 그리고 주일이라 해야지, 이 양반아. 신자가 되어 가지곤."

"성도지, 신자가 뭐요. 옛날 삼한 시대엔 소도에 들어간 죄인은 붙들지도 않았다던데."

"대한민국 깡패 중에 네가 젤루 똑똑할 거야. 머리통 굵어지고는 구속도 듬성듬성 피해 갔잖아?"

붙들리면 양아치지, 그게 어디 건달인가. 대꾸 안 하려 했던 송태섭이었건만, 속이 불뚝거려 이죽거리는 말을 속삭이기라도 해야 했다.

"아니, 세금 낼 거 다 내고, 아름답게 고용 창출하는 사업자를 어찌 깡패라 불러요."

"암만 번듯해봤자 네 근본은 깡패야."

"사람 못돼 처먹은 건 여전하구만."

"11시 본 예배를 드려야지, 9시 예배는 안 치는 거잖아."

"촌스럽게 왜 이래요? 광복절 행사나 삼일절 행사나."

저쪽에 서 있던 목사가 두 손을 내밀며 다가왔고, 송태섭이 양손을 내밀어 그걸 꽉 붙들었다. 푸근한 미소로 목사를 응대하던 송태섭이 사람들로 빽빽한 교회 계단을 천천히 내려왔다.

"계급이 뭐냐? 장로냐?"

"안수집사요."

"집사면, 시다잖아. 그 성질에 오래 참네? 돈 주고 사버리는 스타일이잖아?"

"예수님 말씀에 나중 가는 자가 먼저 간다 안 합니까."

"그건 니네가 사시미 쥔 막내를 싸움판 저 앞으로 떼밀며 지껄이는 씹소리고."

염병할 자식. 주말에 여기까지 기어들어 와 사발을 풀어대네. 대꾸할 말이 부족하진 않았지만 듣는 귀가 사방 수십 개라, 송태섭은 도리 없이 앞만 보며 걸었다. 좁은 계단과 통로를 지나 입구에 다다르자 빽빽하던 사람들 간격이 점차 풀어지기 시작했다. 저쪽에서 벤츠를 세워놓고 대기하던 놈들이 이쪽을 보고는 움찔 놀랐다. 사방을 휘휘 돌아보는 꼬락서니가 백 수사관이 구속영장이라도 들고 온 걸로 안 모양이었다. 저 미련둥이들을 어쩌누.

"영장 나왔음 벌써 수갑 채웠을 거고. 참고인 조사도 아닐 거고."

"눈치 하난 참 꾸준해. 그거 하나로 모가지 간수해온 거나 다름없잖아."

"나는 세 끼 꼬박 채워야 직성이 풀리는 인간이라 점심하러 갈 건데, 계속 찐붙으시려고?"

"네 똥내 나는 엉덩이에 내가 왜 붙어, 깡패 새끼야."

"숟가락 하나 더 올리라 할게. 거기서 딱딱거리시든가."

"그럼 간만에 깡패 새끼랑 겸상이나 할까. 걱정 마라. 김영란법 땜에 내 밥값은 내가 낼 거니까."

질겅거리던 말을 내뱉는 폼과 달리 백 수사관의 표정은 오래 두들긴 북어마냥 부들거렸다. 부들거리는 살 아래 가시가 빼곡할 테지만, 나쁜 신호는 아니라고 송태섭은 생각했다. 그가 턱짓을 하자 부하들이 차 문을 열었다. 막 타려는 찰나에 백 수사관이 불쑥, 송태섭의 팔꿈치를 붙들었다.

"아니면, 여기서 후딱 끝낼까."

송태섭이 붉게 상기된 얼굴로 사방을 돌아보았다.

"가오 떨어지게 왜 이런데? 굳이 입 더 털려면 차에 올라타서 하든가."

"저 새끼들, 믿을 만하냐?"

백 수사관이 검은 벤츠 앞뒤에서 눈깔을 휘휘 돌리는 멍청이 둘을 가리켰다. 말 같지 않은 소리에 송태섭이 저도 모르게 헛웃음을 냈다. 일정 동행시키는 아우들은 생활을 함께하는 사이였고, 벤츠 앞뒤로 파이프 든 놈들이 밀려들면 송태섭 대신 죽을 놈들이었다.

"핸들 맡기면 다 맡긴다는 거, 몰라요?"

“저 두 놈 눈깔 돌리는 꼴이, 똑똑하진 않네.”

뼈 때리는 말을 한 백 수사관이 뒷말을 예쁘지 않게 덧대었다.

“죽고 사는 문제라 그래.”

송태섭이 백 수사관을 말없이 쳐다보았다. 주머니에서 꺼낸 은색 라이터가 열렸다 닫히며 철컥철컥 소리를 반복했다. 은색 지포 라이터를 여닫으며 생각에 잠기는 건, 송태섭의 오랜 습관이었다.

“죽고 사는 문제라도, 누가 죽느냐에 따라 문제는 달라지죠.”

“너 살려주려고 지금 이러는 것만 알아라.”

“너도나도 그 말은 꼭 덧붙이더라고. 너 살려주려고 이러는 거다. 타시오. 숟갈 뜨며 얘기합시다.”

백 수사관과 송태섭이 뒷좌석에 나란히 앉았다. 벤츠 차 문 닫히는 소리가 묵직했다.

“얼른 털어놔 봐요.”

“보채기는. 그나저나, 니네 인원 구성 되게 웃기네. 뒷자리 두목 하나, 보조석 시다 하나, 핸들 잡은 머저리 하나, 깡패 삼위일체네, 씨발.”

“계속 이죽거릴 거요?”

“내키지 않는 짓을 하려니 짜증 나서 그런다.”

말을 질겅거리던 백 수사관이 송태섭을 지그시 바라보았다.

“아직 장진호랑 거래하지?”

3

잠은 황홀할 정도로 달콤했고, 그랬기에 벨소리는 아득하게 들렸다. 보통은 수현을 수면 위로 바로 끄집어 올렸을 소리였건만, 잠은 그리도 달았다. 옆에서 자던 여자가 수현의 팔을 툭툭 쳤다. 수면 내시경을 마친 환자가 간호사를 부르는 것 같은 느릿함으로, 여자는 수현을 부르고 또 불렀다.

"오빠, 오빠, 씨발, 전화 좀 받아."

벌거벗은 몸을 스치듯 타고 넘는데, 불룩 솟은 엉덩이가 수현의 배를 간질였다. 어, 참 이 재미 때문에 밤마실을 못 그만두지. 소리샘으로 넘어갈 법도 한데, 휴대폰은 용케 벨을 내지르고 있었다. 제길, 사무실이었다.

— 변호사님, 어디세요?

수현이 휴대폰 옆 버튼을 빠르게 눌러 통화음을 줄였다.

"자는 중이죠, 지금 몇 신데."

— 그러게요. 지금 몇 시예요?

예원이 이리 나지막하게 대꾸하면, 퍼뜩 정신을 차려야 했다. 셀 수 없이 많은 변호사를 갈아치우며 10년 넘게 로펌 주안을 지탱해 온 위대한 여성 아닌가.

"몇 시냐고? 어…… 11시 12분. 어우야."

예원은 대답이 없었다. 내일 오전 공판을 위한 변론 미팅이 예정되어 있었고, 수현은 11시까지 출근하겠노라 큰소리를 쳤더랬다.

— 제가 이 아침에 출근해서 마쳐놓은 준비가 한참 되었거든요. 알람 해드린다니, 필요 없다 하시곤…….

휴일 출근이 미안하긴 하지만 쪼아댈 것까지야.

— 어제 새 의뢰인이 찾아왔어요. 딱 집어서 최수현 변호사님께 맡기겠다고.

“뭔데?”

— 구체적인 내용은 못 들었는데요.

사무실 가면 할 얘기를 왜 그리 오래 떠드는 걸까. 출근 시간도 없는 일요일 아침에.

— 그게, 지금 어제 그분이 사무실에 와 계시거든요.

정신이 설프게 든 수현이 퀭한 눈으로 다시 휴대폰 화면을 보았다.

“일요일 오전에?”

— 아래 카페에 내려보내긴 했는데, 어지간히 급한가 봐요. 그것도 그렇고 변론 미팅하시겠다기에 저도 휴일에 출근했는데 안 오시니까.

예원에겐 미안한 일이었지만, 뭐 이런 적이 한두 번이었던가.

“오빠, 와이프야?”

엎어져 자는 것 같던 여자가 속삭였다. 머리카락 사이로 가늘게 뜬 눈이 게슴츠레 보였다. 수현이 미처 뭐라 대답하기 전에 예원이 말했다.

— 그나저나 또 호텔이시네.

왜 이래, 소름 돋게.

"아냐, 아냐."

— 그게요. 공기의 질이랄까. 뭔가 좀 다르거든요. 이 시각에 호텔이면 어젯밤 내내 바쁘셨겠어요.

"아니래두. 어, 내가 간밤에 일이 좀 있었어."

— 아, 그래요.

조금도 안 믿는다는 내색을 어쩜 저리 자연스레 해낼까. 뭔가를 짜내려 수현은 눈을 질끈 감았다.

"어제 밤새 배가 아픈 게…… 어, 내가, 내가 돼지고기를 못 먹잖아. 근데 어제 자리에 어려운 분이 계셔서 몇 점 먹었더니."

"오빠, 우리 어제 양고기 먹었잖아."

— 병원 다녀오셨죠? 약국에라도.

"아니, 뭐 그냥 밤새 고생한 정도……."

"이 오빤 입만 열면 구라구나."

이름이 지혜였던가. 저 아이가 닥치든가, 고개라도 들었으면 싶었다. 회백색 머리카락 사이로 가늘게 뜬 눈이라니. 수현의 표정을 읽었는지, 여자가 부스스 일어나더니 손목에 걸린 끈으로 머리카락을 당겨 묶었다. 불룩 솟은 가슴에 정신이 팔린 수현이 예원의 몇 마디를 놓치고 말았다.

"응, 뭐라고?"

— 여튼 오늘 나오긴 하셔야 해요.

"그래, 내일 재판."

— 변호사님. 정말 위험하다고요.

그 사실을 모를 수현이 아니었다. 금요일 면담에서 주안 대표 주상훈 변호사는 IOE와의 소송을 이겨야 할 이유에 대해 35분간 기염을 토했다. 희망에 찬 격려사와 어깨 두드림으로 면담이 끝났지만, 주안 내부에는 공고만 안 났지 책상 비울 날이 머지않았다는 뒷말이 무성했고, 시니어 변호사들이 아는 동생 추천하느라 장 대표 방문턱이 닳았다는 소문이 줄을 이었다. IOE 공판 기일은 다음 주 목요일이었고, 그 다음 주중이면 결판이 날 것이었다. 한지훈과 함께 목 잘려 7층 주안 사무실 밖으로 내던져지던지, 왁자지껄한 파티를 벌이며 서로의 입에 돔페리뇽을 처넣을 것인지는 아직 모른다고, 수현은 고집스레 생각했다.

수현이 차분한 목소리로 말했다.

"들어갈게."

이런, 뱉고 보니 공중전화통에 들어간 가출 청소년이 엄마한테 하는 말 같군, 그래.

휴대폰이 부르르 떨었다. 절전 모드로 바꾸겠냐고 묻고 있었다. 남은 배터리가 14퍼센트뿐이었다. 들어가서 꽂으면 되겠군.

"오빠 구라 진짜 못 친다."

벌렁 드러누운 여자는 하얀 베개만 덜렁 안은 채 뒹굴거리는 중이었다.

"사람이 어떻게 다 잘하냐. 몇 개만 잘하면 괜찮아."

수현이 매끈한 등을 쓸어내리자 여자가 키득거렸다.

"간지럽냐, 근지럽냐?"

"둘이 달라?"

"간지러운 건 간지러운 거고. 근지러운 건…… 뜨끈해지는 거?"

샤워하고 단정하게 옷 입고 얌전하게 서초동으로 차 몰아가는 건 45분 후 자신이 할 일이었고, 지금 할 일은 따로 있었다. 수현이 여자의 매끈한 등을 끌어안았다.

매사 현재에 충실해야 하지 않겠나.

4

이태훈 차장은 카트를 직접 운전하길 좋아했고, 골프채는 캐디들이 탄 두 번째 카트에 실려 있었다. 보조석에 앉은 성진규 부장은 흔들리는 몸을 지탱하려 손잡이를 꽉 붙들었다. 바람에 서늘한 기운이 섞인 가을이 올락 말락 하는 즈음이었고, 햇살은 여름만큼 따갑진 않았다. 검사들이 내리자 골프백 둘러맨 캐디들이 티업을 준비했다.

"공 좀 치나?"

"어디 채 돌릴 시간이 나야죠."

"민원 넣냐. 너무 부려 먹는다고 읍소하는 거야?"

이태훈 차장이 눈웃음을 보이며 타박했고, 성진규 부장이 손사래를 쳤다.

"언니들, 한참 뒤로 가야겠다. 내 스윙 워낙 커서."

캐디들이 뒤로 물러서자, 이태훈 차장이 강한 스윙으로 노란 공을 때렸다. 가을이 가깝긴 한지 하늘이 근래 드물게 파랗고 깊었다. 성진규 부장의 흰 공을 티업해준 캐디가 재빨리 물러났다. 그가 맹렬하게 스윙했다. 가까스로 오비를 면하는 러프로 공이 굴렀다.

캐디들은 그들에게 가까이 붙지 않았다. 골프화 아래 풀이 밟히며 사각거렸고, 저쪽 스프링클러에서 촥 쏟아진 물이 바짝 깎인 잔디에 후드득 떨어졌다. 그들이 걷는 9번 홀은 골프장에서 가장 길었는데, 벙커가 듬성듬성 3개나 도사리고 있었고, 길고 단단한 페어웨이의 잔디가 몹시 짧아 높게 튄 공이 빠르게 흘렀다. 이태훈 차장의 아이언에 맞은 노란 공이 짧게 빠지며 페어웨이를 굴렀지만, 성진규 부장이 때린 흰 공은 슬라이스를 먹고 오른쪽으로 휘었다.

"꼬추가 오른쪽으로 휘었나. 왜 그리 삐져."

말은 막걸리만큼 걸었지만 얼굴엔 미소가 한가득했다. 2번 아이언 헤드를 만지작거리던 이태훈 차장이 성진규를 돌아보았다.

"거, 여의도에 내각제 주장하는 애들 있잖아. 내가 걔네 얘기 다 헛소리 같다 싶다가도 그나마 마음에 드는 게 선거가 복작복작 많잖아. 우리는 5년에 한 번인데, 일본만 해도 책임지고 물러나고, 흔들리는 중에 새 판 짜이고 새 놈 들어오고, 응?"

"내각제요?"

"그래. 요샌 법정 드나드는 것도 지겨워서. 로펌에서 전화나 돌리다가 판때기 벌어지면 공천 받아볼까 싶다."

"그런 계획 지니셨는지 몰랐네요."

"넌 안 지겹냐?"

성큼성큼 걷던 이태훈 차장이 놀랍다는 얼굴로 돌아봤다.

"난 서초동은 쳐다도 안 볼 거야. 아주 신물이 나."

"지검장이 코앞인데 어찌 그런 말씀을 하십니까."

"왜 이래? 으스스하게. 여기, 공이 없어."

캐디들이 노란 공을 찾으러 이리저리 돌았고, 성진규 부장은 흰 공 위치를 확인하곤 근처에 섰다. 캐디들을 돌아보던 이태훈 차장이 지나가는 투로 얘기를 꺼냈다.

"그렇게 거창한 건 없던데?"

골프를 치는 내내 기다리던 얘기가 그제야 나왔다.

"다들 그리 시작하지. 우연히 만났다가 식사 한번 얻어먹고. 알잖아. 국밥이나 소주 먹은 자리 계산하는 거. 부담 주지 않는 정도로 시작되는 호의."

그렇게 이어지는 작은 부탁과 선물, 다른 접대 자리와 계산. 부담 가지 않는 정도의 청탁과 해결이 이어지고, 오가던 것들에 조금씩 살이 붙기 시작해 일종의 선이 만들어지면, 그게 끈을 이룰 최초의 가닥이 된다. 스폰서는 갖고 싶다고 생기는 게 아니며, 거추장스럽다고 끊어낼 수 있는 게 아니었다. 인연과 자리가 검찰 조직으로부터 뻗어 나오기에, 완전히 겉돌 각오를 하지 않으면 그런 관계는 어쩔 도리가 없었다.

"차장님도 그 정도 관계다, 그 말씀이죠?"

저쪽에서 캐디가 손을 흔들었다. 노란 공을 찾아 이태훈이 그리 걸어갔다.

"송태섭이 나한테 청탁하고 그런 거 없었어."

때린 공의 궤적을 한참 바라보던 이태훈 차장이 채를 캐디에게 넘겼다.

"USB에서도 그 정도로 나왔습니다. 회식 자리 접대나 명절 선물 정도."

"털끝만큼 뭐만 나와도 호들갑인 세상 아니냐. 검찰 보는 시선도 예전 같지 않고."

찌푸린 이태훈이 먼 하늘을 돌아보았다.

"많다며?"

성진규 부장은 짐작되는 숫자를 알려주었다. 자료에 나온 현직 차장검사들과 부장검사들, 변호사로 나간 선배들의 이름과 검찰수사관들의 연루 정황도 드문드문 일러주었다. 이태훈이 긴 숨을 내쉬었다.

"어디까지 가려고 그래?"

"그래도 덤벼 무는 시늉은 해야지 않겠습니까. 보자마자 배부터 까면 쪽팔리잖아요."

"내민 손 무는 놈에게, 누가 굳이 목줄을 둘러. 샷건으로 대가리를 쏘겠지. 2번으루."

캐디에게 2번 아이언을 받아든 이태훈 차장이 공 위치를 보고는 혀를 끌끌 찼다. 지랄맞게도 숨었네. 뒤땅과 공을 함께 때린 이태훈 차장이 두어 걸음 걸어가 자세를 고정시켰다. 슬라이스가 나진 않았지만, 그리 멀리 나가진 못하는 샷이었다. 아이언을 캐디에게 넘기기 전, 이태훈 차장이 성진규를 향해 총 쏘는 시늉을 했다.

"나한테 전화 걸어온 양반들이 그러던데. 성 부장 좀 알아듣게 얘기해달라고."

성진규 부장은 대꾸 없이 다음 말을 기다렸다.

"왜, 애들이 칼 들면 어른들이 놀라잖아. 내가 그랬어. 요즘 애들 반듯한데 잘 타이르면 왜 못 알아듣겠냐고."

내가 여기 와서 애들 소리를 듣는구나. 성진규 부장은 기가 막히다는 얼굴을 간신히 숨겼다. 하긴, 쉰 살이 넘은 이태훈 차장을 뒤집어놓고 배 간질이는 분들에겐 내가 핏덩이로 보였겠네.

"정기 인사 전에 움직임이 있는데, 주변 정리 좀 해."

경사로를 걸어 내려가며 이태훈 차장이 툭 던졌다.

"제수씨하고 애들도 그렇고, 통장부터 인간관계까지 신경 써. 먼지 떨어져서 차장 자리 막히면 짜증 날 거 아냐."

차장검사라. 이태훈 차장이 성진규 얼굴에 떠오른 질문을 읽었다.

"어느 지검이냐고? 지금 내 자리."

"차장님은요?"

"말했잖아. 법정은 어휴."

이게 황금 커프스단추를 매단 칼잡이들이 내민 제안이로구나. 그러면 내 손목에도 황금 커프스단추가 장식되려나. 성진규 부장은 이 제안을 받고 뭘 약속해야 하는지가 궁금했다.

"제보자로부터 원자료를 모두 받아내면 좋겠지만."

USB 자료만 해도 전체가 아닌 부분이었다. 그걸 받아내는 일은 가능할 성싶지 않았다.

"성 부장이 털어줘야지. 없던 일로."

"경찰과 공수처는요?"

"어, 이 사람 아직도 더벅머리 총각인가. 차장 되려면 말귀는 좀 있어야지."

이태훈 차장은 수단과 방법을 가리지 말고 일을 덮으라는 지시를 그리 두루뭉술하게 내렸다.

"성 부장 자네가 고생스럽겠지만, 아직 우리 검찰이 그리 물렁하지 않아. 여기 꽤나 단단하고 높은 성채야. 올라가기 힘들지만, 가기만 하면 어떤지 성 부장 너도 알잖아."

이태훈 차장이 뒤를 쓱 돌아보았다. 성진규 부장이 미소 머금은 채 고개를 끄덕였다. 이태훈, 웃기는 새끼. 김 검사에게 USB를 받아 확인한 그날부터 지금 상황은 성진규 부장의 계산 안에 들어 있었다. 요 며칠 성진규 부장은 그 계산이 맞아들어 가게끔 움직여왔다. 누군가를 만나 얘기를 흘리고, 다른 누군가에게 전화를 걸어 정보가 건너가도록, 그는 움직였다.

"송태섭은 골인시켜야 합니다."

이태훈이 고개를 끄덕였다.

"송태섭이 대전에 빌딩 큰 거 올린다는데, 그거 올리다가 주변 인심을 많이 잃은 모양이야. 그걸로 재판만 걸어."

"더 이상은 안 됩니까?"

이태훈은 말을 더해야 하냐는 표정이었다.

"제보자는 송태섭이 거쳐 장진호를 골인시키려고 USB를 제공한 겁니다."

"제보자 수배는 했어?"

"사실 어젯밤에 만났습니다."

만나보니 법원에서 몇 번 마주친 기억이 떠오르는, 비쩍 마른 남자였다. 보스턴에 자리한 명문대학 로스쿨을 졸업하고 한국 로펌에서 일하다가 자취를 감췄던 진성민이라는 자였다. 그냥 제 의뢰인들이 장 회장의 몰락을 요구한다고 해두죠. 자기를 변호사라고 소개한 진성민은 그리 대답하며 섬뜩한 미소를 지었다.

"정리해서 내일 보고 올리겠습니다."

"장진호는……?"

"송태섭을 털어서 장진호를 엮긴 해야 할 겁니다. 지저분한 점이 많아서요."

"너 밑에 애가 뭐 했다며? 〈이끌〉이던가."

성진규 부장은 대답하지 않았고, 이태훈 차장은 곰곰 생각에 잠겼다.

"이번 일 완전히 없었던 걸로는 어렵겠지?"

"쉽지 않지요."

최수현과 김훈정을 떠올리며 성진규 부장은 고개를 내저었다. 최수현만큼이나 김훈정 또한 찍어누를 수 없는 사람이었다.

"그래, 없던 일이 되겠냐. 늙는 거랑 똑같겠지."

애매한 위치였지만, 이태훈 차장은 단번에 온그린을 노릴 셈인 듯했다. 그가 멀리 시선을 두었다.

"늙는 거라뇨?"

"관리 말이야. 여기저기서 신호 오면 그때마다 대처를 해야 하는 거지, 완전 싹 낫겠다는 거는 말이야. 그건……."

몸을 좌우로 틀며 공과 목표 지점 사이를 번갈아 보던 이태훈 차장이 스윙을 날렸다. 파란 하늘에 노란색 공이 둥실 떠갔다.

"욕심이야."

온그린이었다.

5

예원은 손톱을 다듬는 중이었고, 고도의 집중이 필요한 일이었기에 당연히 수현에는 눈길조차 주지 않았다.

"너무 늦었지?"

"오죽하시겠어요. 12시 지나고는 시계도 안 보고 있네……. 그나저나 한 변한테서 전화 다섯 번 왔어요……."

한지훈이라.

"변호사 얘기를 하시던데. 그분도 정신이 없으신가. 변호사가 왜 자꾸 변호사 변호사 그러는지 아무래도 모르겠던데……."

줄칼 각도가 미묘해질수록…… 말꼬리도…… 흐릿해져 갔다.

수현의 책상과 소파 앞 탁자 가득 자료가 쌓여 있었다. IOE 소송에 따라 목이 잘릴지 결정되겠지만, 잃기엔 너무 아까운 사무공간이었다. 검은 몽블랑 가방을 소파에 내던지고 그 옆에 재킷도 홱 걸쳐 둔 다음, 수현은 쌓인 자료들로 진격했다. 저걸 다 정복하고 깃발까지 꽂으려면 남은 하루가 바빠야 했다. 그나저나 누가 찾아왔다던데.

뒤적거리며 변론을 준비하고 상대측 변론을 검토하는 중에 휴대폰이 울렸다. 한지훈이었다.

— 결과 넘어왔던데.

변호사가 넘긴 IOE 소송 관련 자료는 이틀 전에 도착했고, 함께 확인한 두 사람은 디지털 전문가에게 감식요청을 했다. 변호사 얘기대로, 송도의 한 호텔 로비에서 악수를 나누는 은유철과 IOE 관계자의 모습이 담긴 CCTV 영상이었다. 전문가는 영상에 위조가 가해지지 않았다는 보증을 보내왔다. 호텔에서 보관 기간 때문에 삭제했다는 영상을, 변호사는 어떻게 지니고 있었을까.

— EMG의 기술개발 팀장인 은유철에게 바람 넣어서 기술 빼내게 만든 게 애당초 변호사였다며. 그쪽도 은유철이 못 미더우니까, 영상으로 보험 들어 둔 거지.

"그리 공들인 작업을 왜 우리 입에 쏙 넣어주냐는 거죠. 그리되면 은유철은 구속이고, IOE도 쪽박 차잖아. 기술을 빼오게 시켰다면 변호사는 IOE 측이었다는 얘기인데."

— 그때 IOE를 대리했다고, 지금도 대리하는 건 아니잖아?

한지훈이 너, 고스톱으로 변호사 딴 거 아니구나.

— 통화가 길어지네, 잠깐만.

전화가 끊겼고, 예원이 인사 올리는 소리가 바깥에서 들렸다. 한지훈이 문을 열고 들어왔다.

"내일 대표님께 보고 올리고, 모레 증거 제출하자고."

그것만 해도, 승소 가능성은 이리로 홱 넘어올 게 분명했다. 소파에 털썩 앉은 한지훈의 멍한 시선이 최수현 쪽으로 향했다. 둘은 비슷한 생각 중이었다. 변호사에게 호구 잡힌 거 아냐?

"대강 맞추고 퇴근하자구. 일요일 저녁까지 꼴아박을 건 없잖아?"

승소의 기미가 보여서인지, 한지훈의 말과 태도엔 산들바람이 불었다. 한지훈이 다시 일어서려는데 노크 소리가 들렸다. 예원이 문을 한 뼘 열고 용건을 말했다.

"최 변호사님, 아까 말씀드린 손님인데요."

"지금은 이거 준비해야 하는데."

"변론 핑계 대고 돌려보낼까요?"

한지훈이 일요일 아침에 웬,이라는 표정으로 돌아보다가 나갔다. 유리창 건너, 반들반들한 남색 코트에 푸른색 안경을 걸친 남자가 구석에 앉아 있었다. 잊어버리기 힘든, 길거리에서 뒤돌아보게 만드는 옷차림이었다. 어디서 많이 봤는데……. 갑자기 고개를 번쩍 든 사내가 예원의 책상을 지나 수현의 사무실로 허둥지둥 달려들어 왔다. 소파에 털썩 주저앉은 그를 수현은 한참 쳐다보았다. 아니, 가만 있어봐. 이거…….

"백태현이랬죠? 아닌 거 예전에 알았지만."

이럴 수가.

"너……."

안경을 벗고 가발을 쥐어뜯은 남자가 자기 얼굴을 드러냈다.

"도와줘요. 칼날이 바로 여기 모가지까지 들어왔어. 변호사님이 마지막이야."

윤종건이었다.

6

누군가는 밤에 오는 전화를 불길하다 했지만, 휴일 한낮에 걸려 온 전화만 할까.

전화를 끊은 지 5분이 지나서야 김훈정은 마음을 차분히 가라앉힐 수 있었다. 불길하다기보단 불쾌한 연락이다 싶었다. 하긴, 휴일에 직장 상사에게 걸려오는 전화가 뭐 그리 유쾌하랴.

— 쉬는데 미안하군.

김 검사는 막 아침 운동을 마친 참이었고, 호흡이 고르지 않았다. 전화를 받는 자신의 모습이 전신거울에 비쳤다. 레깅스가 다리 전체를 꽉 감싸고 있었고, 진한 땀이 티셔츠에 어둡게 번져 있었다. 저놈의 허벅지를 어떻게 좀 해야 하는데. 저도 모르게 그런 생각을 하고 있는데, 성진규 부장이 폭탄을 터뜨렸다.

— 내일 10시 주례회의 연기한다. USB 건으로 이태훈 차장님과 면담할 거야. 김 검도 참석해.

놀란 김 검사가 입을 헤 벌렸다.

— 어이, 김 프로.

"부장님, 저 일단 숨 좀 쉬고요."

아니, 이태훈 차장에게 이걸 들고 가겠다고? 이 차장은 뇌물을 받은 수사 대상이었고, 사건의 핵심 인물 중 하나였다.

— 내가 어제 한쪽을 쓱 눌렀는데, 저쪽이 불룩해지더라고.

통화의 모든 과정이 혼란스러웠다.

"부장님, 전화로 이러실 게……."

— 면대면 해야 맞지. 나도 아는데…….

"우선 설명을 좀 해보세요."

— 엊그제 금요일 점심에 퇴직한 분 중 하나한테 이 건을 슬쩍 흘렸어. 내사 협의로 송태섭 들여다보는 중이라고. 저녁도 되기 전에 이 차장한테서 전화가 오더라고. 나 모르게 파는 거 있냐고.

변호사는 USB에 시그널을 교묘하게 심어놓았다. 뇌물 수수 사슬의 끝자락을 이태훈 차장에 두고, 뭔가 더 있을 그 위를 공개하지 않은 것이다. 그건 이태훈 윗선 증거를 변호사가 쥐고 있다는 얘기였다.

— 원래 계획은 이랬어. 김 프로 너를 통해 변호사와 접촉시키고, 그쪽 조건을 일부 수용하려 했지. 증거 전체를 다 받는 조건으로.

"퇴직한 분께 슬쩍 흘리셨다면서요?"

— 뱀이 앉았나 싶어서, 작대기로 풀밭을 두들긴 거지.

그런데 등 뒤에서 호랑이가 나왔네요, 부장님.

"이 차장님은 어디까지 아는 거예요?

— 나한테 급히 골프 약속을 잡잖아. 그게 하나고, 얘기하다 보니

무마하려던 눈치더라고.

김훈정이 이를 악물었다.

"면담 절대 불가합니다."

이태훈에게 증거를 보여주면, 윗선은 숨고 말아. 김훈정은 성진규 부장이 풀숲을 때리는 게, 뱀에게 달아나라고 경고하는 꼴이라 여겼다.

성진규 부장은 생각이 달랐다.

— 면담해야 해. 저쪽에선 이태훈 차장을 대리인 세운 거야. 황금 커프스단추를 달았던 사람들 말이야.

"USB 전체를 받아서, 전부를 들어내야 하는 거 아닙니까."

성진규 부장은 거의 탄성을 흘릴 뻔했다. 얘는 지금 검사 생활이 몇 년인데, 아직도 정의와 헌신의 기치를 들먹이는 거야.

— 아니지. 수술 들어가야지.

"집도는 누가 하고요?"

— 위에서 선을 잡겠지.

거기까지 듣고서야 김훈정 검사는 성진규 부장의 계산을 이해했다. 변호사 입맛에 맞게끔 송태섭을 통해 장진호를 잡아주고, 거기 딸려 들어갈 검찰 명단을 축소하고 한정 짓겠다는 얘기였다.

"그걸 이 차장님과 붕짝붕짝해서 맞추겠다는 겁니까. 비리 혐의자인데요?"

— 그럼 검찰 수뇌부 전체를 다 날리자는 거냐? 이태훈 차장을 통해 나를 찍어누르려는 사람이 누군 거 같아? 검찰이랑 법무부 통틀

어 이태훈 차장 위에 몇이나 있을 것 같아?

하지만 이건 내 사건이야. 김훈정이 이를 악물었다.

"그럼 내일 왜 같이 들어가자는 겁니까?"

— 직접 듣고 온 건이니까, 자네가 상황 보고해. 자네 공까지 가로채고 싶진 않아.

이태훈 차장과 접촉해 저쪽의 규모와 힘을 대강 가늠해본 성진규로서는 이 싸움을 이렇게 마무리하는 게 가장 좋았다. 이태훈까지는 날아갈 테지만, 부패와 뇌물수수 건으로는 아닐 것이다. 아마, 사표 내고 로펌에 들어가 공천을 가늠하겠지. 송태섭과 장진호는 얼마간 고생시키는 그림으로 변호사를 덮는다. 몇 년 시간을 벌면 이태훈 윗선은 퇴직에 로펌 취업에 은퇴까지 정리된다.

그렇게 태풍을 떠나보내는 것이었다.

김훈정 검사에겐 개소리나 다름없었다. 하지만 성진규 차장과 이태훈 부장의 논의가 여기까지 진행되었다면, 평검사인 그녀가 시도할 수 있는 일은 아무것도 없었다.

"증거가 저리 확실한데 이 차장님 건을 어떻게 대강 덮습니까?"

— 그럼 공수처에라도 들고 가려고? 언론에 흘리려고?

숨을 몰아쉰 성진규 부장이 말을 재차 쏟아냈다.

— 그저께 조 검사가 차장님께 불려 들어간 다음에 윤종건이 체포 명령이 떨어졌어. 우선 검거 대상으로.

"그래서요?"

— 그래서라니. 윤종건 우선 검거가 어떤 맥락인지 몰라? 윤종건

통해서 장진호를 작대기로 엮어 묶겠다는 그림이잖아. USB 속 장부는 그냥 덮고.

씹던 게 너무 크면 목구멍이 막히는 법이다. 나오려던 말도 너무 크면 목구멍을 막는다는 걸, 김훈정은 그제야 알았다.

— 이 일 진행을 여러모로 검토했었어. 그렇지?

"그렇다고 이 건을 이렇게 마사지하시면……."

— 금요일 밤부터 오늘 아침까지, 내가 아는 모든 윗선에서 전화가 왔어, 사흘 내내.

서울중앙지검 반부패수사 제2부장은 검찰 조직에서 목 정도의 위치였다. 그럼 그 위는.

"검찰총장께서 연락하신 건 아니죠?"

성진규 부장은 대답이 없었다. 그게 대답이었다.

— 변호사 접촉해. 이쪽 파이프가 김 프로 너였으니, 네가 오늘 중으로 담판 지어.

"조건은요?"

— 장진호 잡아주겠다고 해. 대신 자료 통으로 넘기라 하고.

변호사는 거래 상황을 녹취할 것이다. 녹취록에 나만 나오게 하려는 속셈이로군. 김 검사가 이를 악물었고, 눈치챈 성진규 부장이 말을 보드랍게 냈다.

— 일관성 있게 진행하잔 거지, 다른 뜻이 있겠냐. 자자, 내일 아침 차장님 면담과 오늘 변호사 미팅을 패키지로 묶자. 다 들어오든가, 다 빠져.

"빠질 수는 있는 겁니까?"

성진규 부장의 웃음소리가 김 검사 휴대폰 너머에서 가느다랗게 넘어왔다.

— 이런 거다. USB든 뭐든 다 잊어버리고 백치로 살든가. 아니면 죽을 각오로 덤비든가. 김 프로 너 가끔 저 위를 쳐다보던데. 이런 일을 검사 중 몇 프로나 손에 쥐어보겠어, 응?

하지만 김 검사는 위로 가고 싶어 여기 붙들린 게 아니었다. 그리고 그 순간 뭔가에 붙들려선 안 된다는 걸, 뭔가를 직접 그리고 꽉 붙들어야만 한다는 걸, 김훈정 검사는 깨달았다.

"월요일 아침 10시라고 하셨죠?"

성진규 부장이 덧붙인 말이 김훈정에게 묘하게 들렸다.

— 김 프로, 우리 모두 책상에 명패 놓였잖아. 너도 거기 부장검사 박아봐야지. 나 올라가면, 거기 누가 앉겠냐.

"그래서 여기서 마무리하자는 거죠?"

— 우선은 이 선에서 마사지하자. 입 다물고 역할 잘하고.

김훈정은 알겠다는 대답을 남기고 전화를 끊었다.

전선은 분명했다. 성진규 부장은 안건을 돌돌 말아 위와 거래하려 했고, 김훈정은 이걸 검찰 윗선을 깨끗이 도려낼 날카로운 도구로 쓰고파 했다.

전신에 불쾌감을 느낀 김훈정이 휴대폰을 침대에 던졌다. 흠뻑 쏟았던 땀이 꿉꿉하게 말라 있었다. 변호사와 통화를 해야 했다. 끔찍한 기분이었다.

장진호와 송태섭과 윤종건과 검찰청 잔챙이 몇몇을 제거하는 일도 검찰의 책무였다. 하지만 진짜 거악들은 장막 뒤에 존재했다. 권력을 통해 부를 일구고, 온갖 협잡을 통해 세력을 이루던 장막 뒤의 쥐들.

엎드린 훈정이 폐가 터져나갈 때까지 깊은숨을 수십 차례 쉬었다. 그런 뒤에야 그녀는 마음을 다잡았다. 누군가의 도구인들 어떠랴. 그녀 또한 상대를 도구로 쓰면 그만이었다.

번호를 누르기에 앞서 김훈정은 수현과 백 수사관을 떠올렸다. 백 계장은 밀린 잠을 잘 게 분명했고, 수현은……. 지금껏 연루된 것만으로도 넘치는 일이었다. 그녀는 폐 끼치는 일을 하고 싶지 않았다. 죽더라도 혼자 죽을 일이었다.

계산으로 머리가 복잡해진 김훈정이 저도 모르게 아랫입술을 깨물었다.

7

커피를 들일까 유리문 바깥을 기웃거리던 예원을, 수현은 쳐다보지도 않았다. 지금은 예원이 인형탈을 쓰고 브레이크댄스를 춘다 해도 눈에 안 들어올 것 같았다.

"윤종건 당신 뭐야. 여길 왜 와?"

"도와줘요. 최 변 말곤 내 편이 없어요!"

날 언제 봤다고 내가 네 편이냐고 말하려는데, 윤종건이 고함을 빽 질렀다.

"이게 다 당신이 〈이끌〉에 왔기 때문이잖아!"

"자자, 개소리 말고 알아듣게 설명부터 해봐."

그리 말하면서도 수현의 시선은 책상과 소파 테이블에 가득 펼쳐진 소송 자료에 머물렀다. 점심시간 포함하면, 두어 시간 정도일까.

김 검사와 백 수사관에게 알려야 한다는 생각도 들었다. 어쩜, 변호사에게도?

"어디부터 말을 해야 할지……."

윤종건이 눈치를 보며 뜸을 들였다. 초조한지 손에 든 가발을 살살 흔들었는데, 그 사이로 소영의 게슴츠레한 눈이 자리했을 것만 같았다. 아, 소영이 아니라 다른 이름이었던가?

"나 나가고 직원들 다 내보냈다며. 문 잠그고 반나절 잠적했고. 어디 갔다 왔어?"

"어디겠어요. 오야붕 만나고 왔지."

"장진호?"

"우선은 그 밑. 회장님은 대기 타다가 만났죠. 어후."

윤종건의 뽀얗고 통통한 뺨이 부들부들 떨렸다.

"성질을 버럭버럭 내고 주먹질에 발길질까지. 그럴 만도 한 게 우리 〈이끌〉이 베스트였거든. 매출로나 회전으로나."

윤종건은 세탁소 노릇만 한 건 아니었다고 강조했다.

"일종의 집합소예요. 회장님이 세금이나 밀수나 여러 가지 차명으로 돌리는 자금이 한 덩이고, 채권이나 미술품이나 귀금속까지 엄청나다 이겁니다."

"단순 빨래방이 아니다? 그나저나 왜 튄 건데."

윤종건은 한동안 말이 없었다.

"회장님 꼭지가 완전 돌았어요. 검찰수사관이 왔다 갔다니까 쎄했던 거지. 동맥경화 걸린 사람처럼 퍼덕거리더라고. 숍 당장 닫으라고, 자료 싹 다 폐기하라고 악을 쓰는데……. 이미 들어갈 때 자료 다 모아서 갔어요. 그건 다 넘겼고."

"복사본 떠놨지?"

"적금이야 꾸준히 부어뒀죠."

"돌아와서는 자료 폐기했다며."

"팔 빠져라 파쇄기에 종이 넣고 있는데 전화가 와요. 하고 있냐고. 임 실장이라고, 장 회장 밑에 놈이야. 하는 중이라니까 알았다고 하는데, 깜빡이 소리가 나더라고요."

"깜빡이?"

"틱톡틱톡."

핸들 밑으로 손 가져가는 모양을 취하며 윤종건이 수현을 바라보았다.

"묘한 게 그 양반 탄 차가 저 아래 사거리에서 신호 대기 중인 느낌이 들더라 이겁니다."

우리 종건이가 약쟁이 생활 수십 년 만에 정수리가 하늘로 뚫려 신묘불측한 예언력을 얻은 모양이었다.

"하던 거 집어치우고 챙길 거 챙겨서 나왔죠."

"자료는 어디 있었어?"

"전 노트북만 써요. 그것도 인터넷 안 되는 먹통으로."

간단하군. 그것만 들고 다니면 되니까.

"그건 어쨌어?"

힘주지 않고 지나가듯 물었지만, 윤종건은 속아 넘어가지 않았다.

"그게 내 목숨줄인데 함부로 오픈 안 하지."

"내내 들고 있었을 거 아냐."

"어디 넣어놨어요."

수현이 건넨 정수기 찬물을 윤종건이 꿀떡꿀떡 받아 마셨다.

"그래도 파기하던 건 죄다 마무리 짓고 나왔어요. 허겁지겁 나와서 골목에 숨어 있는데, 반대편 도로에 차 한 대가 서더라고요. 장 회장 부하들이 들어갔다가 한참 지나 나왔어요."

윤종건을 인근 야산에 묻으려 트렁크에 곡괭이와 삽을 챙겨두었을 게 분명했다.

"폐기 지시를 해놓고, 장진호가 당신을 제거하려 들었군."

"그래야 폐기가 끝나니까."

벌떡 일어선 수현이 사무실 안을 이리저리 걸었다. 내가 대체 뭘 쏴 올린 거야. 자신이 〈이끌〉을 찾아간 뒤 벌어진 일들의 괴상한 부풀어짐이 수현은 믿기지 않았다.

"퍼덕거렸으니 압색도 피한 거죠. 그때 따였어봐. 구치소에서 자살당했지."

"영화냐? 자살당하게?"

순간 윤종건의 눈빛이 차가워졌다.

"영화는 견딜 만하기라도 하죠. 현실에 비하면."

"니넨 하이 리스크 하이 리턴이잖아. 부귀영화와 환락의 끝에 사는 놈들이."

"그렇다고 죽고 다치고 나뒹구는 게 재미있고 즐겁겠어요? 남들처럼 우리도 무섭고 싫어요."

윤종건이 돌돌 뭉치던 가발을 탁자 위 자료 위로 홱 던지고는 마른세수를 했다.

"작대기 장사꾼들 의리 없는 건 알았지만, 이 정도인 줄 몰랐네요. 연예계에 들인 품이 얼만데. 아예 돌아보지도 않더라고요. 예전 빵 동기들이 그나마 현금 좀 집어주더라고요. 만호네 가게에 며칠 있었어요."

로이스 문과는 사이가 안 좋은 줄 알았는데.

"업계 라이벌 구도를 취하는 게 서로 좋으니까요. 나훈아랑 남진 같은 거지. 사이가 틀어질수록 벌어들이는 규모가 커지니까."

잘들 하는구나. 도대체 이 업계는 들여다볼수록 요지경이었다. 수현은 가장 궁금한 걸 물었다.

"나한테 왜 왔는지 얘기해봐."

"말했잖아요. 변호사 선임하고 싶다고."

"일단 거절한다. 그래도 이유는 말해봐, 궁금하니까."

"만호네 가게에서 수소문하면서 알아봤죠. 김훈정 검사하고 연결되시던데요."

"안 자르고 들을 테니, 계속 지껄여."

"작대기로 쳐들어온 검찰과 다른 각도로 날 조지려는 거잖아요, 김 검사. 장진호 때문이죠? 그쪽으로 증거도 드리고 증언도 할게요. 대신 작대기에서 빼주고 신변 보호도 해줘요, 응? 최 변 당신이 김 검사랑 그렇고 그렇다며? 검찰에서부터 지금까지……."

"말 안 자르긴 할 건데 니 모가지를 어쩔진 모르겠다. 그 혓바닥도."

거미 튀긴 걸 삼키고 말지. 수현은 그런 심경이었다.

윤종건이 입 다물고 수현을 올려다보았다. 법전에도 없는 형량 거래를 김훈정과 할 테니, 다리를 놓으라 이거였다.

"잘도 되겠다."

"능력 있는 변호사시던데."

"능력과는 하등 관계없어."

"여기 오기 전에 노트북을 넣어놨어요. 그냥 그거 켜고 폴더째 복사해서 판사 갖다주면 재판 볼 것도 없어요. 장진호, 송태섭, 그리고 고위직 검사들과 연결된 돈세탁 장부들."

수현은 윤종건을 바라보았다. 장진호는 태산이었고, 바람으로는 그걸 무너뜨릴 수 없었다. 윤종건은 폭탄을 가지고 있었다. 장진호와 그의 비호 세력을 날리기에 충분할 폭탄을. 그런데 나한테 태산 밑 땅굴로 기어들어가 그걸 터뜨리라고 하면, 내가 그걸 하겠냐.

그 말 대신 수현은 은은한 미소를 보여주었다. 윤종건 또한 비릿한 웃음을 마주 보였다. 손을 들어 보인 뒤 수현은 휴대폰을 들었다.

그의 계산기는 두 개의 갈림길 앞에서 빙글빙글 도는 중이었다.

변호사에게? 아니면 저 피둥피둥한 뚱뚱이를 김훈정에게?

수현이 휴대폰을 드는 모습을 본 윤종건이 벌떡 일어섰다.

"아뇨! 전화 내려놔요."

"잠깐 업무 전화 좀……."

"아니! 나 팔아넘기려는 거잖아!"

윤종건이, 탁자 너머로 몸을 날렸다!

8

볼펜 끝을 따닥따닥 두 번 연속으로 누르며, 한지훈 변호사는 생각에 잠겼다. 볼펜을 따닥거리는 그 행동을 한지훈의 아내는 아주 싫어했다. 약사인 그녀는 언젠가 그 행동을 휴대폰으로 몰래 찍어 보여줬다. 멍하니 앞을 응시한 채 볼펜을 눌러대는데, 한지훈이 봐도 무척 심란해 보였다. 암만 그래도 볼펜 똑딱이는 거 가지고 정신과 상담을 받으라니. 약국 운영으로 돈을 쓸어 담는다지만, 부부 사이에 해도 되는 말이 있고 하지 않아야 하는 말도 있는 법이었다.

"동범 씨, 당신. 빼야 할 걸 안 빼서 그래."

아내의 퉁명스런 잔소리 중 괜찮은 지적은 그것뿐이었다. 그래서 그날 밤 그는 〈덕일〉 이 사장에게 연락해 빼야 할 걸 뺐다. 그건 보복이었다. 아내에 퉁명스런 지적에 대한 한지훈만의 감미로운 보복.

지금, 볼펜을 똑딱거리며 한지훈이 하는 생각은 그'감미로움 때문에 일어났다. 감미롭고자 하는 욕망이 그의 기억력을 채찍질하는 것이었다. 어디서 봤지. 아닌가, 어디서 들었던 건가.

그걸 떠올리려는 욕구가 최수현 때문에 일어난 건 분명했다. 그건 최수현을 곤란하게 만들고 싶다는 한지훈의 무의식적인 간절함 때문에 피어오른 불꽃이었다. 그게 뭐였지…….

맞아, 〈이끌〉…….

그리고 그 단어에 연결된 사슬들이 철컥철컥 움직이며 다른 기억들을 수면 위로 끌어올렸다. 〈이끌〉, 윤종건, 텔레비전에 나왔던 디자이너, 최수현, 그리고 변호사!

볼펜 소리가 뚝 그쳤다. 최수현을 찾아온 손님은 윤종건이었다. 한지훈은 참치집에서 오갔던 대화를 떠올렸다. 분명해. 변호사는 윤종건을 쫓고 있고, 중간 과정에서 최수현과 엮인 거야.

그냥 뭉개고 앉았어도 상관없을 일이었다. 하지만 내가 왜 그래야 해. 내가 이걸 알리면 기뻐할 사람이 존재하고, 내가 이걸 누설하면 곤란해할 사람이 생기는데.

진성민 변호사. 한지훈은 기쁜 마음으로 화면을 길게 눌렀다. 신호는 오래가지 않았다.

변호사는 용무가 있어 시내를 빙빙 도는 중이라 했다. 용무처로 가면 그만이지, 근방은 왜 도는 걸까.

"기쁜 소식이 있어 연락드립니다."

펄쩍 뛰며 기뻐하는 변호사의 환성을 들으며 한지훈은 만면에 미소를 가득 띠었다.

— 한 변호사님이 홈런을 치셨네요.

전화기 저쪽으로 진성민 변호사가 중국어로 뭐라 지시하는 소리가 들렸고, 다급히 깜빡이 켜는 소리가 뒤따랐다.

— 주안 사무실이 어디였죠?

주소를 불러주자, 차 알피엠 올라가는 소리가 여기까지 들렸다. 진성민이, 자칭 변호사가 고맙다는 인사를 다시 한번 건넸다.

— 한지훈 변호사께 톡톡히 사례해야겠는데요.

괜찮았다. 사례라니, 정말 괜찮았다. 커다란 엿을 먹느라 최수현 입이 귀밑까지 찢어지기만 한다면, 사례 따윈, 정말로.

9

내키지 않아. 정말 그랬다. 이 모든 일이 백 수사관에겐 정말 내키지 않는 일이었다.

송태섭은 바지에 묻은 먼지를 떼며 짐짓 딴청을 부렸다. 그러다가 오만상을 구기며 신경질을 냈다.

"장 회장 이 등신 새끼, 그 꼴같잖은 세탁소 없애라니까. 말을 안 들어 처먹어."

얘기가 꽤나 오간 모양이었다.

"돈 돌려서 마진 남기는 게 장진호 전문인데 뭘 없애라 말라야?"

"우리 입장에서 검찰은요, 딜이 되요. 경찰도 그렇고. 말귀를 알아듣는다 이 말이야. 근데, 국세청 이 돌대가리들은 우회로가 없어. 장 회장 사업도 화약고나 진배없었지."

"장 회장이 직접 연락하던?"

송태섭이 창밖 도로를 바라보며 딴청을 피웠다. 예배 마친 사람들이 몰려 주차장 인근은 복잡했다.

"어 참, 뭔가 밀고하는 느낌도 나고, 전반적으로 껄쩍지근하네요."

한 발 쓱 빼는 모양새가 역시나 닳고 닳은 송태섭다웠다.

"송 사장 당신, 나 보자마자 통빡 싹 잿잖아. 농담 따먹으면서 차에 들인 것도 겐또 안에 다 들었을 거구."

"통빡이고 겐또고 뭔 쪽바리 말을 허구헌 날."

"나를 차에 들였으면 사발 풀겠다는 결심이 선 거잖아."

얼른 하라는 식으로 백 수사관은 손을 까딱거렸다. 송태섭이 앉은 자세를 바꿨다.

"송 사장님, 명색이 부동산 업자지만 근본이야 우리 서로 빠꼼하잖아."

"무슨 얘길 하고 싶으신 걸까."

"부부도 죽고 못 살 때 있지만, 죽이고 싶어 못 살 때도 있잖아. 장진호랑 계속 배꼽 맞출 거야?"

송태섭이 처음으로 앞좌석에 탄 부하들을 힐끗거렸다.

"오래 부비다 보면 체취가 서로한테 배고 그럽디다. 한 몸까진 아니어도……."

"계속 붙들다간 같이 칼 맞아. 한칼에 꿰이는 거야."

"야야, 담배 한 대 태우고 와라."

차 문이 닫힐 때까지 송태섭은 입을 열지 않았다.

"예전 사업할 때야 각자 이익을 얻어 가니 서로 좋았죠. 나야 검찰 끈을 지녔으니 저쪽에 그거 주고, 저쪽은 현금 달려 깔딱깔딱할 때 이쪽에 파이프 꽂아주고."

"요즘은?"

"끊어진 지 꽤 됐어요. 각자 방향이 벌어지기도 했고, 장 회장이야 우상향이지만 내 쪽 건설업은 곤두박질 중이니 아무래도 예전 같지 않지."

송태섭이 손가락을 세우고 머리를 긁었다.

"백 수사관이 갖고 있는 게 나랑 연관되었다면서요."

"그걸 장진호한테 갈 사닥다리로 쓰려는 사람들이 있지. 송 사장 통해 장 회장 찌르려는."

"증거 신빙성은요?"

"따져봤지, 다. 송 사장 글씨가 너무 특이해서 전문가 없이 내가 봐도 알겠더만."

"언제 따려고요?"

"송 사장 걸친 게 많아서 주변 정리에만 닷새는 걸릴 텐데. 당장 동남아로 뛰지도 못할 테고."

"하아, 외통수네. 자료는 어디서 났어요? 난 그게 제일 궁금하던데."

"치마 속은 보는 거 아냐."

"아니, 그게 아니고서 치마 입은 사람을 내가 왜 만나."

뜸을 들이던 송태섭이 슬쩍 물었다.

"빠져나갈 방법이…… 도저히 없어요?"

너무나 직접적인 증거이기에 송태섭을 우회할 다른 방안은 전혀 없었다. 가능한 건 수사에 협조하며 기소 대상 건을 조정하는 정도였고, 그건 송태섭도 잘 알았다. 무슨 생각이 그리 많은지 지랄맞게 여닫던 라이터 소리도 아까부터 나지 않았다. 송태섭은 저 멀리를 바라보는 중이었다. 구석으로 간 송태섭의 부하 두 놈이 담배를 피우며 누군가와 통화하고 있었다.

"내부에선 증거가 전부랍니까, 일부랍니까?"

"제보자가 일부를 선별해 보낸 것 같아."

"그럼 그거 제보한 놈이 추가로 제공하겠단 거네."

백 수사관은 송태섭이 자신을 차에 들인 이유를 그제야 이해했다.

"뇌물 먹고, 뇌물 먹이고. 뭐, 바람직한 관계겠습니까. 하지만 다 터지면 그건 그것대로 나쁘고, 연루된 나한테는 더 나빠요. 지금 증거 내에서만 진행합시다. 그럼 자진출두할게요."

백 수사관은 가타부타 대답하지 않았다. 당초 백 수사관은 내사가 진행된다는 걸 송태섭에게 알리려 접근한 것이었다. 그는 검찰 내부에 폭탄이 터져선 안 된다고 여겼다. 그건 공익을 저버리는 행위가 아니었다. 수술은 정확하게 기능해야 했다. 내장을 다 헤집는 게 어찌 수술이란 말인가?

그는 진실이 폭로되어야만 세상이 좋아진다는 생각이, 세상을 모르는 어리석음 때문에 생긴다고 여겼다.

송태섭이 휴대폰을 집었다.

"너희들 내 뒤에 있지? 지금 나가서 담배 피는 애들 보이냐. 일단 봉고에 태워. 설명 없이, 그냥 살살 태워. 운전할 놈 새로 보내고. 잊지 말고 개네 전화기 뺏어놔라."

통화를 마친 송태섭이 저 멀리를 보면서 한동안 입 떼지 않았다.

"이 짓도 그만해야겠네."

"할 만큼 해서?"

"못 볼 걸 너무 많이 봤고, 못 할 짓도 너무 많았고. 담배 있어요?"

고개를 가로젓자, 송태섭이 나지막하게 욕설을 내뱉었다.

"할 말이야 서로 아는 거 아니요? 검찰 들어가서 다 불지 말고 적당히 반경 조정해라. 너 찔러서 장진호 죽이려는 거니 기술적으로 잘 맞아라. 주변 정리하고 출두해. 입단속 잘 시켜라."

전문가 나셨네.

"근데 누구 지시로 움직이는 거요, 백 계장님은? 수사 검사 지시는 아닌 것 같고."

오늘 송태섭을 찾아와 벌인 모든 행동은, 백 수사관 단독으로 벌인 짓이었다. 김훈정 검사와 언쟁을 벌였던 그 밤 내내, 백태현은 윗선으로부터 우려 가득한 전화 수십 통을 받았다. 전화 너머 목소리들은 회유와 간청과 협박으로 이뤄져 있었다.

백 수사관 단독으로 송태섭과 접촉한 일은, 사실 김훈정 검사를 배반하는 짓이었다. 하지만 백 수사관은 그게 결국 김 검사를 비롯한 모두를 지키는 행위라 여겼다.

물론, 그는 이해받을 거라고 기대하지 않았다.

더 할 말은 없었다. 목구멍처럼 좁은 출입구를 빠져나간 차량들이 저 멀리 붉은 미등을 늘어뜨렸고, 주변은 그제야 한가해졌다. 백 수사관이 차 문을 열고 나가자 밖에서 기다리던 놈이 운전석에 탔다. 아까 내린 둘과 다른 놈이었다.

그 둘은 죽을 자리로 갔을까. 송태섭의 목소리가 들리는 듯했다. 유출을 누가 시켰겠어요. 가장 가까이 자리하던 놈들이죠. 앞뒤로 차 막히면 나 대신 칼 맞을 거라고 믿던 그 두 놈요. 송태섭의 얼굴이 왜 그리 검게 우울했는지, 백태현은 그제야 이해했다.

백태현은 교회 밖을 향해 터덜터덜 걸어갔다. 소풍이나 가면 딱 좋을 날씨였다. 갑자기 정신이 멍해졌다. 이게 맞나. 내가 옳았나. 때때로 백태현은 법 안에서 일하기 위해, 법 바깥을 맴돌기도 했다. 송태섭은 그렇게 맺은 인연 중 하나였다. 돈을 받거나 향락을 제공받은 적은 결코 없었다. 백 수사관은 다만 송태섭이 조직을 가지치기하려 들 때 가위가 되어주었고, 송태섭은 백 수사관이 건수를 필요로 할 때 틈을 보여주었다.

그랬다. 그건 비열한 협잡이었다. 하지만 백 수사관은 송태섭을 언제고 체포할 수 있다고, 그런 건 사업적인 협력 정도라고 생각해왔다. 송태섭은 장진호를 만나 조율할 것이고, 김 검사는 윗선을 털어내지 못할 것이다. 수사는 깨졌다.

그리고 백태현은 속이 괴로웠다.

복잡한 속내를 흔들려는 듯 늴리리야가 울렸다. 최수현 변호사였다.

— 지금 어디야? 이리 빨리 좀 와요!

"암만 이전 상관이라지만 오라면 오고 가라면 가……."

— 지금 윤종건이 내 사무실에 와 있어요.

"걔가 왜……."

개 짖는 것 같은 소리가 들렸고, 수현이 다독이는 소리가 멀리 들렸다.

— 얘가 왜 여기 있는진 길고, 윤종건이가 지금 지 목에 칼을 대고 있어요. 전화 때문에 오해를 하네. 경찰이고 어디고 전화 걸면 죽어버리겠대.

"거, 냅둬요. 자해 소동하는 놈치고 진짜 찌르는 놈 없으니까."

— 냅둘 수가 없는 게 여기 법무법인 주안이라고! 와서 얘 좀 걷어가요. 얼른!

애당초 늴리리야를 받는 게 아니었는데. 하지만 윤종건을 무시할 순 없었다. 윤종건은 장진호를 향한 다른 경로였고, 그를 놓치면 USB 이상의 뭔가가 터질지도 몰랐다.

"일단 요구를 들어줘요. 칼 내려놓게. 갈게요."

— 얼마나?

"25분."

10

갈색 보테가베네타 가방 속을 그의 손은 오래도 뒤적였다. 휘젓는 손길에 츄파춥스들이 이리저리 쓸려나갔다.

아, 무슨 맛을 집어 들어야 지금의 환희가 가장 적절히 고취될까. 클래식한 딸기? 포스트모던한 코코넛 파인애플? 혀의 감각을 다른 차원으로 진입시켜주는 오렌지?

아니, 지금은 콜라 맛이 가장 적절했다. 벅찬 기쁨을 혀 위에 그대로 재현해줄 츄파춥스로 그는 콜라 맛을 택했다. 진성민은 사탕을 물고 중국인 부하이자 상하이가 그를 감시하라 보낸 첩자이기도 한 덩치와 엘리베이터를 탔다. 7층…….

일요일이라 그런지 주안의 바깥 조명은 꺼져 있었다. 호화스러운 복도를 지나 유리문을 여니 접수처와 대기실 역할을 하는 홀이 있었고, 안쪽 통로 양쪽으로 소속 변호사들의 사무실이 나뭇가지처럼 다닥다닥 붙어 있었다.

"짜이 쩌리 덩 이쌰. [여기서 기다려.]"

"이거런 부 커이워. 인웨이 부 쯔다오 리미엔 시 션머 쫘쿠아. [혼자는 안 됩니다. 안쪽이 어떤 상태일지 모르니까요.]"

그 말이 옳았다. 차에 대기 중인 덩어리도 부를까 하다 그만두고, 고개를 끄덕여 따라오라고 했다. 장부 세 장에 대한 내 궁금증이 드디어 풀리는구나. 그건 장진호가 다르게 벌려놨던 사업의 한 꾸러미일까. 설레는 발걸음으로 진성민은 통로로 쓱 걸어 들어갔다. 두툼한 회색 카펫에 걸음걸이가 절로 경쾌해졌다. 불 꺼진 사무실들을 지나니 안쪽으로 구부러진 통로가 나타났다. 문가에 엉거주춤 서서 이쪽을 돌아보는 한지훈의 얼굴이 헬쓱해 보였다.

"저놈이 아까부터 죽겠다고 저러지 않습니까."

진성민 쪽으로 살금살금 다가온 한지훈이 어깨 너머를 힐끔거리며 헐떡였다. 진성민이 사무실로 다가갔고, 통로가 비좁았는지 덩치가 한지훈을 벽으로 밀어내며 따라왔다. 방음이 잘 되는지, 안에서 지르는 소리가 가느다랗게 들렸다. 사무실 문은 유리문이었고, 서 있는 위치에서는 안을 볼 수 없게끔 짙게 코팅되어 있었다. 진성민은 안을 들여다보려고 고개를 허리 높이로 숙였다. 덩치도 변호사를 따라 유리문에 머리를 바짝 붙였다.

그 순간 유리문이 벌컥 열렸다.

나중에야 알게 된 사실이지만, 그건 윤종건이었다. 자해를 하겠다며 안에서 날뛰던 그가 복도로 뛰쳐나오려 벌컥 유리문을 밀어낸 것이었다. 그 두꺼운 유리문이 두 사람의 머리에 부딪히며 와장창 부서졌으니, 덩치와 진성민의 목이 부러지지 않은 게 그나마 다행이었다.

오랫동안 진성민은 손가락 하나 움직이지 못했다. 통증은 없었다. 하지만 아프지 않다고 다치지 않은 건 아니었다. 섬광 같은 하얀 장막이 걷히고 나니, 머리와 얼굴을 만진 손에 뜨끈한 게 묻어났다. 엉덩이를 바닥에 댄 채 앞뒤로 휘청이는 몸을 제어하려 안간힘을 쓰는데, 상상도 못한 상황에 어이없는 웃음이 픽픽 새어 나왔다.

"야, 일어나. 임마."

어찌나 제대로 들어맞았는지, 대자로 뻗은 덩치는 미동도 없었다. 유리가 죄다 떨어져 나간 문고리를 든 채 얼어붙은 윤종건이 정신없는 얼굴로 어쩔 줄 몰라 했다. 진성민은 피가 흘러내리는 걸 느꼈고, 어떤 여자의 나지막한 비명을 들었다. 뿌예지는 시선에 최수현 변호사가 보였다. 입술을 달싹이던 진성민이 자기 입술에 달라붙은 츄파춥스 흰 막대기를 느꼈다. 그는 자기 입안에 들어 있는 깨진 파편이 콜라 맛 츄파춥스인지 박살 난 앞니인지 가늠할 수 없었다.

"그냥 있어요. 억지로 일어나지 마요."

수현이 자꾸 일어나려는 변호사를 주저앉혔다. 수현이 예원에게 뭐라 지시하려는 순간, 통로에 섰던 윤종건이 유리문 손잡이를 내던지며 분간 못 할 말을 지껄여댔다. 진성민이 수현을 향해 손을 휘저었다. 윤종건 저놈 잡으라 말하려는데, 머리 오른쪽에서 왼쪽으로 벼락같은 통증이 가로질렀다. 토할 것 같았고, 천지사방이 빙글 돌았다. 수현이 허우적거리는 변호사를 벽에 기대놓았다.

"윤종건 씨. 진정해요."

"웃기지 마! 웃기지 마!"

통통한 뺨이 땀으로 흥건해진 윤종건이 소리 질렀다.

"윤종건, 후회할 짓 하지 마!"

윤종건이 바닥에 쓰러진 변호사와 덩치를 커터칼로 가리켰다.

"씨발, 이거 뭐야. 경찰이야?"

"아니라니까. 칼부터 내려놓고…… 저 사람 변호사야."

"돼지는?"

"저 물 덩어리는 경호원이고. 일단 칼 내려놔."

"무슨 조합이 저래……."

차분한 수현의 대응에 윤종건이 자기 목에 댄 칼끝을 조금 떨어뜨렸다. 덩치의 목을 짚어 맥을 확인한 수현이 진성민에게 다가가 그의 머리를 이리저리 기울여보았다.

"예원 씨, 구급차를……."

"누구든 부르면 죽어버릴 거야!"

통로 벽에 등을 문지르며 윤종건은 뒷걸음질쳤고, 한지훈은 반대편 벽에 반건조 오징어처럼 붙어 숨을 헐떡였다. 진성민에게 한쪽 무릎을 꿇은 수현이 악다문 이 사이로 조곤조곤 말을 흘렸다.

"변호사 당신 여기 어떻게 왔어?"

"윤종건… 잡아야……."

"윤종건이 주안에 온 걸 어찌 알았냐고!"

짚이는 게 있는지 벌떡 일어난 수현이 말을 삼켰다.

"예원 씨, 윤종건 데리고 나갈 테니 구급차 불러. 그냥 안전사고 났다고 하고, 경찰은 부르지 마."

"이 지경이 났는데……."

"내가 책임지니까, 우선 청소만 해."

수현이 단호한 목소리로 내리눌렀다. 예원이 고개 끄덕이는 걸 확인한 그가 윤종건에게 걸어갔다.

"일단 나가자."

"나가면? 뭐? 어딜?"

"내가 네 인질 할 테니까 나가자고. 복잡하게 여기 있어봐야 뭐해. 아, 맞다. 잠깐 있어봐."

수현이 뒤돌아서서 한지훈에게 다가갔다.

"네가 변호사 불렀구나?"

"디딤돌? 흥! 웃기고 있네."

"선택은 네 몫이랬지."

수현이 한지훈의 배에 한 방, 그리고 턱에 한 방 먹였다. 한지훈이 어억 소리를 내며 몸을 기역 자로 꺾었고, 예원이 짧은 비명을 질렀다. 한지훈이 허연 침을 흘리더니 벽을 문지르며 모로 쓰러졌다.

"예원 씨, 구급차 한 대 더 불러."

윤종건에게 다가간 수현이 그의 앞에서 뒤돌아섰다. 윤종건이 수현의 목에 칼을 댔고, 둘은 주안 밖으로 천천히 걸어 나갔다.

그 광경을 지켜보던 진성민이 분노로 몸을 비틀어댔다. 그러나 몸을 일으키려 할수록 머리를 가로지르는 통증과 굉음이 커졌다. 흔들거리는 벽을 향해 진성민은 이를 악물고 손을 뻗었다. 기어이 일어선 그가 예원의 뒤로 다가갔다. 예원은 벌벌 떨리는 손가락으로 119를 누르려고 애쓰고 있었다. 진성민이 예원의 손을 잡으며 말했다.

"구급차 말고, 다른 번호 좀 누릅시다. 응? 그거 내려놔요. 내가 전화할게."

11

검은 벤츠는 부드럽게 질주했고, 차 안은 고요했다. 먼 하늘은 물 먹은 잿빛이었고, 휴일 오후는 한산했다. 송태섭은 묵묵히 라이터를 열고 닫았다. 딸깍, 척. 딸깍, 척. 마음이 찬찬히 가라앉는 게 느껴졌다.

걔들이 언제부터 그랬을까. 모를 일이었다. 돈 때문이었겠지. 까닭 없이 액수가 궁금해졌다. 너희 대체 얼마를 받고 그런 짓을 벌인 거야. 하지만 그걸 묻느라 승합차에 실린 두 놈을 다시 보는 고통을 겪고 싶진 않았다. 사람 죽이는 일은 한 번도 쉬운 적이 없었다.

다른 유출 경로는 없었다. 파일을 백업하고 그걸 몇 곳으로 분산시키는 일은 오랫동안 그 두 놈의 일이었다.

송태섭의 몰락을 기원하는 이는 셀 수 없이 많았다. 자그마하나 온전한 피라미드를 지닌 그는, 디딘 꼭대기를 오랫동안 지배하는 중이었다. 그러기 위해 얼마나 많은 협잡을 벌이고 비열한 짓을 감행했던가. 지금의 지위와 권력을 움키기 위해 얼마나 많은 굴종과 섬김을 보여왔던가. 송태섭을 누르고 그의 자리를 차지하기 위해 누군가도 예전의 그처럼 저 밑에서 여기를 올려다볼 게 분명했다.

많은 꼴을 보아왔다. 극한의 상황에 처한 인간은 맨얼굴을 드러낸다. 나는 극한에 몰렸는가. 송태섭은 그런 생각을 했다. 이게 내 맨얼굴인가. 어쩌면 송태섭은 너무 지쳐버렸을지도, 스스로도 감각 못하게 재빨리 속알맹이가 늙어버렸는지도 몰랐다.

하지만 자기만의 피라미드 꼭짓점을 밟아본 사람들은 안다. 그

자리에 집착하는 게 아니라, 그 자리를 떠나지 못한다는 사실을, 오직 그들만이 알았다. 이 사업을 누구에게 물려주겠는가. 어느 누가 자식에게 남을 찌르라며 칼을 쥐여주고, 속지 않기 위해 속이라 가르치며, 쫓기며 위장하는 삶을 살아가라 권하겠는가. 그렇기에 빼앗기지 않는 한, 걸터앉은 이 꼭짓점에서 송태섭은 영영 벗어날 수 없었다.

지금의 안전은 그가 지닌 지위와 힘에서 나온 것이었다. 이진섭 변호사도 바로 그런 까닭에 전화로 언질을 준 것이었다. 송태섭이 뭔가를 아직 줄 수 있을 것이기에, 그의 귀에 뭔가를 들려주면 자기 손에 뭔가 쥐여줄 걸 알기에, 이진섭 그 능구렁이는 똬리 튼 몸을 뒤룩거렸던 것이었다.

이진섭에게 귀띔을 듣자마자 송태섭은 지난밤 긴 목록을 작성했다. 그러고는 수십 통의 전화를 걸었다. 27번째 통화를 마치자, 뜨거워진 휴대폰은 귀에 갖다 대기 어려울 지경이었다. 지금 같은 상황에서 쓰기 위해 송태섭은 지금껏 갈취해온 엄청난 돈의 큰 부분을 떼어, 칼잡이들에게 황금 커프스단추를 채워주었다. 송태섭의 장부에 실린 자들이야말로 이 자리를 송태섭 스스로 거둬들이지 못하게 만드는 요인이었다.

송태섭은 백 수사관을 그들 중 하나가 보낸 자라고 생각했다. 하지만 되짚어보니 백 수사관은 그들과 관계없는 것 같았다. 송태섭이 돈을 먹이는 데 실패한 몇몇이 있었고, 백 수사관도 그중 하나였다.

좌회전 직전에 신호가 바뀌었다. 차는 천천히 멈춰 섰다. 가까운 식당에 잠깐 세우자고 말하려는데, 차 앞뒤로 검은색 세단들이 브레이크를 밟으며 들이닥쳤다. 운전하던 놈이 핸들을 돌리며 가속페달을 밟으려 했지만, 차 돌릴 틈이 없었다.

씨발.

차 문을 열고 뛸까 싶던 송태섭이 동작을 우뚝 멈추었다. 앞차에서 누군가 나오고 있었다. 선이 가늘고 호리호리한 중늙은이 하나가 턱을 치켜들곤 여길 넘겨보는 중이었다. 이거, 얼마 만에 보는 얼굴인가.

장진호였다.

12

윤종건은 엘리베이터 말고 계단으로 가자 했다.

"누굴 마주치면 어떡해요."

"그럼 그걸 내려놓든가."

"주먹질하는 거 보니 더 못 놓겠네요."

잿빛 쇠문을 연 윤종건을 따라 수현은 서늘한 계단 통로로 나왔다.

"밀고자 새끼, 거 몇 대 패고 나니 속이 다 시원하네."

저 아래로 누군가 문 여는 소리가 들렸고, 윤종건이 움찔 떨었다.

"일요일인데 빌어먹을 건물에 웬 사람이 이리 많아."

욕은 욕대로 하면서 윤종건은 울먹이기까지 했다. 목 가까이 있던 칼이 없어진 걸 느낀 수현이 고개를 돌렸다. 윤종건은 계단을 올라가는 중이었다. 칼을 자기 목에 바짝 댄 채, 수현을 바라보는 그대로 천천히 뒷걸음질 치며.

그때 휴대폰에서 늴리리야가 울렸다. 윤종건이 어이없다는 표정을 지었다.

"벨소리가 왜 그 따위예요?"

"맘에 안 드는 놈이 걸면 늴리리야로 울려. 누가 그러기에, 나도 해봤다."

"씹어요. 맘에 안 드는 놈이라며."

그럴 수 없는 게 등록해놓은 늴리리야는 딱 한 명이었고, 그 사람은 지금 당장 여기 왔으면 하는 사람이었다. 수현이 윤종건을 진정시키는 손짓을 하며 재킷에서 휴대폰을 천천히 꺼냈다.

— 변호사님, 어디예요?

백태현은 경주마처럼 숨을 헐떡이고 있었다.

"그만 올라가라. 더 가면 옥상이다."

— 뭐라고요?

"아니, 윤종건에게 한 말이야. 어디예요?"

— 지하 주차장. 엘리베이터 하도 안 와서 뛰는 중.

"우리도 계단, 8층 지나 이제…… 어, 옥상."

통화가 끊어진 걸 보니 죽어라 뛰는 모양이었다. 윤종건이 옥상문을 비틀어 열었다. 윤종건을 따라 수현도 옥상으로 갔다.

"가까이 오지 마요!"

담배 피울 일이 없으니 올라온 적 없는 사무실 빌딩 옥상은, 낯설었다. 당연한 수순처럼 윤종건은 난간 위로 올라갔다. 난간 위에 가랑이를 끼운 윤종건이 칼 쥔 손을 허벅지에 툭 내려놓았다.

"내려와. 원하는 거 다 해줄 테니."

"씨발, 사람 다치고 사무실도 개판 됐는데, 뭘 더 해. 비밀리에 조용히 처리해도 복잡할 판에 아주 꽹과리에 나발까지 불어댔네. 그냥 망생 정돈할랍니다."

"작대기 빼달라는 거잖아. 장 회장 관련된 건 내가 어쩔 수 없어. 저쪽에서 정리해줘야 해."

"그러니 그거 해달라고 온 건데."

"잘 왔어. 내가 그 검사랑 잘 알아. 내가 얘기 잘해둘게."

"근데 그 검사랑 잔 거 맞아요?"

저거 죽일까 싶은 마음이 수현의 속에서 솟구쳤다.

"자긴 누가 자! 어떤 개새끼가…… 썅!"

"소문이……."

"그러니까 어떤 미친놈이?"

"그냥! 변호사님은 걸리면 걸리는 대로 다 잔다고, 아주, 소문이 자자해!"

"아이고, 사람 죽네."

벌컥 열린 문으로 백 수사관이 튀어나왔다. 윤종건이 움찔거렸지만, 다행히 아래로 떨어지진 않았다. 다만 들고 있던 커터칼이 옥상 바닥으로 툭 떨어졌다.

"요구를 들어주라니까! 대체 왜 여기 있는 거예요?"

"들어줬지! 들어줘서 여기 있는 거잖아."

사람은 입으로만 말하는 게 아니었다. 표정으로 말을 대신하기도 한다. 어이구, 이 염병할 변호사 놈아. 백 수사관은 그렇게 표정으로 악을 쓰고 있었다. 한 손을 허리 뒤춤에 갖다 댄 백 수사관이 다른 손을 윤종건 쪽으로 까딱거렸다.

"내려와, 일단."

윤종건이 난간을 꽉 붙들었다.

"뭐야, 경찰이야?"

"윤종건이 널 체포한다. 마약 소지 및 유통 혐의에……."

윤종건이 미친 사람처럼 비명을 지르며 발을 굴렀고, 백 수사관은 도로 한복판에서 흘레붙는 개 두 마리를 본 얼굴이었다. 수현을 돌아보는 윤종건의 얼굴이 분노로 시뻘게졌다.

"좋은 뜻으로 온 건데! 장진호 관련 내용을 알려줄라고 왔는데!"

"진정해. 이게 다 커뮤니케이션이 안 돼서……."

"씨발, 다 집어치워. 변호사나 경찰이나 다 정말 죽어버려."

얼떨떨해하던 백 수사관은 열이 오르는 모양이었다.

"입 안 닥쳐? 이 범죄자 새끼가 죽을라고. 검찰청에서 포승줄 매인 채 설렁탕 떠먹어봐야 바깥 공기가 달콤한지 알……."

꽉 깨문 어금니 사이에서 흘러나오던 백 수사관의 말은 벨소리가 들리며 끊어졌다. 한줄기 고요한 바람이 불었고, 바지 주머니에서 늴리리야 타령이 울려 퍼졌다.

또 저 벨소리야. 윤종건이 어이없다는 표정으로 짧게 내뱉었다.

“아 씨, 꼭 바빠 죽겠을 때만…… 여보세요.”

시선을 윤종건에 고정한 채 한참 듣고 있던 백 수사관이 얼굴을 구겼다.

“제가 지금 서초동입니다. 당장은 못 갈 것 같구요. 죄송한데 제가 급한 일이 있어서 먼저 끊겠습니다.”

백 수사관이 짜증 그득한 얼굴로 전화를 끊었다.

“김 검사?”

“좀 보자네요.”

“갈 땐 가더라도 저거 데려가야지. 가뜩이나 아래층에 난리가 났는데, 윤종건이가 여기서 죽기라도 하면.”

뒤쪽에서 시멘트 벽을 쾅 치는 소리가 들렸다. 깜짝 놀란 세 사람이 문을 돌아보았다. 수현이 눈을 깜빡였다. 저 덩어리를 어디서 봤더라.

“맞아, 〈이끌〉에서…….”

백 수사관이 몸을 움츠렸다. 〈이끌〉에서 김훈정 검사의 닐리리야를 받으러 갈 때 앞을 막았던 그놈이었다.

“진성민 루쓰이 짜리 나리 아? [진성민 어디 있어? 변호사 말이야.]”

중국어를 전혀 모르는 수현과 백 수사관은 그가 중국인이었다는 사실 또한 몰랐기에, 입 다문 채 눈을 끔뻑일 수밖에 없었다.

“워 칸다오 니 짜이 디시아 팅처창 파오 샹라이 더 양지 오. 진성민 짜이…… 나리, 부시 니……. [너, 지하 주차장에서 뛰어 올라가는 거 봤어. 진성민 어디 있…… 아니, 너…….]”

백 수사관을 보고 중국어로 뭐라 하던 덩어리가, 난간에 걸터앉은 윤종건을 보고는 눈을 가늘게 떴다.

"짜이 쩌리 아? [여기 있네?]"

"진성민? 나 시 니 라오반 더 밍쯔 마? [진성민? 그게 너희 오야 이름이냐?]"

난간을 붙든 채 윤종건이 중국어로 덩어리에게 물었다. 덩어리가 대꾸 없이 수현과 백 수사관 사이를 지나 윤종건에게 달려들었다. 두툼한 소시지 같은 손가락 다섯 개가 펄럭이는 남색 코트를 향해 뻗어나가는 순간, 윤종건이 난간 아래로 몸을 던졌다.

놀란 건 덩어리만이 아니었다. 입을 헤 벌린 상태로 달려간 수현과 백 수사관이 난간에 나란히 가슴을 댔다. 그러고는 빌딩 주인이 '하늘정원'이라는 유치한 이름으로 개방해놓은 8층 실외 발코니에 엎어진 윤종건을 보았다.

"하아, 저 미친 약쟁이 새끼."

윤종건이 꾸물꾸물 움직이더니, 세 사람을 올려다보았다. 그러고는 가운뎃손가락을 획 올리고는 실내로 사라졌다.

덩어리가 계단 아래로 내달렸지만, 윤종건을 붙들기엔 느려 보였다. 백 수사관이 수현을 돌아보았다. 백 수사관은 설명을 요구하고 있었다. 흡연자들이 마련해놓은 의자 몇 개와 재떨이 용도로 가져다 놓은 츄파춥스 깡통이, 저기 보였다. 따뜻하고 적당히 메마른 바람이 불어왔다. 오랫동안 끊었던 담배를 다시 한번 물어보고 싶다는 커다란 갈망에, 수현은 그만 이마를 찌푸리고 말았다.

제 7 장

보랏빛 행커치프를 착용한 보스

1

결국 전화는 음성사서함으로 넘어갔다. 예원이라고 했나. 진성민 변호사로부터 두어 걸음 물러선 그녀는 아무 말도 하지 못했다.

"뭐랄까, 내 감시인이자 보디가드인데. 저기 나자빠진 놈하고 짝꿍이죠."

다른 손으로 어깨 너머를 휘휘 가리키며 진성민은 웅얼거렸다.

"좋지 않군요, 좋지 않아요."

둘 중 하나면 몰라도, 둘 다 옴짝달싹 못하게 될 줄이야. 진성민은 받지 않는 전화를 연거푸 걸어댔다. 더없이 나빴다.

목 아래로 흘러내리던 핏줄기는 드레스셔츠 칼라에 엉겨 붙어 굳어가는 중이었다. 변호사가 휴대폰을 안주머니에 넣었다. 귀 사이에서 삐 소리가 나고 정신이 멍했지만, 똥구멍이 어디 붙었는지도 몰랐던 아까보다는 좀 나았다.

"구급차는 부르지 마세요. 내 고용인들은 흔적을 반기지 않아서."

진성민의 짜증스러운 말투에 예원이 뒤로 물러섰다. 아직 쓰러져 있는 덩치로 향하던 진성민이 어지러움에 책상을 짚었다. 염병할 윤종건……. 돌아보니 한지훈이 비칠거리며 벽을 짚고 있었다. 진성민이 그의 뒷목을 잡고 일으켰다. 목이 졸린 한지훈이 오그라드는 소리를 내면서 잉잉거렸다. 그를 벽에 밀어붙인 진성민이 속삭였다.

"한 변. 아깐 아주 좋았어. 하지만 말이야. 사람이 한 번 도왔으면, 쭉 가야 의리 아냐?"

"한 번이면 도리 다한 거지, 의리까지 굳이 왜……."

"사람이 꾸준해야지."

진성민이 한지훈의 바지 주머니를 손바닥으로 툭툭 쳤다. 불룩한 차 키가 만져졌다.

"내가 이리 심하게 다쳤는데. 운전 정도는 제공해줘야지."

윤종건을 붙들어야 했다. 일이 이 지경에 달하자, 그 뜯긴 세 장에 뭔가 있어 저러겠다 싶은 확신이 더욱 강하게 들었다. 문제는 몸이었다. 손발이 아직 벌벌 떨렸고 감당 못할 정도로 두통이 심했다. 벽을 문지르며 도로 주저앉은 한지훈을 바라보며 진성민이 호흡을 가

다듬었다. 도움을 요구해도 될 놈이 하나 더 있었다.

— 쉬는 날은 좀 삼갑시다.

낄낄거리는 말투부터가 마음에 들지 않았다. 하지만 양준기 형사가 당장 필요했다.

"비번이고 자시고 이리 좀 튀어와요."

— 건수 있어요?

수행원 둘을 동시에 잃을 거란 생각은 안 해봤기에, 변호사는 동선을 어찌 잡을지 가늠 못했다. 호텔에서 합류하자 해야 하나, 아니면…….

"서초동인데. 당신이 거들 일이 있어. 일단 이동부터 하지. 인근으로 좌표 찍고."

— 어…… 잠깐만요. 저기, 전화가 들어오네요.

양준기가 미안하다는 투로 목소리를 낮췄다. 정말이지 이 비리 경찰놈들 촉에는 두 손 두 발 다 들었다.

"이 자식, 너 여태껏 받아먹은 돈이……."

— 정보 제공하고 받은 정당한 대가인데 무슨…….

그때 변호사의 휴대폰에서 뚜뚜 소리가 들렸다. 차에 두고 온 덩어리였다.

— 짜이 나리? [어디십니까?]

이리 반가울 데가.

"짜이 방꽁시. 니 너? [사무실. 너는?]"

— 짜이 우딩 짜오다오 러 무비아오러. [옥상에서 목표물을 찾았는데요.]

윤종건을?

“쭈아 다오 러 마? [잡았나?]”

— 타오쩌우 러. [놓쳤습니다.]

그건 괜찮았다. 아직 위치추적기 반경 내에 있을 테니까.

“따오 디샤시 라이 훼이허. [지하로 내려와. 합류하자.]”

진성민은 예원에게 미안하다는 투로 손을 들어 보였다. 소매 사이에 박혔던 유리 조각이 투둑 떨어져 내렸고, 그녀는 다이아몬드라도 본 듯한 표정으로 얼어붙었다. 데려온 덩치는 계속 누운 상태였고, 변호사는 그를 일으킬 기력이 없었다. 따귀를 때렸더니 눈자위가 게슴츠레 움직였다.

“치라이. 지우후처 부 라이. [일어나. 구급차는 오지 않는다.]”

“뚜이부치. [죄송합니다.]”

“워 우파 퍼이 짜이 니 셴뻬엔 쯔다오 니 싱 라이 웨이쯔이. [네가 깨어날 때까지 자릴 지켜줄 수가 없다.]”

“찌샤오 워 커이 미양치양 잉푸 더 꾸어. 쒀이 루쓰이. [앞가림 정도는 할 수 있어요. 그리고 변호사님.]”

시간을 충분히 가지라는 의미로 가슴을 툭툭 쳐주는 진성민의 손을 덩치가 움켜쥐었다. 그의 눈동자에서 불꽃이 일렁이는 것 같았다.

“이지우이 니엔 디 랑신쓰이 티에. [젊은이의 양지, 1951년.]”

아, 얼마나 얘기했던가. 전쟁 이야기가 아니듯, 법정 드라마도 아니었다.

“나거 우스니엔 쭈어피엔. 마토우 평윤 짜이 찌앙뻬엔. [그럼 54년 작품이요. 워터프론트.]"

"메이요우 씨앙 농창 이양 더 디팡. [농장 따윈 나오지 않아.]"

"아…… 나머 루어 셴셩 더 찌아치 더! [아…… 그럼, 월로 씨의 휴가!]"

함께 지낸 지 고작 몇 주밖에 안 됐으니, 영어로 제작된 영화만 보는 진성민의 습성을 모르는 게 당연했다. 진성민이 안타까운 얼굴로 고개를 젓고는 몸을 일으켰다. 잊어버렸던 그 흑백영화의 이미지가 스멀스멀 피어오르고 있었다. 팔짝팔짝 뛰게 만드는 궁금증으로, 괴로움마저 느끼게 된 진성민이 최수현에 대한 분노를 떠올리며 이를 갈았다.

이 망할 자식에게 어떻게 되갚아주지…….

2

덩어리가 계단으로 급히 내려가는 걸 확인한 백 수사관이 난간 위로 올라갔다. 난간에 매달렸다가 아래층 테라스로 내려가는 건 그리 어렵지 않았다. 테라스에서 안으로 이어지는 커다란 유리문 하나가 열려 있었고, 건축사무소로 보이는 너른 공간이 펼쳐졌다. 정리되지 않은 책상들과 커다란 도면이 걸린 벽이 오후의 빛 속에 잠겨 있었다. 사람은 하나도 없었다.

백 수사관이 위를 쳐다보았고, 고개 끄덕인 수현이 홱 몸을 돌렸다. 토끼몰이 하자는 거로구나.

건축사무소는 고요했다. 백 수사관의 눈이 빠르게 움직였다. CCTV가 하나도 보이지 않았다. 이런, 고맙기도 해라. 바깥 출입문은 닫혀 있었다. 잠긴 건가, 닫힌 건가. 나간 것 같진 않았다. 그러면 문고리를 잡을 즈음에 옆에서 덮칠 계획일까나.

아니나 다를까, 오른쪽 칸막이 뒤에 숨었던 윤종건이 요란한 기합 소리와 함께 와락 튀어나왔다. 아이고, 반갑습니다.

손목을 잡아채고 몸을 굴리면서, 백 수사관이 윤종건을 저리로 냅다 내던져버렸다. 거꾸로 떨어진 윤종건이 끼룩, 딸꾹질을 했다. 찌를 셈이었는지 손에는 검은 샤프가 쥐어져 있었다.

"이 마약사범 새끼께서 내 눈을 후빌라 하셨네."

"아니에요, 그런 거 아니에요."

윤종건의 접힌 목에서 꾸룩거리는 소리와 함께 울음이 터져 나왔다.

어흠, 목청 틔우는 소리와 함께 똑똑 노크 소리가 들렸다. 백 수사관이 잠금장치를 풀고 문을 열었다. 뒷짐 진 수현이 반가운 미소를 보이며 성큼 들어섰다.

"에고고, 많이 다쳤나 보네."

수현이 걱정스러운 얼굴로 윤종건의 어깨와 팔을 꽉꽉 힘주어 눌렀다. 윤종건이 구슬프게 울어댔다. 윤종건의 목덜미를 잡은 채 수현이 백 수사관을 힐끗 살폈다.

"붙들긴 붙들었는데 이제 뭘 어떻게 하죠?"

구치소에 집어넣어야죠,라고 백 수사관은 말할 뻔했다. 하지만 복잡하게 이어지는 뒤의 계산을 떠올리며 입을 닫았다. 그때 널리리야가 울렸다.

화면을 보니 김훈정 검사였다. 수현을 한번 쳐다본 백 수사관이 전화를 받았다.

— 지금도 통화 어려워요?

"아닙니다, 검사님. 말씀하세요."

"스피커폰으로 하지. 나도 끼게."

— 옆에 누가 있어요?

"아닙니다. 잠깐 복잡한 상황이어서."

"복잡하면 설명을 해야지. 저기, 김 검."

백 수사관이 경고의 의미로 최수현에게 집게손가락를 길게 뻗었다. 수현이 어깨를 으쓱하곤 뒤돌아 갔다. 백 수사관이 구석으로 걸음을 옮겼다.

— 부장님께 연락이 왔어요. 내일 아침에 지검장님께 가시겠다고.

성진규 부장이 지검장을 만나려 한다고? 상황이 어찌 바뀌는지 짐작 못한 백 수사관의 입에서 말이 삐뚜름하게 나왔다.

"가서 뭘 어쩌겠답니까?"

— 며칠 사이에 너무 커졌다면서, 터지기 전에 얼른 위로 넘겨야 한다고 난리야.

"말이야 옳네요. 여기서 정리하시는 게 최선입니다."

— 그래서 부장님 계산은 뭐지? 지검장 만나서 수사 지휘받겠다는 건가?

수사 지휘를 받아야 실무 책임으로부터 자유로워진다 생각하겠지.

"지검장님도 송태섭과 장진호 정도는 붙들게 해줄 겁니다. USB에 실린 윗선 중 몇몇은 옷을 벗기겠지요."

언론이 붙으면 공을 공수처에 넘기는 척하면서, 검찰 수뇌부는 제 식구를 감싸 안을 것이다. 그렇게 여론의 관심이 천천히 식도록 수사를 지지부진하게 이끄는 게 검찰의 생존방식이었다.

"섭외된 송태섭 잘 비비고 버무리면 장진호로 엮을 만하게 불어줄 겁니다."

송태섭과 장진호 정도만 붙들어도, 이 난장판에서 김훈정 검사는 충분히 먹었다는 평을 듣겠지. 백 수사관은 그리 생각했다.

하지만 김 검사는 미묘한 위화감을 느낀 모양이었다.

— 섭외된 송태섭이 잘 버무려질 걸 백 계장님이 어찌 아세요?

할 말을 찾느라, 백 수사관은 한참 눈을 끔뻑였다.

"그냥…… 감이죠. 예, 감."

혼잡한 정신을 부여잡으며 백 수사관은 저쪽을 돌아보았다. 징징거리는 윤종건을 수현이 난처한 표정으로 어르는 중이었다. 윤종건 저놈을 어떡하지. 마약 수배범을 놓아줄 순 없었다. 압수수색을 주도하고 체포영장을 발부받은 조 검사에게 넘기면 어떨까나. 정신을 간신히 부여잡은 백 수사관이 김 검사의 마지막 말을 간신히 들었다.

"검사님, 잘 못 들었습니다."

— 이거 진행하겠다고요. 언론에 흘리는 한이 있더라도…….

오, 신이시여.

"이미 USB를 부장님께 제출했잖습니까. 증거가 없어요."

— 변호사에게 다시 받아내면 그만이에요.

그 순간 수현이 미친놈처럼 소리를 버럭 질러댔다.

"훈정아! 윤종건이 잡아놨다! 얼른 데려가고 참치로 갚아라!"

너무나도 놀란 백 수사관이 엄지손가락으로 닭 모이 쪼듯 빨간 버튼을 연타했다.

"설마, 미치셨어요?"

"전화 길어지길래. 얼른 데려가라고."

수현이 환한 미소를 지으며 윤종건의 어깨를 토닥였다. 관자놀이를 문지르며 백 수사관은 두려움 가득한 시선으로 휴대폰을 바라보았다. 닐리리야는 울리지 않았다. 김 검사가 들었다면 다시 전화할 게 분명했는데, 휴대폰은 잠잠했다.

백 수사관이 수현에게 다가갔다. 히죽 웃으며 수현이 윤종건을 백 수사관 쪽으로 들이밀었다.

"한 대 맞나 싶어서."

치긴요, 누굴……. 하지만 그럴 맘이 없진 않았다.

"데려가시죠."

"어디로?"

고요한 시선으로 백태현은 윤종건을 바라보았다. 글쎄, 이놈을…… 어디로?

3

김훈정은 생각을 거듭하는 중이었다. 뒤에서 누군가 지른 소리는 똑똑히 들리질 않았다. 익숙한 목소리……. 훈정의 눈이 반짝였다. 수현이었다.

성진규 부장은 나를 찍어누를 작정이야. 살을 떼어주고 뼈를 지키려 한다는 성진규 부장의 설명을 떠올리며 훈정은 코웃음 쳤다. 훈정이 보기에 성진규 부장은 황금 커프스단추를 단 자들에 합류하길 바라는 속물에 지나지 않았다. 조직을 지키긴, 개뿔.

내가 성진규에게 더 내밀 수 있는 카드가 존재할까.

사실 김훈정은 언론을 믿지 않았다. 드라마에서처럼 언론에 이걸 흘릴 생각은 전혀 없었다. 검찰 조직은 수사를 빌미로 버틸 것이고, 대중은 다른 이슈로 관심을 돌릴 게 분명했다. 게다가 검사나 기자나……. 경찰이나 공수처로 사건을 가져가기에도 애매했다. 그들은 이걸 빌미로 검찰의 힘을 빼는 데 집중할 것이다. 검찰이 빼앗긴 힘은 또 어디론가 가서 권력을 만들겠지. 그걸 보고만 있기에 김 검사는, 자신이 몸담은 조직을 아끼고 사랑했다. 그렇기에 그녀는 USB를 통해 검찰의 썩은 부위를 도려내고 싶었다.

방법은 하나뿐이었다. 성진규 부장보다 더 촘촘한 증거를 확보하고, 그걸 성진규 부장이나 이태훈 차장보다 높은 직위의 검사에게 넘기는 것. 그렇게 성진규 부장이 하려는 정돈을 윗선을 통해 미리 제지하는 것만이 훈정에게 남은 한 수였다.

얻기 위해선 내놓아야 했다. 내가 무얼 줄 수 있을까.

진성민 변호사는 신호가 꽤 오래간 뒤에야 전화를 받았다.

— 제가 지금 전화 받기 좋은 상황이 아니라서요.

동굴이라도 탐험하는 중인지 목소리가 웅웅 울렸다.

“어디 가시나 봐요?”

— 놀러 가기 좋은 날씨 아닙니까.

전화기 저쪽에서 변호사가 누군가에게 낮게 을러대는 목소리가 들렸다.

— 급한 일 아니면 다음에 통화하시죠.

“내일 구속영장 신청할 거예요. 장진호 회장.”

변호사가 걸음을 우뚝 멈춘 게 느껴졌다. 전화기 너머, 숨소리가 가까워졌다.

“그래서 말인데요. 이걸론 부족해요. 당신이 준 USB로는.”

— 제 미천한 법률 상식으론 이 정도 증거면 차고도 넘칠 텐데요.

변호사가 다시 걸음 옮기는 소리가 들렸다. 중간중간 그가 송화구를 틀어막고 옆의 누군가에게 지시를 내리는 소리가 미약하게 들렸다. 김훈정이 따지려는 순간, 변호사가 깜짝 놀라는 소리를 냈다.

— 씨에 콩 나리 라이 더 아? [어디 있다 온 거야?]

소리가 분명치 않았지만, 중국어가 알아들을 만하게 들렸다. 대답하는 소리는 들리진 않았지만, 변호사의 목소리는 비교적 또렷했다.

— 쉐이 윤종건 너? [그래서 윤종건은?]

윤종건! 백 수사관 휴대폰 너머에서 들린 바로 그 이름이었다.

잠시 수군대는 소리가 들렸고, 변호사가 누군가에게 작별 인사하는 소리가 들렸다.

— 한 변. 짧은 산책이었지만 무척 기뻤소. 운전은 그만둡시다.

누군가가 후다닥 달아나는 소리가 들렸다. 변호사의 목소리가 다시 가까워졌다.

— 검사님, 죄송합니다. 여러모로 바쁘네요.

"소풍 운운하시기에, 휴일을 즐기는 줄로 알았는데."

— 우리 비즈니스가 그리 한가합니까.

그사이 할 말을 정리한 김 검사가 말을 쏟아냈다.

"USB 증거 정도로 뒤흔들릴 장진호였으면 애저녁에 나자빠졌겠죠. 이제 겨우 흔들어볼까 싶은 판인데."

— 아니요, 김 검사님. 그걸로 충분합니다. 더는 안 돼요.

"없는 건 아니고요?"

한숨인지 비웃음인지를 후욱 뿜은 변호사가 대꾸했다.

— 저는 어설픈 칼은 안 쥡니다. 폭탄은 더더욱.

"알잖아요. 장진호 정도 되는 놈이면 영장 한 번에 센터 다 까야 하는 거."

— 그렇죠. 성 부장께서 송태섭과 장진호를 그리 엮으실 거라 믿고 USB를 드린 건데.

그제야 김훈정은 변호사가 처음부터 자신을 목표가 아닌, 경로로 여겨왔다는 사실을 깨달았다.

— 검사님, 지금 길게 통화할 상황은 못 되고요.

몸집이 우람한 누군가가 후다닥 뛰어오는 소리가 쿵쿵 울렸다. 그때 작은 도시락 같은 노트북을 들고 있던 그 큰 사람일까? 비상계단? 아니면 지하 주차장?

"모욕적이네요."

— 그리 느끼지 마시길 바랍니다. 그리 느끼셨다면, 사과드리구요.

변호사가 반쯤은 미안하다는 투로, 나머지 반쯤은 딱하다는 투로 덧붙였다.

— 재료 다 드렸으니, 그걸로 잘 비벼보세요.

4

어떤 차를 타고 갈지 언쟁을 벌일 필요는 없었다. 백 수사관은 윤종건을 붙들고 있어야 했고, 수현은 낡은 아반떼를 몰았다간 쪽팔림으로 심정지가 올 거라며 거부 의사를 명확히 했다. 그래서 셋은 수현의 염병할 BMW를 향해 나란히 걸어갔다.

"왁스까지 먹이셨나 봐요. 번쩍거리네."

"앉은 김에 쉬어간다고, 수리한 김에 광까지 내버렸지."

BMW 특유의 깊고 푸른빛이 실내주차장의 LED 불빛 아래 영롱하게 반짝였다. 시커먼 운전석 유리에 그들의 얼굴이 비쳤다.

"어디로 가요?"

뒤에 앉은 윤종건이 불안한 말투로 물었다. 시동 버튼을 누르자

엔진이 기분 좋게 으르렁거렸다.

“변호사님. 제 얘기 잘 들어봐요. 장 회장이 절 죽이려 들 거예요.”

“무서운 건 알겠는데, 너무 과장된 거 아닌가?”

“내가 작대기 장사를 했다는 게 드러났잖아요. 장 회장 그거 그냥 안 봐요.”

“그나저나 장진호는 작대기라면 왜 그리 쌍심지를 켜는 거냐?”

백 수사관이 윤종건의 덜미를 당기며 물었다.

“유학 보낸 딸이 팔뚝에 온통 주사기 자국인 채로 귀국해 죽었으니, 그 지랄이 난 거죠.”

“그건 아는데, 장진호 구역이 좀 커야지. 거기에 작대기 하나 안 돌아다닌다고?”

“어쩌다 돌다가도 걸리면 정말 죽어요. 우리가 그런다니까. 대한민국에서 하나 남은 청정 구역이 장 회장 구역이라고. 저 논산 구석 팔순 잡순 할매들까지 작대기 찌르는 시대가 되더라도, 장 회장 동네엔 앰플 한 병 안 돌아다닐 거예요. 걸리면 작두에 진짜 팔다리 끼운다니까.”

“배포도 크다. 그런 놈 밑에서 뒷거래를 돌리고.”

백 수사관이 측은함 반, 한심함 반으로 윤종건을 돌아보았다.

“마약 활성화 캐치프레이즈 좀 띄우자고, 사방에서 민원이 암만 들어가도, 들은 척도 안 해. 일본이나 중국 조직에서 마약 유통 제의가 와도 쳐다도 안 봐요.”

거기까지 들었을 때, 더 이상 적절한 타이밍을 떠올리지 못할 정도로 딱 알맞게, 벨이 울렸다. 수현의 휴대폰이었다.

"참치를 벌써 사주시게?"

훈정임을 확인한 수현이 너스레를 떨었다.

— 그놈의 참치 타령 좀 그만하시구요. 성 부장에게 연락을 받았어요.

수현이 룸미러를 통해 통화에 귀 기울이는 백 수사관을 힐끗 보았다.

"지금 통화를 이어가긴 무리가 있구."

— 윤종건은 어디로 옮기게요? 설마 마약 수사하던 조 검에게 넘기려는 건 아니죠?

"그 인간한테 넘겨봤자 참치가 나오겠나."

뭐든 나오는 방향으로 가야지.

— 제 사무실로 오세요. 그리고 몇 마디 해둘게요.

호텔에서 예원에게 전화받을 때랑 비슷한 기분이네. 수현은 그런 생각을 했다.

— 별거 아니에요. 누군가에게 말해놔야 제 결심이 달아나지 않을 것 같아서요.

강을 건너고 배를 부숴 돌아갈 작정을 하지 않겠다는 거로군. 수현이 가속페달을 밟아 천천히 지하 주차장을 빠져나왔다. 오후 햇살이 많이 기울어져 있었다.

"듣고 있어."

휴일 오후 도로는 한산했고, 사거리엔 차량이 많지 않았다. 그나저나 이 난리 때문에 점심을 놓쳤군. 휴대폰 충전도 그렇고.

김 검사가 뭐라 말을 했는데, 수현은 그걸 못 알아들었다. 쾅 소리와 함께 몸이 출렁였고 목이 뒤로 젖혀졌다가 앞으로 홱 꼬꾸라졌다. 손마디가 하얘지도록 핸들을 꽉 잡은 수현이 뒷좌석을 돌아보았다. 백 수사관과 윤종건이 구석에 처박혀 눈 껌뻑이는 게 보였다. 바뀐 신호등에 주변 차들이 머뭇머뭇 나아갔고, 뒤에 늘어선 차량들이 차선을 바꿔 저 앞으로 달려나갔다. 뭐라고 웅웅 소리가 나오는 휴대폰에 수현이 입을 댔다.

"방금 사고가 났는데…… 기다려봐."

급한 마음에 휴대폰을 재킷 바깥 주머니에 넣은 수현이 문을 열었다. 뒤차 운전자를 확인하는 것보다 차 상태 확인이 먼저였다. 어찌나 심하게 박았는지, 뒤쪽 범퍼는 물론이고 트렁크까지 우그러들어 있었다. 입을 떡 벌린 수현이 펩시 캔처럼 구겨진 차체를 떨리는 손으로 매만졌다. 검푸른 방패 모양 마크가 형편없이 찌그러져 있었다.

"불행 중 다행이네요."

윤종건이 감탄했고, 그 곁에 나란히 선 백 수사관이 화답했다.

"사고 참 깔끔하게 잘 떨어졌네."

"수사관님 보시기에도 그렇죠? 정차 중 뒤에서 박았으니, 과실 100프로잖아요?"

"요샌 렌터카도 비싼 걸로 잘 나오잖아. 저거 보험료 좀 많이 오르겠네."

"대인까지 커버하려면 수백 깨지겠네요."

팔 꺾인 윤종건과 팔 꺾은 백 수사관이 나란히 서서 이야기를 주고받았다. 나름 전문가로서의 분석적인 내용이었지만, 남들이 보기엔 그저 괴상한 옷을 입은 피해자일 뿐이었다. 절반은 분노에, 남은 절반은 절망에 휩싸인 수현이 불 같은 시선을 뒤차에 던졌다.

거기에서는 검은 정장 차림의 사내들이 쏟아져나오는 중이었다.

"죄송들 하네요."

달아오르던 수현의 피가 차갑게 식었다. 비슷한 감정을 느낀 백 수사관이 몸을 홱 돌리는 순간, 1차선을 달리던 검은색 스타리아가 급브레이크를 밟았다. 슬라이드 도어가 열리며 쏟아져나온 사내들의 몸집도 뒤차 못지않았다. 뒤에 멈춰 선 차들이 시끄럽게 경적을 울렸지만, 그들은 아랑곳하지 않았다. 수현의 푸른색 재킷을, 뾰족한 끝이 섬뜩하게 찔렀다.

"수건으로 감긴 했는데 워낙 날카로워서요. 힘주면 등짝까지 뚫리지 싶은데."

윤종건이 몸을 발발 떨었고, 백 수사관이 성난 얼굴로 주변을 빠르게 훑었다. 칼 쥔 자가 손바닥으로 수현의 등을 떠밀었다. 그러고는 턱으로 1차선에 선 검은색 스타리아를 가리켰다. 윤종건이 가장 먼저 탔고, 백 수사관이 다음, 수현이 마지막이었다. 칼 든 자들이 중간에 바짝 붙어 앉았다.

"손 뒤로 하고, 왼손으로 오른 손목 잡습니다. 어라, 여러 번 해보셨나? 잘하네."

사내들이 세 사람의 어깨를 바짝 당겨 붙든 손을 등으로 누르게 만들었다. 수현이 고개를 돌려 밖을 보았다. 검은 정장 입은 사내가 최수현의 푸른 BMW를 인도로 붙이는 게 보였다. 보험을 불러주진 않겠지. 또 견인되려나. 수현이 칼 붙인 놈에게로 고개를 돌렸다. 칼 든 놈은 칼의 습성을 닮았는지, 눈동자가 냉랭했다. 정수리에서부터 흐른 땀이 셔츠 칼라에 맺혔다. 수현이 푸른 재킷 주머니에 들어 있는 휴대폰을 떠올렸다. 제발 김 검사가 전화를 끊지 않았기를…….
내게 레코더를 들이대던 그때처럼 귀를 쫑긋 세워주기를…….

칼날은 허리 뒤로 가까웠고, 도움의 손길은 먼 꿈처럼 아득했다. 검은색 스타리아가 휴일의 한산한 도로를 질주했다. 수현의 시선이 저도 모르게 자꾸 재킷 속 휴대폰으로 향했다. 그러면서 충전을 제때 하지 않았던 자신의 멍청함을 남모르게 저주했다.

5

진성민 변호사가 흰색 벤츠 문을 닫자마자 비상구에서 세 사람이 튀어나왔다. 윤종건을 비틀어 잡은 백 수사관이 먼저였고, 여유만만한 표정으로 뒷짐 지며 걸어온 최수현이 다음이었다. 잠자코 지켜볼지, 뛰어나가 난투극이라도 벌여야 할지 변호사는 그 순간 고민했다.

사고는 최수현의 BMW가 지하 주차장을 빠져나가자마자 벌어졌다. 운전석에 앉은 덩어리에게 진성민이 빈 공간을 가리켰다. 흰색 벤츠가 그리로 부드럽게 나아갔다. 신호에 걸린 것처럼 굴며, 그들은 흰색 벤츠 안에서 바깥 상황을 한참 쳐다보았다. 그들 셋이 스타리아로 붙들려 들어가는 광경에 이르기까지.

"껀 저 나 리앙 처. [저 차 따라가.]"

BMW의 부서진 파편을 밟으며 흰색 벤츠는 검은색 스타리아를 뒤따랐다. 다른 차를 두어 대 끼운 채로 미행하며 진성민은 양준기에게 받은 추적 장치를 켰다. 신호가 뜨지 않았다. 뭐, 제대로 되는 게 없어, 썅. 진성민이 투덜대자 덩어리가 눈치를 보았다.

"훼이 부 훼이 시 디아오 자이 디샹 더 시호우 수이 러? [바닥에 떨어지면서 부서진 거 아닐까요?]"

눈앞에 있으니, 굳이 필요한 건 아니었다. 진성민이 추적 장치를 뒤로 집어던졌다.

"타먼 야오 취 나리 너? [어디로 가는 걸까요?]"

스타리아는 여전히 1차선을 타고 있었다. 사뭇 짧아진 해가 야릇한 다홍빛을 내며 묽은 구름들을 불그스름하게 물들였고, 차들이 노랗고 하얀 빔을 제 앞 공간으로 투둑투둑 드리웠다.

"잉가이 후이 취 짜오 타먼 더 쭈런 바. [제 주인에게 가겠지.]"

저 사내들은 분명 장진호의 부하일 것이다. 장진호가 검사 출신 변호사와 검찰수사관마저 붙들라고 지시했을까. 거물이라도 디디지 말아야 할 영역이 존재한다는 걸 장진호도 알 텐데. 변호사가 이마를 찌푸리는데, 벨이 울렸다.

“쩡 짜이 주어 쭈어 처 이동 쫑. [지금 차로 이동 중이야.]”

주안 사무실에 두고 온 덩치의 연락이었다. 그새 정신을 차렸나. 운전대를 잡은 덩어리가 핸들을 돌리며 진성민을 돌아봤다. 목적지를 알려줘야 하지 않겠냐는 표정이었다. 그래, 와야지. 붉은 신호등이 초록색으로 바뀌었다. 얘야, 택시라도 잡아타고 일단 강남 쪽으로 오렴. 어디로 흘러나가지 모르는 붉은 미등의 행렬이 하얀 조명으로 불타오르는 시커먼 빌딩의 숲 사이로 길게 뻗어 있었고, 그들은 한 마리 물고기처럼 멋모르고 이 깊은 강을 거스르는 듯했다. 그러니 이리 오렴, 이 타오르는 붉은 강 한가운데로. 저 메기처럼 시커먼 스타리아를 뒤쫓으며. 비밀을 품은 자를 붙들고 새로이 비밀을 거머쥔 자가 될 나 진성준을 위해.

6

스타리아에서 윤종건은 맨 뒤에 앉았고, 중간 열에 백 수사관이, 맨 앞줄은 수현이 차지했다. 칼날은 백 수사관의 마지막 갈비뼈 바로 위에 뾰족하게 세워져 있었다. 이놈들은 진짜였다. 팔의 긴장이 죽어 있는 가짜 건달들과 달리, 이들은 태세도 경계도 매서웠다. 수건에 싸여있는데도 칼날의 날카로움이 느껴졌다. 조금만 허튼짓을 하면 옷을 뚫고 신장을 찌를 기세였다. 동티모르 파병 때 받았던 특수훈련에서 교관은 이렇게 가르쳤다. 칼 든 사람과 맨손으로 마주치면 어찌해야 하는지 아나? 별수 없다, 튀어라. 의자라도 들든가.

하지만 백 수사관은 손을 허리에 깔고 앉은 상태였고, 칼날은 피부를 누르는 중이었다.

"근데 우리 어디 가는 거야?"

어찌 저리 태연하게 묻는단 말인가. 아빠, 다 가려면 아직 멀었어요? 하는 말투라니. 최수현 변호사도 참 대단해. 백 수사관의 아래턱이 절로 늘어졌다.

"다리 건널 건 아닌가 봐? 대체 어디 가려는 거야?"

수현 옆에 앉은 녀석이 팔에 힘주는 게 백 수사관의 눈에도 보였다. 수현이 이마에 핏줄을 세우며 으르렁거렸다.

"이게 미쳤나. 어? 야, 아파. 진짜 찌르겠네?"

수현이 운전석을 향해 열을 펄펄 냈다.

"어이, 애들 칼 좀 떼라 하지. 우리가 뭐 주먹질에 능한 것도 아니고. 쪽수도 니네가 더 많잖아."

아무도 대답이 없자, 수현이 으름장을 놨다.

"니네 여기서 그만두면 조용히 넘어가 줄게. 차 수리비 청구도 안 하고. 돌아가는 택시비도 안 받을게. 응?"

"그만하시죠?"

조수석에 앉은 사내가 왼팔을 운전석 뒤로 걸치며 돌아보았다.

"네가 왕초냐?"

팔을 걸친 녀석이 얼굴을 찌푸렸다.

"멀리 안 가니 조용히 갑시다."

"아니, 주안 사무실 떠나 계속 직진하네? 대체 어디 가냐? 논현동? 아니면 다리 건너려고?"

"형님, 앞니 몇 개 뽑아놓을까요?"

수현 옆구리에 붙은 놈이 칼을 제 어깨까지 당겼다. 칼자루로 입을 겨누는 모양새를 보자, 수현이 눈을 허옇게 뜨며 고래고래 소리를 질렀다.

"납치에, 협박에, 니네 형량을 얼마나 받으려고 이래?"

"거, 혓바닥 드럽게 기네."

수현을 빤히 보던 녀석이 귀찮다는 듯 돌아앉았다.

"변호사님, 입 좀 닥쳐요."

윤종건이 뒤에서 징징 우는 소리를 냈다.

"칼을 더 바짝 겨누잖아요."

변호사라는 단어에 운전하던 놈이 조수석을 돌아보았다.

"진짜 변호산가 보네. 호칭만 그런 줄 알았더니."

조수석에 앉은 사내가 시선을 백 수사관 쪽으로 돌렸다.

"그나저나 아저씬 눈에 많이 익어."

뒤에서 윤종건이 뭐라고 웅얼거렸지만, 수현의 목소리가 하도 커서 들리질 않았다.

"그래, 나 변호사다. 너네 지금 현직 법조인을 납치한 거야. 어라? 여기 논현 파밀리에 쪽이잖아. 여기 내가 잘 알지."

모를 리가 있나. 검사 시절 긴급 연락이라도 할라치면 세 번에 한 번꼴로 이 근방에서 튀어나오던 최수현 검사님 아니셨는가. 곁에 붙은 놈이 칼을 다시 옆구리에 붙였지만, 수현의 혀는 잠자코 있을 기미가 전혀 없었다. 그는 간청하는 중이었다.

"무슨 일인지 모르지만, 나 한 번 봐줘라. 응? 니네 저 윤종건이 땜에 왔지?"

수현의 말을 누구도 받아주지 않았다. 수현이 손을 조수석으로 뻗자, 곁에 앉은 사내가 칼손잡이로 손목을 찍어버렸다. 으악! 수현이 비명을 지르며 손을 거두고 몸을 오그라뜨렸다. 조수석에 앉은 놈이 낄낄거렸다.

"그러니 변호사 양반. 입 좀 닥치라니까."

더럽게 아프다며 구시렁거리던 수현이 다시 몸을 펴 조수석 뒤를 짚었다.

"야. 한둘만 남아서 윤종건 지키고, 다들 내려서 한 잔씩 하자. 깔끔하게 잊자고. 여기 논현동이네. 저 뒤쪽으로 내 단골집이 수두룩 빽빽해. 키핑해둔 양주만 댓 병은 될 거다."

"변호사님, 제발 그만해요."

뒤에서 윤종건이 새끼돼지처럼 비명을 내지르며 빽 소리를 내다가 칼손잡이로 두들겨 맞았다. 벌컥 돌아본 수현이 핏대를 올렸다.

"뭘 그만해! 응? 대체 여긴 어디야?"

"빠삭하다면서요?"

"여기 클럽 아냐? 나 클럽은 안 다녀."

"헐리우드 영화에서 왜 답답하게 두건을 씌우나 했는데 내가 오늘로 이해가 가네. 가도 아주 충분히 가네."

운전석에 걸친 팔을 빼며 조수석에 앉은 녀석이 차갑게 웃었다. 두들겨 패주고 싶게 생긴 상판이었다. 스타리아가 지하 주차장으로 들어갔다. 공사 중인 클럽 같았다.

"일주일 수리 중이라 여기로 모셨습니다. 뭐 오래 계실 것도 아니니."

"이 클럽 이름이 뭐였지? 내가 알았는데. 응? 뭐였지? 클렉……."

"아, 어찌 저리 말이 많…… 가만 있어봐."

보조석에 앉은 놈이 갑자기 뒤로 손을 뻗어 수현의 멱살을 틀어쥐었다. 호리호리한 체형에서 나오기 힘든 강한 완력이었다.

"너, 수상해. 자꾸 지껄이는 게……."

수현이 저항하자, 옆에 앉은 놈이 등과 어깨를 찍어 내렸다. 단단한 칼손잡이가 뼈와 부딪히자 둔중한 소리가 났다. 수현이 몸을 꺾으며 비명을 터뜨렸다. 보조석에 앉은 녀석이 수현을 바짝 당겨 안주머니와 바지를 훑었다.

"이 새끼 폰 찾아. 도청 장치나 추적 장치도 있나 봐봐."

양옆에 앉은 놈이 수현을 둘러싸고 주먹질을 해가며 몸을 바짝 훑었다. 그 광경을 보는 백 수사관이 이를 악물자, 옆구리에 있던 칼이 지긋이 배를 눌렀다. 수현이 양손을 방어적으로 들어 올렸다.

"가만 있어, 움직이지 마!"

재킷 바깥 주머니에 손을 넣은 녀석이 까만 휴대폰을 꺼냈다. 다급히 버튼을 눌렀지만 까맣게 죽은 화면은 켜지지 않았다. 휴대폰을 움켜쥔 놈이 성질 뻗친 얼굴을 한 채 수현 쪽으로 휴대폰을 던졌다.

바닥에 떨어진 휴대폰을 수현이 낄낄거리며 주웠다.

"방전됐어. 방전됐다고 병신아……."

뭐가 그리 우스운지 수현이 허리를 꺾으며 웃어댔고, 다른 두 놈은 벌레 보는 얼굴로 굽은 등을 흘겨보았다.

검은색 스타리아는 주차장 안쪽 클럽으로 이어지는 통로로 들어갔다. 공사 자재와 도구들이 널부러진 공간은 을씨년스러웠다. 수현과 백 수사관이 그리로 내던져졌다. 입구를 지키는 놈은 하나였다. 안엔 몇이나 있을까. 백 수사관은 그런 생각을 했다.

"형님, 이 새끼가 그러는데, 저 새끼 검찰수사관이라는데요."

맨 뒤에 앉았던 사내가 윤종건을 떠밀며 말했다. 조수석 앉았던 녀석이 설마 하는 눈초리로 백 수사관을 돌아보았다. 그러곤 백 수사관의 옷을 뒤져 지갑을 꺼냈다.

"네가 찾는 건 안주머니에 있어."

푸른 목줄이 매인 출입 카드가 백 수사관의 안주머니에서 나왔다. 그놈의 눈동자에서 백 수사관은 낭패의 기색을 읽었다. 녀석은 양손을 허리에 올리곤 어쩌겠냐는 얼굴을 하다가 손으로 클럽 안을 가리켰다.

"판단은 위에서 하겠지. 일단 데려가."

VIP 전용 통로가 다른 통로와 뭐가 다른지 백 수사관은 알 수 없었다. 조명을 켜면 달라지려나. 백 수사관은 좁은 복도를 걸으며 죄악의 냄새를 맡았다. 두려움 때문에 빚어진 감정의 혼선이었으려나. 어쨌든 그건 죽음처럼 시큼하고, 탄내처럼 명확했다.

복도 양쪽에 문 열린 방들이 보였고, 끝에는 클럽 전체를 볼 수 있는 공간이 자리하고 있었다. 커다란 통유리가 설치된 VIP 구역이었다. 거길 지키고 섰던 검은 정장의 사내가 왼손을 펴 오른쪽을 가리켰다. 아래로 이어지는 계단은 팔처럼 구부러져 있었다.

장진호는 거기 앉아 있었다. 공사 중인 클럽 홀 한가운데에, 특유의 보랏빛 행커치프를 착용한 모습 그대로.

제 8 장

흰색 가루 속에서 춤을 추는 사람들

1

처음에 백태현은 장진호의 체격 때문에 놀랐다. 사진으로 본 그는 비쩍 마른 체형에 신경질적인 인상이었는데, 실제로 보니 몸집이 좀 있고 동작이 민첩했다. 최수현과 백태현은 그리로 끌려갔다. 백 수사관이 눈동자만 슬쩍 돌려 수현을 바라보았다. 순순히 죽을 작정은 아니었다. 수현이 몇 명이나 맡을 수 있을까. 뒤를 본 백 수사관은 절망했다. 장진호의 부하 수십 명이 거기 서 있었다. 등허리에 칼끝을 댄 채 세 사람을 끌고 온 녀석들이 지갑과 휴대폰을 집어 갔다. 장진호는 윤종건을 노려보는 중이었고, 가련한 뚱보 디자이너는 짓눌린 울음소리를 끄윽끄윽 흘렸다.

“빌어먹을 자식. 내가 마약 돌리는 놈들 어쩌는지 아니? 모르니?”

“회장님, 제발 한 번만.”

벌떡 일어서 와락 달려든 장진호가 따귀를 후려갈겼다. 윤종건이 저쪽 구석으로 데굴데굴 굴러갔다.

“쓸데없는 장난질을 벌이니까, 검찰이 냄새를 맡잖아.”

윤종건에게 다가간 조직원 두 명이 겨드랑이에 손을 끼우고 일으켰다. 전직 디자이너의 부푼 뺨은 눈물로 반짝이고 있었다.

“너랑 니 똥구녕 같은 가게에 처박은 돈이 대체 얼마야? 응? 내가 니 배때지 부풀어 오를 정도로 니 목구멍에 돈을 처넣었는데, 응?”

윤종건이 오열하며 고개를 끄덕였다. 장진호가 얼굴을 어찌나 바짝 갖다 대는지, 윤종건 이마에 맺힌 땀이 코끝에 닿을 지경이었다.

“넌 작대기를 돌렸지. 내 법을 어기고 말이야. 그것만으로도 널 토막 쳐야 할 텐데, 그것도 모자라 저놈들이랑 배를 맞추고 내 영업 비밀을 빼돌려?”

장진호의 손끝이 수현과 백 수사관을 가리켰다. 윤종건이 도리질했다. 하지만 그럴수록 장진호의 얼굴은 흉하게 일그러졌다. 윤종건의 배를 발로 걷어찬 장진호가 고개 돌리며 나지막하게 물었다.

“그래, 변호사시라고?”

수현이 대꾸를 않자, 장진호가 손을 뻗어 부하가 건넨 수현의 지갑을 살폈다.

"어이, 변호사 양반. 내가 들은 인적 사항이랑 좀 다른데?"

수현이 집게손가락으로 끅끅 울음을 삼키는 윤종건을 가리켰다.

"나를 백태현으로 아나 본데. 그게 좀 착오가……."

"내가 그리 업데이트가 느린 사람이 아니에요."

수현의 말을 잘라내며 장진호가 끈 달린 출입 카드를 매만졌다. 그가 고개를 돌려 백 수사관을 빤히 쳐다보았다. 백 수사관은 장진호에게 모두 설명할 작정이었다. 붉은 옷을 입은 여인부터 USB까지 모두를. 〈이끌〉에 걸음 했다가 변호사와 연결되어 이런저런 계획과 욕망에 좌충우돌하며 지금까지 비칠비칠 흘러오게 된 까닭 전부를, 밤을 새워서라도 풀어줄 생각이었다.

하지만 장진호는 생각이 달랐다.

"어이 백 수사관, 당신이 송태섭이란 칼로 나를 쑤시려 한다던데?"

거기까지 안다면, 백 수사관은 덧붙일 말이 없었다. 장진호의 시선이 다시 수현에게로 돌아갔다.

"시작이 전부 너로부터 벌어진 거라며? 근데 당신, 정말 변호사 맞아?"

수현은 장진호의 질문이 이해되지 않는 모양이었다. 찡그린 얼굴로 수현을 응시하던 장진호가 뒤로 손을 내밀었다. 뒤에 선 녀석 중 하나가 묵직한 단도를 벌린 손에 올려주었다.

"변호사는 맞는데요."

칼날을 보자마자 수현이 공손한 태도로 대답을 후두둑 쏟아냈다.

"그래. 변호사 양반. 내가 요 며칠 얘기만 들었지 면상 한번 못 봤는데, 생긴 게 들은 거랑 무척 다르네?"

"저에 대해…… 한지훈에게 들으셨나요?"

장진호는 한지훈이 누군지 모르는 눈치였다. 찌푸린 얼굴로 장진호가 갸웃거렸다.

"중국에 친구가 꽤 있어. 삼합회라고 다 같은 삼합횐가? 여기 친구가 저기 원수지."

수현과 백 수사관은 그제야 변호사라는 놈의 배경이 뭔지 깨달았다.

"암만 배짱이 좋아도 그렇지, 혼자 힘으로 날 무너뜨릴 수 있다고 여긴 거야? 정말로?"

빰을 쓸어내리는 칼날에 수현은 미동조차 못 했다. 장진호는 겁을 주는 게 아니었다. 그는 정말 칼날을 바짝 세워 빰 한 뭉텅이를 베어낼 작정이었다.

"이봐, 장 회장! 그 사람 당신이 찾는 변호사 아니야."

고개를 홱 돌린 장진호가 백 수사관 쪽으로 다가왔다. 피 냄새를 맡은 상어처럼, 동작이 끔찍할 정도로 매끈했다.

"백태현 수사관님. 반가워. 내 아우 몇이 신세 진 게 이제야 떠올랐네."

"그 아우 놈, 대체 누구지? 학교 보낸 놈이 어디 한둘이어야지. 애들 학교에서 공부는 죽어라 한답니까."

"그럼! 나랏밥 먹는 중인데 학업에 힘써야지. 사회 나와서 이런저런 일 해나가려면 착실히 배워놔야지 않겠어?"

칼날을 수직으로 뉘여 백 수사관의 배에 댄 장진호가 고개를 들었다.

"난 뒤돌아보는 사람이 아냐. 그러니 한 번만 묻겠다. 너도 매수당했나, 백태현?"

난데없는 소리에 백 수사관이 눈을 깜빡였다.

"너, 현직 검찰수사관이 삼합회를 배경으로 둔 비리 법조인에게 돈 먹고 쫄짜 노릇이나 하고. 쪽팔리지도 않아?"

이쯤 되면 최수현 변호사와 진성민 변호사를 단단히 혼동한 게 틀림없었다. 백 수사관이 들이받았다.

"장진호 당신, 그 정보 어디서 얻은 거야?"

장진호는 호락호락하지 않았고, 자기 견해를 의심받자 격분하기까지 했다. 그의 얼굴이 어찌나 달아오르는지, 특유의 보랏빛 행커치프 색깔과 비슷해 보일 지경이었다.

"엄청난 시간과 돈을 퍼부어서 난 파이프를 짓고 세탁소를 만들었어. 파이프로 돈만 돌렸는 줄 아나?"

돈을 회전시킨다는 건 정보를 돌린다는 것과 궤가 같다는 걸, 백 수사관은 알았다. 하지만 반짝이는 모든 게 금이 아니듯, 장진호가 접한 정보도 마냥 진실일 순 없었다.

수현을 가리키면서, 장진호가 눈을 부라렸다.

"저 변호사 놈이 혼자 윤종건에게 접근한 거잖아. 백태현 수사관이라는 네 명의를 들고."

거기까지는 장진호가 윤종건에게 보고받은 상황이었다.

"그런 짓을 그냥 저질렀겠나. 삼합회에게 돈을 받았겠지."

"이봐, 장진호. 말 좀 들어봐."

발끈한 백 수사관이 벌떡 일어나려는 걸 수현이 붙잡았다. 장진호의 눈동자가 수현에게로 쓰윽 돌아갔다. 수현이 실토했다.

"내가 검찰수사관을 사칭한 건 맞아. 하지만 전혀 다른 이유였어. 근데 당신은 〈이끌〉을 폐쇄해버렸단 말이야."

"그래, 검찰수사관이 왔다기에 정돈했지."

장진호의 눈동자가 백 수사관 쪽으로 돌아왔다.

"그런데 진짜 검찰수사관이 아니더라고."

몸을 날카롭게 돌린 장진호가 공중으로 칼을 홱 던졌다. 부하 한 놈이 양손을 뻗어 공중에 뜬 칼을 잡았다.

"내가 요 며칠 궁금해서 잠을 못 잤어. 하나 묻지. 저놈이 내가 찾는 그 변호사가 아니라는 걸 누가 증명하지?"

사탕발림해서 매듭지을 수 있는 일이 아니었다. 있는 그대로 말하고, 상황을 어떻게든 봉합해야 한다고 백태현은 생각했다. 그러지 않으면 우리 중 누구도 살아 돌아가지 못해.

"내가 모시는 검사가 있는데, 변호사라는 비쩍 마른 놈이 그분께 접촉을 시도했어. 변호사라는 놈은 송태섭과 연관된 증거를 가져오면서, 연루된 자들을 통해 기획수사를 해보라고 바람을 넣었지."

백 수사관의 말을 수현이 받아 마저 풀어냈다.

"그러고 나서 일이 굴러가기 시작한 겁니다. 변호사라는 자는 장진호 회장 당신을 확실하게 쓰러뜨릴 직접 증거가 없었어요. 다만 송태섭을 엮을 정도는 충분했지. 백 수사관의 상관인 김 검은 그 증거로 검찰 윗대가리를 치려 들었고. 변호사가 제공한 건 송태섭의 뇌물공여에 대한 증거였거든요."

장진호가 생각을 정리하는지 몇 걸음 걸었다.

"그러니까 송태섭과 몇몇 검찰 측 인사를 묶고, 송태섭을 통해 나를 잡아넣는다? 그런데 변호사는 왜 그리 윤종건을 잡으려고 안달했을까?"

"그건 몰라요."

"모른다? 당신이 변호사가 아니니까 모른다는 건가?"

"우린 그 변호사라는 놈의 전화번호만 압니다. 삼합회라는 건 생각도 못 해봤고. 당신이 그놈에 대해 우리보다 더 잘 아는군요."

장진호가 백 수사관 쪽으로 고개를 돌리며 미소를 지었다. 광대로 치솟는 양쪽 입술 끝 모양이 섬칫할 정도였다.

"나를 쓰러뜨리고 마약 장사를 벌이고 싶어 미치려고 하는 중국 애들이 있거든."

긴장 속에서, 백 수사관과 수현의 시선이 얽혔다. 순간 백 수사관의 속이 토할 것처럼 울렁거렸다. 말하지 않으면 도저히 안 될 것 같은 심정이 솟구쳤고, 백 수사관이 감췄던 사실을 털어놓았다.

"USB로 내사 중이란 말을 송태섭에게 전했어요, 최 변호사님."

수현의 크게 뜨인 눈을, 백태현은 마주 볼 수 없었다.

"장 회장, 송태섭에게 전화해봐. 검찰 소환을 대비하라고 했어."

"우리 친애하는 동업자께서 백 수사관께 경고를 받으셨다? 대체 왜 그러셨나?"

"누군지도 모르는 변호사 놈에게 이끌려 검찰 전체가 쑥대밭 되는 꼴이 우습다고 생각했거든. 내 상관이 여기저기에서 부품으로 쓰이다가 폐기 처분되는 꼴도 보기 싫었고."

장진호는 뭔가 곰곰이 생각하는 모양이었다. 그가 뒤쪽을 향해 손가락을 튕겼다.

"데려와."

어둑한 공간에서 송태섭이 걸어 나왔다. 반나절 사이에 재회를 한 백 수사관과 송태섭이 기가 막힌 얼굴로 서로를 바라보았다.

그때, 갑자기 위에서 우두두 소리가 들렸다. 몸이 날랜 몇 놈이 칼을 빼들었고, 백 수사관과 수현과 윤종건의 등허리에 칼끝이 몸서리치게 닿았다. 아까 지나온 VIP 통유리 근처에서, 곰 두 마리가 엉겨 붙는 것 같은 소리가 웅웅 들려왔다. 이윽고 거대한 뭔가가 2층 통유리를 와장창 부쉈다. 설탕 같은 유리 조각이 사방으로 튀었고, 서로를 움켜쥔 큰 사람들이 저쪽 구석에 밀어놓은 탁자 서너 개를 박살내면서 처참하게 떨어져 내렸다.

2

예상 못한 전개에 김훈정 검사의 입은 떡 벌어졌다. 서둘러 통화 중 녹음 버튼을 누른 그녀는 옷부터 챙겨 입었다. 쫀쫀한 데님 일자 바지에 다리를 욱여넣고 후드티를 뒤집어쓰면서도 그녀는 온 신경을 휴대폰에 쏟았다. 클랙슨 소리가 간혹 들릴 뿐, 휴대폰 너머는 잠잠했다.

근처 지구대에 연락해 사고 확인이라도 하고 싶었지만, 전화를 끊을 수가 없었다. 수현은 백 수사관과 함께 납치되는 것 같았다. 납치범들은 윤종건을 노린 걸까. 아니면 윤종건과 함께 다른 둘도 목표 삼았던 걸까. 고민 중인 김 검사에게 수현의 목소리가 들렸다.

— 근데 우리 어디 가는 거야?

부자연스러울 정도로 커다랗고 과장된 목소리였다. 수현이 얼마나 애쓰는지가 역설적으로 드러나 짠한 헛웃음이 터져 나왔다. 저쪽에서 들리는 다른 목소리는 너무 가물가물했다.

— 다리 건널 건 아닌가 봐? 대체 어디 가려는 거야?

지금 내게 끌려가는 위치를 일러주려는 거구나. 서초동에서 다리라면 가장 가깝게는 반포대교가 있고, 내려가면 동작대교가, 상류 방향으로 한남대교가 자리했다. 호들갑을 떨던 수현은 다른 쪽 누구에게 뭔가 말을 했는데, 자세가 바뀌었는지 소리가 작아졌다. 여벌의 휴대폰이 있었으면 얼마나 좋을까. 김 검사의 2G폰은 이 통화에 메여 있었고, 다른 조력을 구할 틈이 없었다.

김훈정은 스피커폰을 끄고 휴대폰을 귀에 댄 채 밖으로 나갔다. 엘리베이터가 9층에 세워져 있었지만, 통화가 끊길까 걱정된 그녀는 12층에서 지하 주차장까지 뛰어 내려갔다. 가느다랗게 수현의 목소리가 들렸다.

— 계속 직진하네? 대체 어…….

소리는 균일하지 않았고, 때때로 끊어졌다 이어지기를 반복했다. 자세라도 바꿔봐, 좀! 그러기만 해도 좀 더 분명히 들릴 텐데.

— 어라? 여기 논현 파밀리에 쪽이잖아. 여기 내가 잘 알지.

논현 파밀리에, 파밀리에…… 상가 이름인가? 아파트 이름? 아니면 식당일까? 논현이라면 논현동일까? 신논현역 근방일까? 혼란 속에서도 그나마 좁혀지는 기분이었다.

계단을 허겁지겁 내려가면서, 김훈정 검사는 수현이 윤종건을 어찌 주웠는지 퍼뜩 깨달았다. 검찰은 윤종건에 대해 마약 거래 혐의를 두고 있었다. 변호사에게 USB를 받았기에, 돈세탁에 대한 기획 수사를 벌이려는 김 검사는 윤종건을 거칠 필요가 없었다. 그런데도 윤종건이 최수현을 찾아갔다면 보호를 원했기 때문일 게 분명했다. 누구에게 위협을 받았을진 빤했다. 장진호는 마약에 진저리를 치지.

아, 그 순간 김 검사는 누가 그들 셋을 납치했는지 알아차렸다.

내려가는 걸음 소리가 저리 넘어갈까 걱정된 김 검사가 송화구를 움켜쥐었다. 수현의 목소리는 여전히 커졌다가 작아지길 반복했다.

— 한둘만 남아서 윤종건 지키고…… 깔끔하게 잇자고. 여…… 현동이네…… 단골집이 수두룩 빽빽…….

아직 4층이었다. 차를 어디 댔더라. 지하 2층이었나. 휴대폰에서, 최수현이 빽 소리 지르는 게 들렸다.

— 뭘 그만해! 응? 대체 여긴 어디야?

타닥타닥 계단을 내려가면서 김 검사도 같은 소리를 웅얼거렸다. 그래, 대체 어딘 거야.

지하 2층 엘리베이터 옆 라인 통로를 지나 차 키를 눌렀지만, 아무 소리도 들리지 않았다. 지하 1층이었나. 설마 지하 3층은 아니겠지. 다시 비상계단을 통해 위로 올라왔다. 역시나 차 키를 눌러도 아무 반응이 없었다. 빌어먹을…….

숨을 고르며 휴대폰을 귀 가까이 댔다. 낮은 잡음 사이로 수현의 목소리가 들릴 듯 말 듯 했다. 지하 3층까지 내려간 그녀가 필사적인 마음으로 차 키를 눌렀다. 저 멀리에서 삑 소리가 들렸다. 그리고 낮은 잡음 사이로 수현의 목소리가 불분명하게 토막 났다.

— 내가 알았…… 뭐였지? 클렉…….

휴대폰을 보니 검은 액정 화면에 27분 42초의 통화 기록이 깜빡이고 있었다. 미친 척하고 수현에게 전화를 걸었지만, 전원이 꺼졌다는 음성안내만이 흘러나올 뿐이었다. 김 검사가 차 문을 열었다. 그녀를 맞이하는 헤드라이트 불빛 뒤로 그림자가 길게 드리워졌다. 벽에 걸린 그림자의 어깨는 커다란 호흡으로 들썩이는 중이었다. 휴대폰을 꽉 쥔 채, 빛을 발하는 검정 K7과 우중충한 그림자 사이에서, 김 검사는 잠시 맥을 놓고 서 있었다.

3

비상 깜빡이를 끄라고 지시한 진성민이 차창 밖을 두리번거렸다. 호텔 일리오스 지하에 자리한 클럽 클렉스는 불이 꺼져 있었다. 유리문에 종이가 나붙어 있고 한산한 걸 보니 영업을 하지 않는 모양이었다. 운전석에 앉은 덩어리는 택시를 타고 오는 덩치에게 전화해 그들이 도착한 장소를 알려줬다.

장진호의 꿍꿍이를, 변호사는 가늠할 수 없었다. 뇌가 마약에 푹 절고 간이 허풍에 찌든 어떤 삼합회 두목이라도, 공안에는 맞서지 않는다. 공권력은 회유와 포섭의 대상이지, 맞서다간 이쪽이 부러질 뿐이다. 현직 검찰수사관을 칼로 위협해 납치하다니, 대체 뭐가 어찌 된 걸까.

츄파춥스가 필요했다. 그거 하나 물면 수가 떠오를 텐데. 지금이라도 가까운 편의점에 달려가 플라스틱 매대에 꽂힌 막대사탕을 우수수 담아 입안에 넣고 싶었다.

역시나 세 장의 장부가 문제인 게 틀림없어. 진성민은 그리 믿었다. 장진호는 지금껏 물밑에서 움직이며 대한민국 사방에 깔아둔 파이프를 통해 검은 부와 어두운 권력을 거머쥐어왔다. 그런 장진호가 수면 위로 나왔다는 건 그만큼 윤종건이 큰 덩어리라는 방증이지.

설마 정말 딸 때문에 그리 마약 사업을 진저리친다고? 진성민은 그리 믿지 않았다.

덩어리가 통화를 종료했다.

"마샹 지우 꿔라이 러. [곧장 넘어온답니다.]"

침묵이 감돌았고, 결론은 쉽게 나질 않았다. 덩치가 온다 해도 크게 바뀔 상황은 아니었다. 다른 수는 없었다. 진성민이 앞을 가리켰다.

"루거 런토우 샤오 러 쯔이넝 시 토우시이. [수가 적으면 오직 기습뿐이라 했느니.]”

고대 중국인이 쓴 병법서 내용을 중국인에게 중국말로 읊으려니, 기분이 묘했다.

“인웨이 윤종건 요우 찐쿠아. 이딩 야오 쭈어쭈 타. [윤종건을 붙들어야 해. 그놈이 금광을 지녔어.]”

“워먼 량거런 커넝 마? [저희 둘로 됩니까?]”

진성민이 대꾸 없이 차창만 바라보았다. 덩어리는 두 번 묻지 않았다. 검은 대형 세단이 어두운 통로 안으로 미끄러져 들어갔다.

평소 몹시 붐볐을 텅 빈 주차 공간엔 검은 정장 차림의 맨질맨질한 놈이 하나 서 있었다.

“칸칸 요우 메이 요우 얼쯔이. 메이요우 얼쯔이 더 화, 커이 투쓰이 러. [인이어를 봐. 인이어 없으면 곧장 친다.]”

안과 바로 연결이 안 되어 있으면, 하나씩 제거하며 들어갈 수 있어 보였다. 덩어리가 차를 입구에 세웠다. 진성민이 차창을 내렸다.

“여기, 영업 안 하나?”

“보시다시피.”

“내가 명함 받은 게 있는데.”

안주머니를 뒤적이는 척하며, 진성민은 차창에 아무렇게나 꽂혀 있던 사채 광고 명함을 내밀었다.

“영업상무가 이 사람, 맞나?”

손에 든 명함을 보기 위해 맨질맨질한 녀석은 차 쪽으로 몸을 굽힐 수밖에 없었다. 녀석이 내민 손을 진성민이 꽉 움켜쥐었다. 그러자 덩어리가 그놈의 얼굴에 묵직한 스트레이트를 날렸다. 멋진 콤비네이션이었다.

"꽌디아오 인칭 추라이 바. [시동 끄고 나와.]"

"커넝 마? [됩니까?]"

"나 찌우 빠 삐엔청 커넝 아. [되게 해야지.]"

덩어리가 마뜩잖은 표정을 지으며 밖으로 나왔다. 왜 삼합회 간부들이 서부 깡촌 출신 순둥이들을 선호하는지 알 것 같았다. 쓰러진 놈을 옆으로 치우고, 그들은 문에 바짝 붙었다.

"이거 이거 추다오 바. [하나씩 잡자.]"

"요우 뚜 샤오 런? [몇이나 있는데요?]"

나도 모른다는 걸 알면서, 그걸 왜 묻는 걸까. 진성민은 잠시 그런 생각을 했다.

복도 반대쪽 모퉁이가 불빛으로 어슴푸레 했다. 모퉁이를 돌자마자 검은 정장 입은 풍채 좋은 조직원이 보였다. 뒤에 섰던 덩어리가 변호사를 옆으로 밀어냈다. 둘은 기차처럼 서로에게 달려들며 힘을 다해 맞부딪쳤다.

체격이나 힘이나, 둘은 엇비슷했다. 목을 어긋 맞추고 어깨끼리 부딪히며 손을 얽어댄 그들은, 서로를 밀어내느라 디딘 발을 부들거렸다. 덩어리가 왼손으로 상대 옆구리를 때렸고, 날아든 무릎에 아랫배를 얻어맞았다. 둘의 얼굴이 금세 땀으로 젖었다. 좁은 통로가 두 사람의 씩씩거리는 소리로 웅웅 울렸다. 하, 이러면 하나씩은 못 잡겠는데 싶은 찰나에, 덩어리가 상대의 옷을 잡아당겼다. 검은 정장의 재킷이 투둑 뜯어지며 균형이 함께 무너졌다. 덩어리가 바닥을 짚은 상대의 얼굴을 무릎으로 걷어찼고, 피가 공중으로 후드득 흩어졌다.

덩어리가 끝을 낼 작정으로 휘두른 주먹을, 검은 정장이 간신히 피했다. 주먹을 거둘 겨를도 없이, 검은 정장이 벌떡 일어서며 균형이 흐트러진 덩어리의 허리를 붙들었다. 둘은 영원을 약속한 어리석은 연인처럼 서로의 허리와 어깨를 붙들고, 환희에 찬 피겨스케이팅 선수들처럼 돌고 돌고 또 돌면서 저쪽까지 밀려 나가, 아래층이 내려다보이는 커다란 통유리에 부딪혔다. 거대한 유리가 산산이 깨졌고, 둘은 죽음을 찬미하며 생을 마감하는 아름다운 커플처럼 저 아래로 휘이 떨어졌다.

이 상황을 어떻게 받아들여야 할지 모르는 난감한 표정을 지으며 진성민은 천천히 걸음을 옮겼다. 덜 깨진 유리 조각들이 투둑투둑 떨어졌고, 아래층에서는 황당한 표정을 한 여럿이 위를 올려다보고 있었다. 최수현과 백 수사관과 윤종건 사이로…… 아, 장진호가 보였다.

진성민에게 허락된 유일한 방법은 재빨리 되돌아가는 것이었다. 미안하네, 자네 가족들은 상하이가 챙기겠지. 여러분 셋에게도 미안하오. 하지만 내가 뭘 어쩌겠소. 난 비쩍 마른 힘 없고 변변찮은 변호사에 불과한데.

모두들, 안녕히.

뒤로 돌아서자마자, 진성민은 자신이 진짜 큰 위기에 놓였다는 사실을 깨달았다. 아까 입구에서 때려눕혔던 녀석이 잔뜩 부은 눈두덩이를 어루만지며 서 있었다.

"영업상무님 퇴근하셨다는 말씀을 안 드렸네?"

소리를 낼 겨를도 없이 녀석의 오른손이 날아들었고, 진성민의 정신은 거기에서 툭 끊어지고 말았다.

4

지하 주차장을 빠져나오자마자 김훈정 검사는 서초동 방면으로 가속페달을 밟았다. 저녁 식사 즈음이었고, 다들 이른 귀가를 했기 때문인지, 도로는 생각보다 붐비지 않았다. 법무법인 주안은 관악구 김 검사의 집에서 멀지 않았다.

조수석에 던져둔 최 검사의 2G폰에서는 녹음된 내용이 흘러나오는 중이었다. 수현이 던져준 힌트들을, 김 검사는 입술을 달싹거리며 곰곰 외웠다.

지원 요청은 가능했다. 하지만 무슨 근거로 어디에 누굴 보내달라 요청한단 말인가. 김훈정은 내비게이션에 논현 파밀리에를 검색했다. 통화했던 시각엔 지금보다 차량이 많고 길이 밀렸겠지. 시간을 감안하며 김 검사는 거리를 가늠했다. 수현은 논현 파밀리에가 아니라 파밀리에 쪽이라고 했다. 파밀리에를 봤다면 파밀리에를 지난다 말했을 거란 생각이 들었다.

파밀리에 방면인데 파밀리에가 보이지 않으니, 파밀리에 쪽이라

한 거야.

그나저나 논현 파밀리에가 뭐 하는 곳이람.

검정 K7이 정차된 차량 사이를 비집고 들어갔다. 내비에 뜬 지도를 보며 훈정은 아까 녹음한 구간을 반복 재생했다. 윤종건만 데려가고 잠깐 내리자는 얘기 즈음에 언급된 현동이 논현동인지 신논현동인지 구분되지 않았다. 수두룩 빽빽한 단골집이라고 했겠다. 수현의 취향을 모르진 않았지만, 그렇다고 상세히 아는 것도 아니었다. 설마 참치집은 아니겠지.

답답한 심경에 김 검사는 오가는 행인이라도 붙들고 물어보고 싶었다. 잠깐, 행인이라.

여긴 오가는 사람이 적지 않았다. 통화가 끊어진 지점은 여기서 아주 멀지 않은 지점일 게 분명했다. 목적지에 거의 다 온 셈인데…… 이름이… 클렉……. 아, 호텔이었을까?

장진호는 서울 여러 곳의 호텔 나이트 운영권을 실질적으로 소유했는데, 강남만 해도 서너 군데 되었다. 누가 받았으면 하는 마음으로 걸었지만, 일요일 김 검사의 사무실에는 아무도 없었다. 김 검사의 책상에는 장진호 관련해 정리된 파일이 있었고, 거기엔 그가 소유했다 여겨지는 사업처가 요약되어 있었다. 그래, 장진호의 부하들이라면 분명 장진호가 통제할 수 있는 공간으로 끌고 갔을 거야. 주점이나 가라오케는 아닐 거고. 호텔 클럽일까. 김 검사의 손가락이 내비게이션 화면을 바쁘게 문질렀다. 손가락 아래에서 지도는 확대되었다 축소되기를 반복했다.

오호라.

휴대폰을 집어 든 손이 부들부들 떨렸다. 저장된 통화 목록이 뜨는 데 꽤 오랜 시간이 걸렸다. 서초경찰서 강력계 당직형사가 느긋한 말투로 전화를 받았다. 김훈정 검사가 자기도 모르게 큰소리를 내질렀다.

"나, 서울중앙지방검찰청 김훈정 검사인데요! 납치 감금 사건 관련 긴급 지원 요청합니다. 호텔 일리오스 지하, 클럽 클렉스예요!"

5

장진호의 부하들이 박살 난 테이블 사이에서 두 사람을 떼어내고 그중 하나를 묶는 동안에도 칼끝은 여전히 세 사람의 허리에 닿아 있었다. 홀이 정리되자, 장진호가 뒤로 손가락을 까딱거렸다. 송태섭이 홀 중앙으로 천천히 걸어 나왔다.

그 모습을 참담한 표정으로 바라보며 백 수사관이 수현에게 속삭였다.

"변호사님, 혹시 알았어요?"

"뭘?"

"내가 윤종건 다른 데로 빼돌릴까 말까 주저했던 거요."

백 수사관은 건축사무소 안에서의 일을 짚고 있었다. 대꾸할 말을 고르느라 수현은 고민했다.

"평소완 달랐지."

건축사무실에서 힐끗 봤던 백 수사관의 표정에 수현은 이질감을 느꼈다. 수현은 백 수사관이 윤종건을 풀어주려는 것 같다는 생각을 했다. 근거 없는 생각이었지만, 왠지 모르게 주저하는 백 수사관의 낯선 얼굴에서, 수현은 그런 망설임을 읽었었다.

하지만 지금 이 판국에 그게 무슨 소용인가. 엉긴 돼지 두 마리가 하늘에서 떨어지고, 비쩍 마른 츄파춥스 아저씨가 혼절한 채 떠 메여오고, 목숨 셋이 쥐도 새도 모르게 죽게 생긴 이 지경에.

장진호가 턱짓하자, 부하들이 박스에 얼음을 가득 담아와 핏물로 꼬질꼬질해진 드레스셔츠 속에 쏟아부었다. 예능 프로그램의 한 장면처럼 진성민이 간질이라도 일으킨 것처럼 몸을 떨더니, 윗몸을 벌떡 일으켰다. 진성민을 때려눕힌 놈이 장진호에게 몸을 기울이고 정황을 설명하는 중이었다. 묶인 채 바닥에 쓰러진 덩어리는 숨 쉴 때마다 배를 불룩일 뿐 미동조차 하지 않았다.

우리 앞길은 명쾌하군. 수현은 살아 돌아가긴 글렀다는 생각을 했다.

"잠깐 심란한 일이 있었지만 뭐, 다 지나간 일이고."

깨진 유리창을 한참 쳐다보던 장진호가 체념한 듯 말했다.

"얼른 대강 정리하자고. 이봐, 송 사장, 아까 한참 떠들었는데 말이야."

장진호 앞에 선 송태섭은 불안해 보였다.

"뇌물 받은 부하들이 장부를 빼돌렸으니 당신도 피해자라지만,

어디 피해자라고 다 같은 피해잔가? 난 당신 땜에 깜방 가게 생겼는데 말야."

이게 진짜 피해지 않냐는 식으로 장진호가 돌아보자, 그의 부하들이 묵묵히 고개를 끄덕였다.

"아까 얘기한 대로요, 장 회장님. 이건 제 의도와 상관없이 벌어진 일입니다."

말의 끝에, 송태섭이 털썩 꿇어앉았다. 장진호가 그런 송태섭을 바라보며 소름 끼치는 미소를 지었다.

"송 사장, 우리 오랫동안 협업 잘해 왔잖아."

심장이 녹아내릴 만큼 달콤한 말투였다.

"우리 마지막으로 거래 트자구. 의리 지키면서 가야지. 당신 검찰 내부 끈도 예전 같지 않은데, 응?"

"거래요?"

"그래. 여기서 그냥 입을 닫는 걸로 하자구. 대신 당신 사업은 자식들에게 그대로 넘겨주게끔 할게."

장진호는 송태섭을 끊어냄으로써 검찰 수사와의 연결점도 끊어낼 작정이었다. USB 뇌물 수사는 증거 자료의 신빙성과 송태섭의 자백에 의존해야 했다. 장진호는 회유해 틀어막기보다는 송태섭을 죽여서 자르는 걸 선택한 것 같았다.

송태섭의 안색은 창백했다. 하지만 그는 이 상황을 헤쳐나갈 다른 방법이 없었다. 장진호는 한번 결심한 일은 하고야 마는, 어떻게든 목적을 달성해내고야 마는 그런 사람이었다. 그런 송태섭을 보고 고개를 휘휘 젓던 장진호가 겨우 정신을 차린 진성민 쪽으로 걸어갔다.

"네가 진짜 진성민 변호사로구나. 저 돼지는……."

"삼합회. 상하이 쪽."

"아하."

장진호가 백 수사관과 최수현 변호사를 돌아보곤 다시 진성민으로 고개를 돌렸다. 저 둘을 어쩐다. 현직 검찰수사관과 전직 검사를 죽이는 건, 장진호에게도 무리였다. 일이 지랄맞게 꼬였군. 장진호가 한숨을 푸욱 내쉬었다.

한숨이 나오기는 진성민도 마찬가지였다. 퉁퉁 부은 눈두덩이보단 주안 사무실 유리문에 부딪히며 찢어진 머릿가죽이 더 욱신거리는 중이었다. 진성민이 얼굴을 찡그리며 상처를 계속 매만졌다. 장진호는 진성민의 지갑을 뒤적이는 중이었다.

"운전면허증만 덜렁 있는 우리 진성민 변호사. 중국인 수하를 둔 걸 보니 내가 새로운 아이디어가 반짝거려. 들어볼 텐가?"

장진호는 변호사 앞에 쪼그려 앉았다. 두 사람이 서로를 오랫동안 바라보았다.

수현은 참치집에서 변호사와 마주했던 순간을 떠올렸다. 김훈정을 부른 이유 중에는 순수한 호기심도 있었다. 저자는 검찰이라는 거대한 지렛대를 통해 무얼 들어 올리려는 걸까. 아니, 검찰이라는 거대한 쇠막대기를 자기가 원하는 용도로 사용할 수 있다고 정녕 믿는 걸까.

한편으로는 변호사가 검찰이라는 조직을 어떻게 요리하고 끝내 엿 먹이는지 보고 싶었다. 그가 벌이는 모의가 마침내 성공해 어떤 폭발을 일으키는지 지켜보길 원했다. 장진호를 통해 변호사가 지닌 범죄 의도를 알게 된 지금에도, 수현은 검찰을 날려버리겠다는 변호사의 호기로운 시도가 어찌 될지 궁금하기도 하고, 내심 기대되기도 했다.

장진호도 변호사도, 서로를 대면하는 건 처음이었다. 그 둘은 삼킬 듯한 깊이로 서로를 담뿍 들여다보았다. 마침내 몸을 일으킨 장진호가 칼끝을 백 수사관 쪽으로 쭉 뻗었다.

"백태현 수사관, 당신 말이 맞았네?"

장진호가 부하에게 의자를 가져오도록 했다. 거기 걸터앉은 장진호가 턱을 긁었다.

"거의 될 뻔했네?"

진성민이 입술을 위로 당기며 웃었다. 입꼬리가 장진호와 소름 끼치도록 닮아 있었다. 진성민이 고개를 끄덕일 때마다 핏덩이가 딱딱하게 굳은 셔츠 칼라가 살에 닿으며 서걱거렸다.

"단념은 잘 안 하는 성격인데."

진성민이 입을 열자, 장진호가 눈을 가늘게 뜨며 집중했다. 진성민이 말을 이었다.

"이봐, 장진호 씨. 내가 궁금한 걸 못 참아서 그러는데."

그러더니 진성민이 윤종건을 향해 물었다.

"윤종건 당신이 뜯어간 세 장의 장부 말이야. 거기에 대체 뭐가 쓰인 거지?"

윤종건이 얼떨떨한 얼굴로 진성민을 쳐다보았다. 그 얼굴에 복잡한 감정들이 도미노처럼 여러 겹으로 겹쳤다. 불안과 체념이, 허탈함과 간절함이 동시에 느껴졌다. 윤종건이 고개를 설레설레 저었다.

"윤종건! 이 변호사 놈이 뭐에 대해 물은 거야?"

장진호가 물었지만, 윤종건은 대답 못한 채 눈만 껌뻑이는 중이었다. 둘 사이에서 흥미를 잃은 장진호가 백 수사관을 불렀다.

"검찰 양반. 내가 요즘 재미있는 얘길 들었거든. 마약 쪽으로 이슈가 많이 돌아. 맞지?"

"검경 합동으로 전국적으로 세게 수사하고 있습니다만."

"세계는 말이야. 전부 연결되어 있거든. 생각해봐. 한동안 중국 마약이 싹 죽었어. 공산당에서 하도 때리니까 삼합회든 뭐든 만지작거리던 놈들이 손 놔버린 거야. 근데 그놈들이 여기로 몰려든다네?"

"아하."

"마약도 백화점 있고, 아울렛 있고, 동네 마켓이 따로 있어. 후유증, 가격, 소비량, 환각 정도에 따라 나뉘는 모든 판매처를 중국 놈들은 다 커버하려 해. 돈 많은 놈들부터 가난한 놈들까지 위아래 모두를 중독시키려는 거지. 거기, 진짜 변호사 양반. 내가 하는 말이 뭔 말인지 알아듣지?"

잘 듣고 있냐는 듯 장진호가 수현에게 물었다. 뭐, 어려운 요소가 있어야 고개를 갸웃거리기라도 하지. 수현은 그런 생각을 하며 고개를 끄덕였다.

"사업 크게 벌이고픈 중국 놈들 입장에선 내가 걸리적거렸겠지. 구역 내에서 작대기 돌아다니는 꼴을 못 보니까. 회유도 안 먹히고."

장진호가 낄낄거렸다.

"그래! 그거야. 저 진성민이라는 놈이 나를 없애려는 이유가 마약 유통을 제대로 하려고 저러는 거지. 그런데 왜 중국 놈들이 직접 안 하고 저 변호사를 세웠느냐?"

답은 장진호의 말속에 있었다. 새 시장을 먹으려는 쪽의 세력이, 약하기 때문이었다. 장진호를 거꾸러뜨리고 한국이라는 새 시장을 먹을 놈들이 그걸 통해 자국에서 세력을 키우면 피곤해지는 힘센 자들이 존재했다. 그들이 장진호에게 정보를 흘려주었던 것이다.

"변호사 양반. 나를 꺼꾸러뜨리려는 네 두목들이 누군지 알아. 그들 반대편에 선 자들이 내게 정보를 주고 있거든. 니네가 너무 커지면 신경 쓰이는 사람들 말이야. 한국은 그들에게 수수료나 토해내는 고분고분한 직영점 수준이어야 하는데, 그걸 통째로 먹고 몸집을 키우겠다고 하니 걱정이 안 되겠어?"

수현이 이를 악물었다. 자신이 시작한 일이, 그런 더러운 사업을 벌이려는 음모로까지 연결되었다는 사실이, 수현은 믿기지 않았다. 멍청한 나비가 된 기분이었고, 지구 반대편에서 벌어졌다는 태풍 소식에 뒷골이 서늘해질 지경이었다. 그런 수현을 다독이려, 백 수사관이 고개를 내저었다.

"장진호라는 이름을 김 검사께 가져간 건 접니다."

아, 고마워라. 큰 위로가 되네. 수현은 헛웃음이 나왔다.

그때 멀리서 슈슈슉 하는 소리가 들렸다. 소화기 대여섯 개가 연이어 날아왔다. 장진호의 부하 몇이 소화기에 맞아 나뒹굴었다. 바닥에 떨어진 소화기는 뱅글뱅글 돌며 하얀 가루를 사방에 날렸다. 수현의 몸이 확 기울어졌다. 백 수사관이 그를 떠밀고 있었다.

"빨리, 빨리!"

저쪽에서 빨간 소화기가 회전하며 날아왔다. 수현과 백 수사관은 동시에 몸을 수그렸다. 끝까지 수현과 백 수사관을 주시하던 칼 든 놈 하나가 소화기 모서리에 정통으로 맞으며 나자빠졌다.

에이씨, 오늘 진짜 왜 이래? 싯팔. 장진호가 칼을 높이 들었다. 진성민은 체념한 듯 눈을 감았다. 하얗게 피어오른 분말 사이로 장진호의 보랏빛 행커치프가 유독 선명했다. 그 순간, 저쪽에서 몸을 벌떡 일으킨 덩어리가 발이 묶인 그대로 쿵쿵 뛰어오더니 장진호를 뒤에서 덮쳤다. 진작 정신 차렸는데 일부러 눈만 감고 있었던 건가.

소화기 공장에서 출동했는지 빨간 소화기가 끝없이 날아들었다. 마침내 양손에 소화기 벨브를 꽉 움켜쥔 덩치가 소화액을 뿌리며 이리로 달려들었다. 택시를 타고 뒤늦게 호텔에 도착한 녀석이었다. 주안에서 유리문에 머리를 부딪치고 기절했던 놈이 맞나 싶을 정도로 몸놀림이 민첩했다.

"나가요. 경찰 불러!"

백 수사관이 수현을 문 쪽으로 밀어내곤 엉켜진 사람들 사이로 갔다. 뭉큰 피어오른 하얀 소화액 저 멀리 검은 정장들과 맞서 싸우는 변호사의 덩치와 덩어리가 보였고, 뒷걸음질 치는 송태섭과 몸을 일으키는 장진호가 가물가물했다. 윤종건은 저 구석에 숨어 있었는데, 뺨에 허연 분말 가루로 떡칠한 꼴이 가부키 배우가 따로 없었다. 백 수사관이 조직원 중 한 명에게 멋진 훅을 날렸다. 자세히 보니 아까 스타리아 조수석에서 팔 걸치고 뒤돌아보던 놈이었다.

싸움은 격렬했다. 양손에 소화기를 든 덩치의 묵직한 한 방에 조직원들이 이리저리 날아갔다. 진성민 변호사가 재빨리 칼을 집어 들고 덩어리를 묶은 끈을 잘라냈다. 손과 발이 풀린 덩어리가 장진호의 부하들을 짓누르듯 밀어붙였다. 백 수사관은 덩치와 덩어리를 피해 도망치는 놈들을 하나씩 쥐어패고 있었다. 저리 어리석다니. 사람이 도구를 쓸 줄 알아야지. 혀를 끌끌 찬 수현이 의자를 들어 각진 모서리로 장진호 부하들의 등과 머리를 후려갈겼다.

그때 갑자기 붉은색 조명이 켜졌다. 그러다가 붉은색 조명이 꺼지고 녹색 조명이 켜지며 묘한 분위기가 연출되었다. 부유하는 하얀 소화기 분말 속에서 슬금슬금 빠져나갈 구멍을 찾는 윤종건과, 덩치와 덩어리 뒤로 거미처럼 몸을 숨긴 변호사가 보였다. 그러다 불이 툭 꺼졌고, 다시 노란색 조명이 번쩍 들어왔다. 나자빠진 자들이 노란 불빛 아래에서 비명을 흘렸다.

노란 조명도 곧 꺼졌다. 앞이 보이지 않는 사람들이 우뚝 멈춰 섰다. 다시 폭죽처럼 사이키 조명이 환하게 들어왔다. 빙글빙글. 사방에서 고함이 터져 나왔다. 오늘 밤은 빙글빙글. 수현은 자기도 모르게 익숙한 콧노래를 흥얼거렸다.

그때였다.

"경찰이다, 움직이지 마!"

의자를 든 수현의 팔뚝에 오소소 소름이 돋았다. 곧 환희가 차올랐고, 세상 모든 신의 이름을 한꺼번에 부르고픈 욕구가 충만해졌다. 사이키 조명 저쪽으로 무장한 경찰이 잔뜩 보였다.

"백 계장! 최 선배!"

김훈정 검사가 경찰들 사이를 비집고 나오며 손을 뻗었다. 클럽은 그야말로 아비규환이었다. 우당탕 손에 있던 걸 내던지고 모두 내빼기 시작했다. 그 찰나에 진성민과 덩치와 덩어리가 2층으로 연결된 둥근 계단을 올라 도망쳤다. 장진호와 부하들이 뒤쪽 통로로 한 몸처럼 달아나는 모습도 보였다. 경찰이 장진호 일당의 뒤를 우수수 쫓았다.

윤종건은 엉겨 붙어 싸우는 깡패들 사이를 요리조리 빠져나가 비상구로 냅다 뛰는 중이었다. 백 수사관은 장진호의 뒤를 쫓느라, 김 검사는 바닥에 쓰러진 장진호의 부하들을 잡느라 윤종건을 보지 못한 모양이었다. 내가 가야지, 뭐. 수현이 계단을 뛰어올랐다.

꺾어진 통로를 지난 수현이 직선으로 내달렸다. 지하 출입문을 열자 검은색 대형 세단이 확 멀어지는 광경이 보였다. 저게 진성민 변호사의 차였을까. 가로등 불빛 아래, 전력질주하는 윤종건이 보였다.

윤종건은 정말 죽을힘을 다하는 것 같았다. 그렇지 않고서야 저렇게 뛸 순 없었다. 윤종건이 걸리적거리는 푸른 코트를 벗어 던졌고, 그걸 밟으며 내달린 수현이 뒤를 바싹 쫓았다. 몇 개의 블록을 지나고, 헤드라이트 쏟아지는 밤거리를 무단으로 가로지른 윤종건이, 어깨 너머로 수현을 보고는 으아아아, 발작 같은 비명을 내질렀다.

"잠깐 서!"

"씨발, 안 믿어. 다시는 안 믿어!"

숨이 턱까지 올라오다 못해 머리 뚜껑을 밀어 올리려는 기분이 들 지경에 이르러서야 윤종건은 지하도로 엎어지듯 뛰어들었다. 개표구를 무단으로 넘은 그가 수십 개의 계단을 구르듯 뛰어내려 마침내 선로에 다다랐다. 지하철 문은 윤종건 코앞에서 막 닫히는 중이었다. 하늘이 돕는구나. 수현은 그리 생각했다.

그러자 미치광이 디자이너가 자기 발을 죽 뻗어 문 사이로 집어넣었다. 윤종건이 고통스러운 비명을 질렀고, 몇몇 사람이 달려들어 지하철 문을 손바닥으로 탕탕 두들겼다. 지하철 문이 다시 열렸다. 아기처럼 엉엉 울며 윤종건은 차량 안으로 기어들어 갔다. 그러고는 문이 닫혔다. 스크린도어까지 모두 닫힌 지하철을 수현은 어찌하지 못했다.

차량 안에서 몸을 일으킨 윤종건이 한숨을 쉬며 주머니에서 손수건을 꺼내 땀을 닦았다. 그때 윤종건의 주머니에서 반으로 접힌 종이가 바닥으로 떨어지는 게 보였다. 지하철이 천천히 움직이기 시작했다. 수현이 서 있는 문 쪽으로 다가온 윤종건이 분노에 찬 얼굴을 유리에 바짝 붙였다. 그러고는 가운뎃손가락을 그 옆으로 철썩 붙였다. 지하철이 움직였고, 아름다운 붉은 드레스를 지은 디자이너는 그렇게 사라졌다. 어딘지도 모를 지하철역에 세상 가장 비참한 몰골로 구겨진 수현을 남겨두고, 저 멀리.

제 9 장

호두색 마호가니 책상에 앉은 얼간이들

1

현장이 정리된 지 한참이 지나서야 되돌아온 수현을, 김훈정 검사는 측은한 눈길로 바라보았다. 지갑도 휴대폰도 여기 있으니 돌아오겠거니 했지만, 꽤나 늦은 시각이었다.

장진호와 부하들은 불 꺼진 클럽 지형을 손바닥 보듯 상세히 알았고, 김 검사가 대동한 경찰 병력은 부근을 다 틀어막기엔 수가 적었다. 호텔 일리오스의 주방으로 이어지는 진입로를 통해 장진호 일당은 바퀴벌레처럼 흩어졌다.

서초경찰서 강력반 형사들이 소화 분말 뒤덮인 클럽 내부를 하릴없이 오갔다. 한쪽 얼굴이 부어오른 백 수사관을 본 김훈정의 눈에서 눈물이 핑 돌았다. 백 수사관이 고개를 들지 못한 채 입을 열었다.

"죄송합니다."

"최 변호사님 오시면 같이 얘기하죠."

경찰차를 본 일리오스 호텔 관계자가 내려왔지만, CCTV 화면을 제공하라는 김 검사의 요구에는 난색을 표했다. 팔뚝이 하도 굵어 옷을 맞춰 입겠다 싶은 호텔 부지배인은 클렉스가 호텔 소유이긴 하지만, 경영은 다른 회사가 하고 CCTV 또한 거기서 관장한다고 진술했다. 장진호의 바지사장 중 하나일 테니 영장 없이 순순히 영상을 제출할 리 없었다.

돌아온 수현은 허연 소화 분말과 땀이 뒤섞여 온통 너저분한 몰골이었다.

"못 잡았네요?"

500미리 생수통을 절반 가량 들이켠 수현이 그걸 벽에 힘껏 내던졌다.

의무경찰 십수 명과 형사들을 대동한 서초경찰서 형사계장은 의외로 강경했다.

"검사님. 저도 위에다 보고를 하고 사건 처리를 해야 하지 않겠습니까."

형사계장은 자초지종을 샅샅이 일러 달라고 얘기했다. 신원조회만으로 병력을 동원해준 건 고마웠지만, 외부인에게 주머니를 다 까

보일 순 없는 노릇이었다. 김훈정 검사는 대강 뭉개려 들었다.

"저희 사무실 백 계장님이 행인들 싸움을 말리다가 공사 중인 클럽에 들어선 모양이에요."

"소화기를 양손에 들고 동춘서커스 마냥 빙빙 돌던 커다란 덩치 말인가요?"

김훈정이 마른침을 삼켰다.

"아뇨, 다른 분."

"불 꺼지기 직전까지, 멧돼지마냥 여기저기 받아대던 뚱뚱한 남자 말인가요?"

형사계장의 시선이 자꾸 비스듬해진다는 생각은 훈정만의 착각은 아니었을 것이다.

"저희에게 지원 요청하기 전엔 조폭들 간의 싸움에 검찰 관계자가 휩쓸렸다고 하셨는데요."

"저도 그런 줄 알았는데요. 착각이었네요."

형사계장은 매달 천만 원씩 주겠다는 사람을 만난 듯한 얼굴로 김 검사를 바라보았다.

"그 착각 때문에 비번인 놈까지 다 깨우고 대기 중인 놈들 싹 끌어모아서 이 밤에 난리를 피운 거네요, 서울중앙지방검찰청 김훈정 검사님. 경찰행정력의 낭비에 대해서는 어찌 생각하셔요?"

화가 뻗친 훈정이 자신도 깜짝 놀랄 말들을 입 밖으로 내뱉었다.

"형사계장님. 사람 부리다 보면 설거지해줘야 할 때도 있어요."

"그러니까, 그냥 닦아주고, 가라?"

"이리저리 미리 터둬야 막혔을 때 여기저기 뚫겠죠. 서울중앙지검 검사랑 터뒀으니, 계장님도 득 아닙니까."

김훈정 검사를 빤히 바라보던 형사계장이 손을 휘저어 부하들을 불렀다.

"일어나자. 밤마실 거하게 했다 치고."

상대가 없으니 입건할 거리도 없었고, 동원한 병력이 있으니 보고는 해야 했고, 김 검사와 남은 사람들 족쳐봤자 나올 게 없다 싶으니 인상이 구겨지는 것도 당연했다.

경찰 뒤를 따라 나온 그들은 함께 김훈정의 검정 K7에 탔다. 운전석에 앉은 김 검사가 룸미러로 둘을 보았다. 몰골이 참으로 가관이네. 백 수사관의 관자놀이와 이마는 주먹만 하게 부어 있었고, 수현은 끙끙 소리를 내며 어깨와 등을 쓸어내리는 중이었다. 소화 분말을 풀풀 날리는 두 사람 모두 톡 쏘는 땀내가 꼬릿하게 풍겼다.

"장진호나 송태섭을 붙잡았으면 더 괴상한 상황에 놓였을걸."

김훈정의 냉랭한 시선을 느낀 수현이 내뱉었다.

"장진호가 우릴 납치하고 죽이려든 건 사실이야."

"어쩌면 그게 나았을 거예요. 이젠 둘 다 내 손에 죽을 테니까."

김 검사는 아까 아침에 성진규 부장에게 받은 전화와, USB 관련한 사안이 이태훈 차장에게 빨려 들어가게 생긴 경위를 알려주었다.

"납치 건을 USB랑 깔끔하게 연결할 수도 있었을까?"

그러긴 어려울 거라고, 훈정은 생각했다.

"장진호가 꼬리를 자르려 동업자 송태섭을 비롯해 전현직 검찰관계자를 납치했다는 사실이 드러나도, 이 차장은 그와 상관없이 USB 건을 진행시켰을 거예요."

이태훈 차장으로선 자기 목이 걸린 일이니, 당연한 행동일 것이었다. 입 다물고 앉았던 백 수사관이 폭탄을 떨어뜨렸다.

"검사님께서 납치 건과 USB를 이어붙이려 했더라도, 잘 안 됐을 겁니다. 저는 제가 납치당했다는 사실을 부인했을 거거든요. 우연히 폭행 사건에 휘말렸던 거라고 증언했을 거예요. 납치도 폭력도 강제도 없었다고요."

다소 무거운 공기가 흘렀다.

"무슨 말을 하는 거예요, 백 계장님?"

"저는 USB가 신중하게 접근되어야 할, 주의 깊게 개봉되어야 했던 폭탄이라고 생각합니다."

수현이 백 수사관을 묘한 시선으로 바라보았다. 김 검사는 눈을 감고 심호흡을 했다. 눈을 뜨고 있으면 거기에서 불꽃이 튀어 나갈 것 같았다.

"오늘 무슨 일이 있었는지 털어놔요. 하나부터 백까지."

수현은 주안 사무실로 윤종건이 찾아온 일부터 시작했다. 한지훈의 밀고로 변호사와 덩치가 윤종건을 찾으러 달려온 얘기를 경유지 삼아, 백 수사관을 부른 다급한 전화와 자살 소동을 거쳐 체포에 이르는 과정을 부드럽게 이어나간 그는, 납치 과정과 이후 장진호와의 흥미진진한 대화에 대해 지치지 않고 설명했다. 모든 과정이 정말이지 길고 긴 장편소설이었다. 간혹 수현이 추임새 혹은 끄덕임을 요구하는 몸짓을 보였으나, 백 수사관은 시선을 낮춘 채 묵묵부답이었다.

"그러니까 진 변호사는 중국 삼합회 쪽 인간이다?"

백 수사관을 응시한 채 김 검사가 설명을 요구했다.

"납치당했다는 사실은 왜 부인해요? 그 이유를 말해봐요."

"최 변 말씀 그대롭니다. 저는 송태섭에게 수사 정보를 흘렸고, 내심 윤종건을 따로 빼돌릴 작정이었습니다."

김훈정은 믿음에 대해 생각했다. 평소 백 수사관은 자신은 누구도 믿지 않는다고 말해왔다. 한편 김 검사는 그럴 수밖에 없기에 백 수사관을 믿어왔다. 그는 사무실 사람이었고, 부하직원이었고, 서툰 그녀가 허우적거릴 때 어느 방향으로 헤엄쳐야 하는지 조용히 일러줄 사람이었다. 배반당했다는 생각에 김훈정은 화가 났다.

"최수현 변호사 사무실 가기 직전에 송태섭을 만났다 이거죠?"

"경고했습니다. 검찰 수사가 이뤄지고 있다고."

"왜 그랬어요?"

물어봤지만, 답은 이미 알고 있었다. 며칠 전, 그들 셋이 차 안에서 나눴던 대화가 답이었다. 그때도 백 수사관은 김 검사가 USB를 다룰 수 없다고 여겼다.

"백 수사관은 뭐든 믿지 않는다는 게 입버릇이면서 따로 믿는 게 있군요."

"뭡니까. 제가 믿는 게."

"당신 자신. 자신의 판단."

김훈정은 끝내 감추지 못하고 자신의 불신을 그에게 쏟아냈다.

"송태섭에게 뭐 받았어요?"

백 수사관의 얼굴이 분노로 붉어졌다.

"그러면 송태섭에게 왜 갔어요?"

"저는 검사님이 감당할 수 없는 일을 벌리기만 한다고 여겼습니다. 그래서 제 나름대로 상황을 정돈하려 했습니다."

"무단으로요."

"네, 단독으로요."

지켜보던 수현이 둘 사이에 끼어들었다.

"내부 징계로 두들겨 패든 하이힐로 짓밟든 그건 둘이 알아서 하고, 정리부터 합시다."

김 검사는 백 수사관을 향한 증오 어린 시선을 쉽사리 거두지 못했다.

"김 검! 성과가 있는 거라구. 장진호가 지껄인 걸로 변호사의 의도나 돌아가는 상황을 파악했고, 속내를 알아낸 거니까."

USB로 고위직 검사들을 칠 것인가. 하지만 그렇게 송태섭과 장진호를 잡으면 마약으로 대한민국을 집어삼키려는 삼합회와 진 변호사의 의도를 도와주는 꼴이었다. 고개 돌린 수현이 백 수사관을 툭 쳤다.

"장진호 잡을 거잖아. 송태섭도 같이. 맞지?"

"제가 그 두 놈이 예뻐서 그랬답니까. 그저 제 한도 안에서 솜씨 좀 부려보았던 거죠."

수현이 김훈정을 쳐다봤다. 김 검사의 불 같은 시선이 여전히 백 수사관에게 못박혀 있었다.

“다행이에요. 전시 상황도 아니고, 우리가 군인도 아니어서. 아니었으면 즉결 처형이라도 했을 텐데요.”

호흡을 길게 내쉰 김훈정이 입을 열었다. 그녀는 가능한 상황과 가까운 목표에 대해 얘기할 필요가 있다고 느꼈다.

“납치 감금 건을 문제 삼을 순 없어요. 현장은 없어졌고, 고발한들 저쪽에서는 잡다한 알리바이를 위조하며 발뺌할 테니.”

“그건 이미 끝난 거야.”

수현이 손을 홱 저었다.

“그러면 다시 USB로 돌아오죠.”

백 수사관이 뺨을 문지르자 말라붙은 하얀 가루가 스르르 떨어졌다.

“성 부장은 이 차장에게 들러붙어 이 일을 적당히 얼버무리려 들어. 맞지?”

“성 부장이 자리 받으려고 저쪽에 찰싹 붙은 것 같긴 한데……. 나랑 했던 통화 내용을 떠올려보면… 솔직히 모르겠어요. 헷갈려요.”

백태현이 고개를 저었다.

“검사님. 부장님이 이걸 이 차장님께 가져갔다는 건 그냥 내부에서 덮자는 뜻입니다. 그러려고 내일 아침 검사님이랑 윗선을 같이 만나자는 거고요.”

정적이 흘렀다. 수현과 백 수사관의 시선이 김 검사에게 머물러 있었다. 결정은 그녀의 몫이었다.

"어쩔 수 없네요. 일단 가서 들어보는 수밖에."

"만일 덮자는 식으로 나오면 어쩔 거야?"

"사직서를 던져야겠죠……."

말은 그리했지만, 본심은 아니었다. 그거라도 던져서 그 작자들을 거꾸러뜨릴 수 있다면 모를까. 이런 식으로 검찰을 등질 순 없었다. 하지만 그걸 굳이 저 둘에게 얘기할 필요 또한 없었다.

김 검사는 백 수사관의 집으로 먼저 갔다. 백 수사관이 내리자마자 김훈정은 가속페달을 밟았다. 사이드미러 속에서 자그마해질 때까지, 백 수사관은 이쪽을 향해 허리를 구부리고 있었다.

수현 또한 마음이 무거웠던지 백 수사관이 내리고 난 뒤에도 별말이 없었다. 그러다가 앓는 소리를 흘리며 이마를 두들겼다.

"아까 덜 맞아서 그래요? 제가 더 때려줘요?"

수현이 한숨을 쉬며 바깥쪽으로 몸을 돌렸다.

"내일 오전 재판…… 변론 준비를, 아이고."

눈을 깜빡이는 게, 아예 사무실에서 밤을 새며 자료를 들여다볼까 궁리하는 듯했다.

"잠깐이라도 자고 들어가시죠."

충고보다는 김훈정의 시선이 더 도움이 됐다. 김훈정의 눈길을 따라 자기 몸을 들여다본 수현이 끈끈해진 뺨과 이마를 매만지며 한숨을 내쉬었다. 차에서 내린 수현은 별말 없이 검정 K7 지붕을 툭툭 치는 걸로 작별을 고했다. 그제야 김훈정은 저들 둘이 오늘 하루 죽을 고비를 몇 차례나 넘겼다는 사실을 떠올렸다.

초침은 쉼 없이 나아갔고, 그럼으로써 내일을 이리 당겨올 것이다. 김훈정 검사는 10시 이태훈 차장 면담에 앞서 9시에 서울중앙지방검찰청 지검장 장태근 검사장을 찾아갈 작정이었다. 검사장에게 USB를 입수하게 된 경위를 밝히고, 거기 올라간 고위 검사들의 명단을 직보할 생각이었다. 직보 막판엔 자신을 회유하려 한 성진규 부장과 사건을 덮으려 한 이태훈 차장에 대해서도 언급해야 하리라.

내 수사를 지켜내야 해. 김훈정은 그리 생각했다.

이미 이태훈 차장이 붙었고, USB에 언급된 이런저런 자들의 보이지 않는 조력이 더해지고 있었다. 시간은 김훈정의 편이 아니었다. 힘을 가진 자들이 검찰 조직 내에서 압력을 행사하기 전에, 그녀는 USB를 찔러넣어야 했다. 저희끼리 카르텔을 조성한 썩어 문드러진 고위직 검찰들에게, 정직하고 올바른 검찰 조직을 위해.

속도가 붙은 검정 K7이 컴컴해진 서울의 밤을 날카롭게 가로질렀다.

2

알람을 켜두고 잤는데…… 아니, 왜 난 깨지 않았지. 휴대폰은 울리는데 손끝 하나 들 기운이 없었다. 여름철 빨래 더미 맨 밑에 눌렸던 젖은 수건에서 날 법한 냄새가 온몸에서 풍겼다.

바디워시를 두 번 문지르는 동안, 머리를 세 번 감아야 했다. 허연 소화 분말은 밤새 머리카락에 소금처럼 엉겼고, 그 때문에 집을 나서는 시간이 더 늦어졌다. 그리고 월요일 아침 도로도 머리카락처럼 엉겨 있었다. 콜택시로 향하는 걸음이 마음처럼 움직여지지 않았다. 택시 문을 여는데 세상 전체가 느릿느릿해진 것만 같았다.

사무실 유리문은 사라지고 없었다. 그제야 어제 하루가 실재했구나 싶었다. 법원으로 가는 내내 한지훈은 최수현을 돌아보지 않았고, 수현도 그럴 형편이 아니었다. 자리에 앉았지만, 정신은 돌아오지 않은 채 멍했다.

재판은 길지 않았다. 제출한 영상 증거가 워낙 또렷했고, 피고 은유철이 주장했던 알리바이는 부서져 법정 바닥에 파편처럼 나뒹굴었다. 어제 파악해두리라 생각했던 산더미 같은 자료는 꺼낼 필요가 없었다. 부장판사는 IOE 관련 소송에 진저리가 난 듯, 얼른 선고하고 싶어 온몸을 뒤틀었다. 은유철의 변호인은 소송을 건질 방도가 달리 없어 보였다. 최종 선고기일을 확정한 판사가 퇴정했고, 똑바로 서려던 수현은 저도 모르게 아흔 노인네가 낼법한 곡소리를 흘렸다.

악수도 없고 끄덕임도 없었다. 돔페리뇽을 처넣어줄까 싶던 둘의 사이는, 어제 일로 완전히 틀어져 버렸다. 사임해서 주안을 나와야겠다는 생각을 하기 시작한 수현에게, 승소는 아무 의미가 되지 못했다.

주안의 대표가 입이 찢어져라 웃으며 두 변호사의 어깨를 두드렸다. 하지만 한지훈과 수현의 미소는 경련에 가까웠다. 수현의 사무실 앞은 사람들로 분주했다. 예원이 진두지휘하는 가운데 기술자들이 달라붙어 유리문을 새로 다는 중이었다. 궁금한 눈짓을 보이는 예원에게 엄지손가락을 든 수현이 씩 웃어주었다.

검은 몽블랑 서류 가방을 소파에 던지고 재킷을 벗는데, 다시 곡소리가 흘렀다. 팔에 덜렁덜렁 매달린 옷이 그대로 바닥에 흘렀다. 예원이 걸어들어와 그걸 탁탁 펴서 옷걸이에 걸어주었다.

"어제는 정말 미안해. 뜻밖의 상황에 휘말리게 해서. 놀랐지?"

수현이 앉은 자리로 걸어오기까지, 예원의 얼굴은 무료함과 나른함이 뒤섞인 평소의 표정과 그리 다르지 않았다.

"변호사님. 어제는 정말……."

왜 이러나 싶을 정도로 얼굴을 가까이 들이민 예원이 눈을 가늘게 뜨며 야릇한 미소를 지었다.

"제 인생 최고의 날이었어요!"

까닭을 묻고 싶었지만, 눈을 두어 번 깜빡이는 게 수현의 전부였다.

"이 따분한 변호사 사무실에서 그런 일이 벌어지다니……. 그 전율, 그 스릴! 오오, 정말… 저는요. 그런 스릴의 한복판에 자리하는 게 평생 꿈이었거든요. 비열한 악당, 거악과 싸우는 변호사. 흘러넘치는 피에 두려움을 느끼면서도 동시에 강하게 이끌리는 여인!"

꼼짝 않은 채 수현은 이 상황을 최대한 이해하려 애썼다.

"난 예원 씨가 사직이라도 하면 어쩌나……."

"사직이요? 아뇨, 아뇨! 변호사님! 정말이지 저는 어제 같은 일이 또 일어나기만 한다면 월급 반만 줘도 일하겠어요. 오오, 변호사 사무실로 찾아온 범죄자와 악당. 배신자인 동료에게 주먹을 날리는 정의의 변호사!"

오오, 사직이야 내가 할 거니까. 예원 씨는 다른 따분한 변호사와 잘 지내보라고. 빌어먹을 IOE, 염병할 소송, 지긋지긋한 업무 모두 작별이다. 온 힘을 다해 구두를 벗고 의자에 몸을 묻은 수현이 처치 곤란인 두 발을 책상 위로 올렸다.

"예원 씨, 저 사람들 언제 끝난데?"

"유리문이요? 아, 최대한 빨리 달라고 할게요. 뭐 또 필요한 거 있으세요?"

늦어져도 상관없을 듯싶었다. 판사가 나무봉으로 수현의 머리통을 갈기고, 덩치들을 거느린 진성준 변호사가 은혜 갚는 까치처럼 유리문에 머리를 다시 박아대도, 검은 정장을 입은 머저리들이 떼로 밀려들어 일렬종대로 목봉 체조를 한다 해도 아무렇지 않을 것 같았다.

"부탁이 있어."

예원이 유언을 받으려는 맏이처럼 수현에게로 머리를 기울였다.

"내가 몸을 움직이기가 너무 힘들어서……."

"네, 뭔데요?"

"양말 좀 벗겨줘."

예원이 잠시 놀란 눈으로 수현을 쳐다보더니 입을 가리고 웃었다. 밖으로 나서는 예원의 답변이 환상처럼 웅웅거렸다.

"변호사님. 양말이요, 아예 없어요. 안 신고 오셨나 봐요."

맨발로 재판을 치렀다고? 오오, 정말이지…….

3

출근하자마자 백 수사관은 김 검사 책상으로 가 봉투를 내려놓았다. 사직서였다.

“바쁘니까 이따 얘기하시죠.”

사직서를 힐끗 본 김 검사가 백 수사관에게 눈길도 주지 않고 말했다. 백 수사관은 대답 대신 푸른 끈이 달린 출입증과 지갑 속 신분증까지 빼 봉투 위에 올렸다.

“실망을 끼쳤습니다.”

백 수사관이 손을 양옆에 붙인 채로 고개를 숙였다. 다른 행정관들이 눈을 동그랗게 뜨고 이쪽을 넘겨다보았다. 미동도 없이 서 있는 백 수사관 앞에서 김 검사는 마땅한 말을 떠올리지 못했다.

“왜 그러셨어요?”

“검사님께 제동을 걸어야 한다고 생각했습니다. 그러다 다 죽는다고 판단했고요. 송태섭에게 일러주면 장진호가 대비하고, 그놈들이 서로 싸우면 USB도 서서히 가라앉을 거라 여겼습니다.”

김 검사의 시선이 백 수사관을 위아래로 훑었다. 그러다 문 위에 걸린 시계에 시선이 멈췄다. 백 수사관을 세워둔 채 김 검사가 사무실 밖으로 나갔다.

지검장실로 가기까지 김훈정은 수십 번이나 말과 마음을 가다듬었다. 하지만 거듭할수록 말은 정돈되지 않았고, 마음은 말라버린 점토처럼 바스러져 나갔다.

전화기 옆 스케줄표를 힐끔거린 지검장실 비서가 들어가 계신 분이 나오시면 대면 요청을 전달하겠다고 말했다. 비서의 책상 맞은편에 마련된 소파는 불편하기 짝이 없었다. 마음이 심란한 김 검사는 서성이고 싶었고, 조바심 난 마음은 불 위의 돌처럼 달그락거리는 것만 같았다.

비서의 시선은 살짝살짝 아래쪽을 향하는 것 같았다. 잠시 겸연쩍어하던 그녀가 참지 못하고 김훈정에게 물었다.

"저…… 검사님……."

"맞아요, 크리스찬 루부탱."

김 검사의 말을 들은 비서의 얼굴이 경탄과 환희로 환하게 젖었다.

"절대 안 신고 다녔는데."

"그럼요……. 그게 얼마짜린데……."

김 검사가 녹색 파스텔 톤 구두의 날카로운 끝을 골똘히 들여다보았다. 그랬나. 오늘 난 뭔가 특별한 일을 이뤄내고 싶었던 걸까.

얼마나 지났을까. 문 안쪽에서 두어 사람이 껄껄 웃으며 몸을 일으키는 소리가 들렸다. 벌떡 일어선 김 검사가 손을 바삐 놀려 옷매무새를 정돈했다. 지검장님. 제가 며칠 전에 입수한 USB가 있습니다. 거기에 중요한 사안이 담겨 있어요. 예전부터 수사 대상에 자주 올랐던 조폭이자 건설업자인 송태섭이 만든 명부인데, 거기 상당히 많은 고위직 검사 이름이…….

지검장이 배웅을 위해 문을 열고 나왔다. 퍼뜩 허리를 숙이는데, 그 뒤로 방문자 둘이 모습을 드러냈다. 어느 시집에선가 김훈정은

'잔인한 미소'라는 표현을 읽은 적이 있었다. 저것이로구나. 성진규 부장 얼굴에 드리워진 표정이 바로 그 잔인한 미소로구나, 하는 생각이 절로 들었다.

이태훈 차장이 김훈정의 어깨를 짚었다.

"이 친굽니다, 지검장님. 김훈정 검사라고. 어디 로스쿨이었지? 서울대는 아니었지?"

"이 사람들, 요새가 어떤 시댄데 학교 타령이야."

"거꾸로 로스쿨 때문에 출신학교 묻는 일이 잦아졌습니다, 지검장님."

"그건 그래. 대학 서열화 없앤다고 로스쿨 만들더니, 정치꾼들 하는 짓이 다 그렇지."

장태근 지검장이 김훈정을 보며 씩 웃었다.

"지검장님 뵈러 왔나, 김 프로."

표정을 확인하고 싶었던 성진규 부장이 꺾은 고개를 살짝 기울였다. 미소를 띄우며 고개를 드는데, 그게 김훈정은 죽을 정도로 힘이 들었다.

"안녕하십니까, 지검장님."

"무슨 일로 온 거야?"

김 검사에게 물은 이태훈 차장이 지검장 비서를 돌아보며 재차 물었다.

"얘, 여기 왜 있다니?"

머뭇거리던 비서가 대답했다.

"지검장님 면담 신청하셨습니다."

성진규 부장과 이태훈 차장이 뒤로 물러나고 장태근 지검장이 앞으로 쓱 나섰다. 만면에 자애로운 미소를 띄운 그가 물었다.

"면담이라고?"

김 검사는 지검장의 얼굴을 올려다보았다. 그리고 그들 셋이, 거래를 끝내고 일을 어찌 매듭지을지를 싹 정리한 고위 검사들이, 돋은 종기 같은 자신의 꼬락서니를 어찌 바라보는지를 깨달았다. 그들 너머 호두색 마호가니 책상이 보였다. 그걸 사이에 두고, 이태훈과 성진규와 장태근은 마사지할 폭을 가늠하고 살을 어디까지 내주어 이 바람을 덮을지 의논했을 것이다. 호두색 마호가니 책상에 머무르던 김훈정 검사의 멍한 시선이, 마주한 세 사람에게 돌아갔다.

허물어지지 않으려 안간힘을 다했건만, 어쩔 도리가 없었다.

"제가 잘못 생각했습니다."

"뭘 잘못 생각했는데?"

장태근 지검장은 연루되지 않았을 거라는 순진한 착각, 얼마나 많은 검사가 너저분한 거래와 손잡으며 욕망의 계단을 걸어 올랐는지를 몰랐던 멍청함, 잡으려는 자보다 잡히지 않으려는 자들이 훨씬 더 부지런히 움직인다는 사실을 간과한 어리석음.

그러나 그 순간에 그런 대답들은 세탁기 속 빨래처럼 칭칭 엉킨 채 돌아가기만 할 뿐, 명료하게 밖으로 나오지 않았다.

"지검장님. 나잇값 하려다 보니 치기 어린 행동도 보이는 것 아니겠습니까."

성진규 부장이 끼어들었지만, 김훈정을 향한 장태근 지검장의 눈길은 차갑다 못해 소름이 돋았다.

"성 부장이 잘 가르쳐야겠어. 이 차장도 신경 쓰고."

지검장이 돌아서며 그 둘에게 고개를 끄덕였다. 성진규 부장과 이태훈 차장이 닫히는 문을 향해 허리를 구부렸다.

이태훈 차장이 먼저 저만큼 걸어갔고, 성진규 부장이 김훈정 옆에 바짝 붙었다.

"사내새끼였으면 어깨에 손이라도 올렸을 텐데. 여성이시니 그것도 어렵겠고."

"부장님."

불러놓고도 김훈정은 자신이 왜 성진규 부장을 불렀는지 몰랐다. 방금의 나는 그만하라는 간청으로 그를 불렀던 걸까. 어쩌면 다른 변명을 늘어놓고 싶었던 걸까. 그도 아니면, 아직 부러지지 않은 성냥개비 같은 자존심 한 줄기가 저 구석 어디 꼿꼿했던 걸까.

묵묵히 김훈정을 바라보던 성진규 부장이 먼저 입을 뗐다.

"철부지라는 단어가 있어. 한 해는 네 개의 한 철들로 이뤄져 있지. 그런데 애들이 이걸 모르잖아. 계절이 가는 건 그걸 겪어본 사람이나 아니까. 핏덩이들이야 지가 장군인 양 작대기나 휘두르고, 동네 언덕 여기저기를 펄떡이며 오르내릴 뿐이지."

"USB를 어쩌실 겁니까?"

"어제 통화했어. 자네에게 전화 걸기 직전에."

두어 걸음 지나서야, 성진규 부장이 누구에게 전화했는지 김훈정 검사는 깨달았다. 진성민 변호사와 직접 거래를 텄구나. 그 뒤에야 성진규 부장은 김훈정에게 전화해 눌러놓고, 이태훈 차장에게 연락해 함께 지검장을 찾아갔던 것이었다. 가르마 탔고, 수순 밟아서 정리했기에, 지검장을 찾은 것이리라.

"변호사가 따로 한 부 갖고 있을 겁니다."

"위험부담 없이 동업이 이뤄지겠니. 서로 부담을 져야 건강한 긴장도 생기지. 그 계산 안 했을 것 같아?"

김 검사가 우뚝 멈췄다. 두어 걸음 더 간 성진규 부장이 뒤를 돌아보았다. 그의 표정이 처음으로 맑아졌다고, 그를 안 지 1년 넘는 기간 중 처음 보는 정직한 얼굴이라는 생각이, 김훈정 검사에게 들었다.

"결탁이라고, 더러운 협잡이라고 생각하겠지. 그러나 세상은 회색이고, 더 묽거나 더 짙을 뿐이야. 완전한 흰색도 없고, 온전히 까맣지도 않아."

"검사예요, 우리는."

"하지만 어떤 칼잡이라도 못 잘라내는 게 존재해. 너무나 뒤엉켜서 암과 장기가 도저히 분리되지 않는 덩어리들이 세상에 널렸어. 때론 잘라내지만, 때론 다독이며 두고 보는 게 우리 일이기도 해."

"뭘 잘라내고, 뭘 두고 볼지를 왜 우리가 판단하죠? 우리가 세상 꼭대기에 앉았나요?"

"왜 아니지?"

성진규 부장이 김훈정 검사 쪽으로 한 걸음 다가갔다.

"밝혀져야 할 거짓이 세상엔 존재하겠지. 하지만 덮여야 할 진실 또한 있는 법이야. 가라앉을 게 가라앉아야 물이 맑아지잖아. 그걸 누가 휘저으면…… 응?"

찌푸린 얼굴로 손을 휘휘 돌리던 성진규 부장이 씩 웃더니 뒤돌아 가버렸다. 김훈정이 비틀거리며 복도 가장자리 층계 손잡이를 움켜쥐었다. 빙빙 돌던 정신이 차분히 내려앉은 다음에야, 훈정은 자신이 서 있는 곳이 서울중앙지검 꼭대기라는 걸, 새삼스레 깨달았다. 내가 매일 출근하며 올려다보았던 건 들어서는 빛이었을까, 빛이 머무는 공간이었을까. 성진규 부장이 차마 내지 않았던 말들이, 김 검사의 귀에 웅웅 되울리는 중이었다.

너 또한 그걸 빌미로 위를 쳐서 네가 올라갈 지위를 마련하려던 건 아니었니? USB를 종처럼 흔들어 세상 이목을 끌어보려는 계산 아니었고? 평생토록 네 어깨를 장식할 별들을 달기 위해 진실을 요구하는 검사 역할을 해보려던 게 아니었나?

온전히 아니라고 말할 순 없다는 자각이, 김훈정의 다리를 나아가지 못하게 붙잡았다. 후들거리는 무릎을 바짝 세우려 애쓰며 김훈정은, 남은 질문들과 함께 그렇게 멍하니 서 있었다.

4

아무 전화도 반갑지 않았지만, 김훈정 검사의 전화는 특히 더 했다. 저도 모르게 몸을 뒤튼 모양인지, 의자가 빙글 돌며 두 발이 책상 아래로 툭 떨어졌다. 예원이 둘러준 무릎담요 두 개가 널찍하게 수현의 몸을 덮고 있었다. 대체 몇 시야. 점심도 거르고 잤나 본데. 그 와중에도 휴대폰은 계속 달달 떨며 책상을 대각선으로 가로지르고 있었다.

"주무셨나 봐요."

잠긴 목소리를 알아들은 김 검사가 물었다.

"재판 겨우 치렀어."

"어때요?"

"이기겠지. 꼼짝 못 할 증거니까."

한동안 말이 없던 김 검사가 커피 한잔하지 않겠냐고 물었다. 그냥 내려오심 돼요. 주안 있는 건물 지하 주차장이니까.

수현이 내려가자 검정 K7이 미끄러져 왔다. 플라스틱 뚜껑에서 새어 나온 커피향이 차 안에 가득했다.

"그건 제 거예요."

수현을 쳐다도 보지 않던 김훈정이 차를 지상으로 빼며 지적했다. 수현이 그 뒤의 잔을 집었다.

"축하드려요. 재판."

"사임할 거야. 주안에서."

김 검사가 고개를 돌렸다. 수현의 시선은 앞을 향하고 있었다. 시시콜콜한 이유를 대진 않았다. 커피를 홀짝이던 수현의 머릿속에 갑자기 괴상한 생각이 들었다. 김훈정한테 같이 변호사 사무실이나 열어보자 할까. 서로 다르니까 각자 맡은 일이 겹치지 않게 넓힐 수 있진 않을까.

김훈정과의 사무실 생활을 떠올려 본 수현은, 자신이 심각한 심신미약 상태라는 결론을 내렸다.

길가에 차를 댄 훈정은 오늘 오전에 겪은 일을 털어놓았다. 그녀는 백 수사관에 대해서도, 성진규 부장과 이태훈 차장에 대해서도 뭘 어찌해야 할지 몰랐다. 수현은 훈정 탓이 아니라고 생각했다. 그런 상황에선 누군들 올바른 결정을 뚝딱뚝딱 내릴 순 없었다.

김훈정은 언론이나 공수처에 이 건을 가져가고 싶어 했다. 그녀는 USB를 복제하지 않고 성진규 부장에게 넘긴 걸 후회하고 있었다.

“공수처나 언론에 가져가면 검찰이 뒤집힐 테지. 하지만 그러면 이 일이 김 검사 손에서 영영 떠나고 말아. 수십 개의 강한 권력이 그걸 굴리려 들거나, 멈춰 세우려 하겠지. 그 틈바구니에서 한 사람의 검사가 할 수 있는 건 없어.”

“적어도 썩은 작자들의 발밑을 흔들어볼 순 있겠죠.”

그런 작자들이 거기에만 존재하겠는가. 판단이 자꾸만 암울해졌고, 수현은 울적함을 느꼈다.

“내 손엔 증거가 없어요. 더 나은 증거는 진 변호사가 내어주지 않을 테고.”

“다른 뭔가가 있긴 하지.”

윤종건이 지하철을 타고 달아난 게 어제 저녁이었다. 수현은 윤종건이 아직 이 근방에 오지 않았을 거라고 생각했다. 그러기엔 윤종건은 너무도 옹졸했다. 모든 게 차갑게 식을 때까지, 윤종건은 어딘가에 콕 박혀 꼼짝도 안 할 게 분명했다.

윤종건은 맨손으로 주안에 왔었다. 노트북은 어디 묻었을까.

"어제 윤종건이 선배 사무실에 일찍 왔다면서요. 비서가 커피숍에 내려보냈고."

"그러다가 내 출근 즈음에 올라왔지."

커피를 마시면서 윤종건은 노트북 내용을 다시 샅샅이 훑었을까. 윤종건은 마약 관련한 기소를 피하려고, 수현을 통해 김훈정 검사에게 그걸 청탁하려 들었다. 김 검사를 설득할 지렛대로, 윤종건은 노트북을 쓸 생각이었어. 형량을 조절하는 건 법률에 없는 행위였다. 하지만 검찰은 혐의 짙은 범죄자를 아예 기소하지 않는 걸로 힘을 곧잘 휘둘러왔다.

"올라올 땐 빈손이었나요?"

"가발만 썼었지."

커터칼로 스스로를 위협하며 옥상 난간에 올랐을 때도 윤종건은 빈손이었다.

김 검사가 다시 가속페달을 밟았고, 검정 K7은 근방을 빙빙 돌았다. 멈춰 설 때마다 그녀는 호로록 커피를 들이마셨는데, 예의 그 고요하고 냉랭한 표정이 돌아와 수현을 안심하게 만들었다.

"저는 윤종건이 거기 자기 비밀을 정돈해두었다고 생각해요. 로이스 문에게 몸 맡겼다는 며칠 동안 윤종건은 그걸 어떻게 써먹을지 연구했을 거예요."

"자기 죄를 덮으려 했겠지."

김 검사가 고개를 끄덕였다.

"노트북에 담긴 건 돈세탁 관련 서류들이었겠죠. 그건 장진호의 범죄를 가리키는 증거들이었을 거구요."

수현은 김훈정이 말한 내용을 파악하려 머리를 맹렬히 굴렸다. 뭔가 알듯 말 듯, 무시할 수 없는 덩어리가 신기루 같은 흔들림 속에서도 보일 듯 말 듯했다.

"윤종건은 장진호가 굴리는 큰 세탁소의 좋은 관리인이었어요. 그런데도 장진호에게 검은돈을 맡기던 작자들을 아예 몰랐을까요?"

김훈정을 향해 돌아가는 수현의 시선이 너무도 느릿했다. 말이 목에 걸려 밖으로 쏟아지지 않았다.

"그래요. 윤종건은 검은돈을 세탁소에 맡기는 자들이 누군지를 알고 있었어요."

"저명인사들의 탈세를 정리해뒀을 거다?"

"검찰청 드나드는 정장 입은 칼잡이들도 그 목록에 있었겠죠."

김훈정이 커피 한 모금을 마셨다.

"장진호는 윤종건이 이렇게나 치밀하게 기록해뒀는지 몰랐을 거예요. 언젠간 제거할 생각이었겠지만, 일을 너무 잘하니 애매했을걸요. 장진호는 작대기 때문에 변호사와 검찰수사관 납치를 강행한 게 아니에요. 윤종건이 들고 있는 게 터지면 정말 다 죽는 수가 있으니 그런 거죠."

대체 이 머리로 왜 기획수사를 못한 거지. 수현이 김 검사의 이론을 떠받쳤다.

"장진호의 세탁소를 이용한 저명인사들은 오히려 장진호에게 멱살을 잡힌 셈이지. 장진호는 송태섭의 검찰 인맥을 통해 지금껏 구속을 피해왔어. 그런데 이젠 송태섭 이상의 굵은 끈이 생긴 거지."

그렇기에 윤종건이 들고 다녔다던 인터넷도 안 되는 그 노트북을 찾아야 했다. 예원에게 왔을 때 그 노트북을 들고 있었을까. 아니면…….

"지금 마시는 그 커피, 윤종건이 머물렀다던 그 건물 1층 카페에서 사 온 거예요. 그러면서 이미 CCTV 확인했고요. 들어와서 노트북 쓰고 나갔다가 사무실 올라간 거던데요."

"시간은……?"

"예원 씨인가, 선배 비서에게 전화로 물어보니, 두 번째 올라온 시간을 기억하더라고요. 내려와서 노트북을 썼다가 접고 나간 뒤 두 번째로 올라가기까지 19분 걸렸어요."

왕복 10분 되는 거리에 노트북을 두고 올라왔다는 말이었다.

"지하철역에는 물품 보관 락커가 있죠. 하지만 10분 안에 다녀올 역은 근방에 없어요. 택시를 타진 않았을 테고, 그런 물품을 잠깐 보관시킬 곳이 또 어디 있나 싶었죠."

김 검사의 K7이 비스듬히 섰다. 주안 길 건너편 건물의 편의점 앞이었다.

"윤종건은 선배한테 잠깐 다녀오려 했을 거예요. 그사이에 노트북을 어디 두고 왔으면 싶었겠죠. 불안했으니까. 그런데 그날은 일요일이었고, 편의점 알바에게 맡기기엔 찜찜했을 거예요. 그래서 편의점 택배를 통해 노트북을 보냈어요."

"어디로 보낸 거지? 나를 통해 김 검을 만나 담판을 지으려면 노트북에 실린 증거가 필요했을 텐데, 어디로 보낸 거야?"

"윤종건은 보낼 생각이 없었어요. 틀린 주소를 적어넣었죠. 일요일이니 주안에 올라갔다 내려와서 다시 택배 상자에 담긴 노트북을 찾아오면 될 테고. 설령 당일에 못 찾아도 반송된 다음에 찾으러 오면 그만이니까요. 반송된 택배 물품은 절차에 따라 사흘간 보내진 곳에서 보관되고 차후 시도 분실물 센터로 보내져요."

정신이 번쩍 든 수현이 편의점으로 달려가려고 문고리를 당기는 순간, 김 검사가 그를 붙들었다. 고개 돌린 수현이 김훈정의 손에 들린 붉은색 노트북을 보았다.

"변호사는 USB를 지녔고, 검찰 윗대가리들은 그자와 결탁했죠. 하지만……."

"우린 그 새끼들 턱에 한 방 먹일 다른 펀치를 지니게 되었지."

오오, 정말. 김훈정이 저렇게 아름다운 미소를 지을 줄 아는 여인이었던가.

제10장

푸른 재킷을 입은 사나이

1

문 열리는 소리가 들렸고, 등지고 앉은 장진호의 어깨가 움찔 움직였다. 한 뭉텅이의 서류를 탁자에 탁 소리가 나게 던져놓은 이태훈 차장이 재킷을 벗어 의자 등에 걸쳐놓았다. 그가 자리에 앉은 장진호를 빤히 바라보았다. 장진호는 입을 닫은 채 이태훈 차장의 움직임을 살피기만 했다. 역시 베테랑이라니까. 이태훈 차장이 손을 길게 뻗어 탁자 귀퉁이에 붙은 스위치를 탁 소리가 나게 눌렀다. 심문을 녹화 중인 카메라가 꺼지자마자, 장진호가 비릿하게 웃었다.

"차장님도 많이 늙으셨네."

"안 늙는 사람 있습니까."

장진호가 팔꿈치를 탁자 위에 세우더니 히죽 웃었다.

"뭐 좀 누려볼까 하면 벌써 희끗희끗해. 인생이 그리 안 좋다니까."

"장 회장 정도면 누릴 만큼 누렸지, 뭘."

말도 안 된다는 표정으로 고개를 설설 젓던 장진호가 이태훈 차장이 가져온 파일을 들춰보았다. 변호사가 넘긴 USB 내용을 근거로 만들어진 사건 파일이었다.

"뭔 죄를 이리 많이 졌는지……."

참 여럿 휘감았겠다 싶은 현란한 너스레였다.

"기자 여럿 섭외했는데, 곧장 나갈 순 없고."

"간만에 검찰청 국밥 먹게 생겼네, 중국 마약쟁이들 막아내는 나 같은 놈이 애국자 아니오? 훈장을 줘도 모자랄 판에 큼큼한 취조실이라니. 덕분에 비염도 도지고. 무지 좋네."

"신문 미다시엔 14시간 강도 높은 조사로 나가야 하니…… 자정 넘어 집에 가게 될 거요, 장 회장."

파일을 한 장 한 장 넘기던 장진호가 분개한 투로 웅얼거렸다. 애당초에 공유되는 비밀이란 게 세상에 없는 법인데. 순진했네, 지난 젊은 날의, 난.

"뭐 좀 물을 게 있는데, 장 회장."

"뭡니까, 차장님."

"변호사라는 놈 말이야. 아는 대로 털어봐."

"진성민이라는 놈인데, 중국 삼합회 중 하나에 스카우트된 모양입니다. 돌연변이요. 정상적인 면은 하나도 없는."

이태훈 차장은 여러 수를 생각하는 중이었다. 장진호는 모르겠지만, 장태근 지검장과 자신과 성진규 부장검사는 이미 진성민과 거래를 텄다. 장진호가 출두한 걸 보니, 사라졌다는 송태섭은 이미 어디 공사판 콘트리트 밑에 묻힌 게 틀림없었다. 죄는 송태섭 그놈에게 다 씌우면 그만이었다. 나까지 옷을 벗어야겠지. 검찰수사관 한 무더기랑 평검사 몇몇을 송태섭과 엮어서 검찰 개혁을 이루는 모양을 띠면, 송태섭에게 황금 커프스 단추를 받은 검사들의 일은 조용히 묻힐 게 틀림없었다.

장진호는 이미 그 정도 의사 타진은 마친 채 출두한 참이었다.

이태훈 차장은 묻고픈 게 몇 개 더 있었다.

"당신, 내 약속 믿고 출두했을 린 없고. 송태섭 버리고 잡은 끈이 대체 누구야?"

장진호는 대답하지 않았고, 이태훈 차장은 그런 뺏뺏함이 마음에 들지 않았다.

"대강 이름 좀 읊어봐."

"이상한 지점에 꽂히셨네."

느긋함이 어느 정도 사라지면서, 장진호의 얼굴이 껍질처럼 굳었다.

"이름을 얘기하는 게 내 조건이야."

"무슨 조건요?"

"긴급체포 없이 오늘 자정 안으로 검찰청 나가게 해주는 조건. 이름을 대."

"아니, 그러니까 무슨 이름이요?"

"우리가 그 정도 눈치도 없을 것 같아? 네 세탁소를 우리만 썼겠냐? 유능하다니까 이놈 저놈 왔겠고, 그중엔 힘 쓰는 몇몇도 있었을 거 아냐. 그거 다 대라는 거 아니야. 내가 모르는 검찰 쪽 당신 비호자들. 당신만의 황금 커프스단추 단 칼잡이들을 대라고."

"그걸 알아서 뭐 하게요?"

"내가 널 빼주는 게, 어디까지 영향을 미치는 행위인지 알고 싶어졌어."

장진호가 이태훈 차장을 빤히 보았다. 그러고는 저쪽 구석에 설치된 카메라를 돌아보더니 속삭이듯 말했다.

"지검장님이랑 얘기 다 된 거잖아요."

"왜 속삭여. 다 꺼놨는데."

"그 양반 지시예요?"

이태훈 차장은 그저 장진호라는 꼬리를 흔들면, 어떤 머리들이 흔들릴지 궁금한 것뿐이었다. 미리 알아두어야 그 머리들이 내게도 조아리게 만들 수 있지 않겠나.

머리 좋은 자들과의 대화가 즐거운 건 많은 말을 할 필요가 없기 때문이었다. 장진호가 고개를 끄덕였다.

"하긴. 이 차장님과 오랜만에 무릎 맞대는데, 속은 비쳐드려야 그게 또 도리지."

장진호는 대검찰청 고위 검사 두 명과 대검 출신 정치인의 이름을 댔다.

"확실해? 그 사람들이 장 회장 당신 끈이라는 증거는 어디 있어?"

장진호가 몸을 뒤로 물리며 씩 웃었다.

"이 차장님이랑 장태근 지검장이 한 덩어리로 도원결의 맺으신 건 미리 알았지만요. 자꾸 칸막이 너머로 고개 올리다가는 목 날아가요. 어쩌시려고 그럴까."

이태훈 차장이 순순히 고개를 끄덕였다.

"내게 전화로 압력 넣은 검사들이 누군지 떠올리면 대강 아는 일이지. 그래두 뭐든 명확한 게 좋잖아. 그래서 물어봤어."

장진호가 납득 간다는 표정으로 고개를 끄덕였다. 함께 웃고 있지만, 나도 상대방 머릿속도 현기증 나게 핑핑 돌아간다는 걸 그들도 잘 알고 있었다. 장진호는 이태훈 차장과 장태근 지검장이 끈을 무시하고 자신을 토막 칠까 두려워하고 있었다. 지검장은 몰라도 이태훈 차장은 그럴 뜻이 없었다. 다만 그는 그 두려움으로 장진호를 자기 아래 묶어두고 싶었다.

"머리 쓰지 마요, 장 회장. 궁금한 거 물어본 거니까."

이태훈 차장은 장태근 지검장을 얽은 정도로는 만족하지 않았다. USB로 인해 이제 장태근과 이태훈, 성진규는 한 몸이 되었다. 장진호는 그에게 이름 세 개를 더 주었다. 그러면서도 여지를 남겼다. 그 이름 말고도 다른 자들이 내 뒤에 많지. 내 손엔 그들이 저지른 탈세의 증거가 쥐여 있고.

장진호를 다시 만나겠지. 이태훈 차장은 그런 생각을 했다. 자신이 더 높은 계단에 발 디디려 가늠할 즈음에, 최적의 준비가 된 미래의 어느 밝은 날에. 그때까지는 서로의 아랫배에 칼 겨눈 채 미소를 띠어야 하리라. 이태훈 차장이 파일을 집어 들었다.

"다시 들어올 테니, 잘 맞춰봅시다."

이태훈 차장이 탁자 옆 스위치를 다시 켜고, 반투명 거울을 향해 고개를 끄덕였다. 뒤돌아서는 이태훈 차장의 뒤꼭지를 장진호가 붙들었다.

"그리구요."

장진호는 뺨을 문질렀다.

"명확하다는 거요. 그게 세상 어디 있습니까. 전부 다 잿빛인데."

"없다고?"

"다 덜 까맣거나 더 하얗거나 그런 거죠. 똑 떨어지게 완전 하얗고 진짜 까만 게 어디 있냐 이 말입니다."

문을 닫은 이태훈 차장이 저도 모르게 장진호의 말을 웅얼거렸다. 잿빛 세상이라.

2

한밤의 놀이동산이 얼마 만이었던가. 손잡은 연인들이 좌우로 오갔고 그들이 남긴 웃음소리가 밤하늘에 맑게 퍼졌다. 소아병동 간호사로 일하는 언니는 야간당직이었고, 김훈정은 오랜만에 조카들 소원을 들어주기로 했다. 놀이기구에 허겁지겁 매달리는 팔팔한 조카들은 지친 발을 질질 끄는 이모 따윈 안중에 없는 듯했다. 손에 휴대폰 카메라를 든 부모들이 줄을 서서 동병상련의 심정으로 서로에게 시르죽은 미소를 보내는 밤이었다.

"비번이라 들었습니다."

기묘함을 넘어 괴이하기까지 한 일이었다. 즐거운 얼굴로 밤하늘에 긴 호를 그리는 바이킹을 올려다보는 진성민 변호사의 입에는 츄파춥스 막대기가 물려 있었다.

당혹스러움을 비치긴 싫었고, 호들갑은 말할 것도 없었다. 그러나 손발이 순간 후들거린 건 사실이었다. 김훈정이 눈을 깜빡였다.

"호흡이 딸렸나 봐요?"

"수면 위로 튀어나왔다, 그 말인가요? 죄가 있어야 숨죠."

USB는 고귀하신 윗분들께서 직접 핸들링하는 중이었고, 거기서부터 벗어난 지는 며칠 되었다. 돌아가는 분위기로 봐서는 덮는 눈치였다. 속도와 방향을 재고하면서 그들은 윤이 반들거리는 구둣발로 사건을 문질렀고, 당연히 사건을 제공한 변호사의 존재도 입가에 세운 집게손가락 옆으로 쉬쉬 사라지는 중이었다.

"어때요. 성 부장이랑 이 차장이 입맛대로 요리해주던가요?"

"왜 이러세요, 김훈정 검사님. 개 주려고 쑨 죽을 그놈들이 다 처먹던데. 하지만 제 손에도 여전히 공이 쥐어져 있답니다."

진성민은 여전히 한 덩어리를 지닌 것처럼 굴었다. 어쩌면 사실일지도 몰랐다. 하지만 그걸 왜 내게 와서 으스대며 푸는 건지 김훈정 검사는 알 수 없었다.

"당신 주인이 누군지 건네 들었어요."

"백 수사관과 최수현 변호사가 벌써부터 그리워지네요."

빈말이 아니라는 시늉을 하며 진성민은 저 멀리로 시선을 두었다. 줄이 줄어들었고, 나란히 선 그들은 몇 걸음 걸어 나갔다.

"예전에 그런 소설을 읽은 적이 있어요. 건설업을 벌이던 두 동업자가 분란이 생겨서 서로를 고소하고 다툼을 벌입니다. 그런데 한쪽이 탐정을 고용해 다른 동업자 비리를 캐내요. 시멘트에 물을 너무 많이 섞었다는 비리를, 탐정은 자기를 고용한 사람이 아닌 반대편 동업자에게 들고 갑니다. 그러면서 비용을 두 배로 쳐주면 비리 내용을 덮는 동시에 자기를 고용한 사람의 비리를 캐내겠다고 제안하죠."

"읽은 것 같네요."

"사기꾼 아닙니까. 그렇게 저쪽에 고용되어 이쪽 비리를 찾고, 이쪽을 찾아가 덮어주겠다며 다시 고용되고. 탐정 놈은 둘 사이를 핀볼처럼 오가면서 어마어마한 액수를 뜯어냅니다. 결국 공원에서 만난 동업자들은 빌어먹을 탐정 놈을 죽이는 게 더 싸게 먹힌다는 걸 알게 되지요."

"탐정이 죽나요?"

"아니요, 그들이 그렇게 쑥덕거리는 중에 탐정이 뒤에서 턱 다가옵니다. 그러면서 양쪽에게 긁어낸 모든 비리를 싹 묻는 대신, 자기를 세 번째 동업자로 끼워달라고 요구하죠. 다른 둘은 선택의 여지가 없다는 걸 알게 됩니다."

"해피엔딩일까요?"

진성민이 미간을 찌푸리며 웃었다.

"모든 건 상대적인 거 아닙니까? 그 소설 얘기를 꺼낸 건."

진성민이 외투 주머니를 뒤적거리다 겸연쩍은 표정을 지으며 뺐다.

"그 소설의 배경 중 하나가 이런 놀이동산이었거든요. 유원지, 동물원, 놀이터, 식물원, 공원…… 뭐 그런 곳."

어디와 어디 사이를 핀볼처럼 오가며 득점을 해댈 작정인 걸까, 저 변호사라는 작자는.

조카들이 김훈정의 옷깃을 당기며 아이스크림을 조르기에, 그녀는 주머니에서 잡힌 지폐 그대로를 아이들의 손에 쥐여주었다. 외투 주머니에 손을 넣은 변호사가 허리를 구부리며 뭐라 웅얼거렸고, 김 검사는 신경질이 뻗쳤다.

"내 조카들에게 말 걸지 마요. 소름 끼치니까. 본론 빨리 쏟아내고 꺼져요."

"야멸차군요. 애들에게 주려 했는데."

주머니에서 꺼냈던 츄파춥스 서너 개를 도로 집어넣으며 그가 입술을 축 늘어뜨렸다.

"날 협잡꾼이라고 여길 수도 있겠죠. 사실이니까. 하지만……."

"당신 자신을 뭐라 여기는 거예요? 당신은 뇌물을 먹여 비밀을 빼돌렸고, 그 탓에 송태섭은 장진호에게 죽어 서해 어딘가에 던져졌을 거예요. 당신이 장진호를 노린 건, 대한민국에 마약을 본격적으로 풀어보려는 속셈이었고, 그건 절대 용서받지 못할 일이야. 당신 대체 뭐 하는 인간이야?"

진성민은 대답 없이 저 멀리를 바라보았다. 그러더니 이야기를 쏟아내기 시작했다.

"바다에서 석유를 뽑을 때 구멍 하나를 뚫는 줄 아십니까? 파고 파고 또 팝니다. 그러다 보면 그간 뚫었던 비용을 충분히 만회할 짙고 검은 액체가 솟구치게 마련이죠."

"알아듣게 얘기 안 해?"

"더 팔 건 없습니다. 난 다 팠어요. 솟구쳤던 검은 액체가 그 USB였죠."

진성민이 김 검사를 힐끗 보았다.

"다른 생각 마세요. 난 그저 인연을 귀하게 여긴다는 말씀을 드리고 싶었을 뿐이니까."

"부디 엿이나 처드세요. 검찰청 청소 한번 제대로 해보자 싶어서, 당신과 엮이는 더러운 일을 마다하지 않았던 거니까."

진성민은 내가 윤종건의 노트북을 확보했다는 걸 모르는구나. 김훈정은 그 사실을 퍼뜩 깨달았다. 거기엔 장진호의 돈세탁 관련 비리와 그와 연루된 저명인사들에 대한 증거가 잔뜩 담겨 있었다. 김 검사는 장태근이나 이태훈에 포섭된 진성민이 모른다면, 황금 커프스단추를 매단 자들도 모를 거라고 생각했다. 그게 오늘 이 놀라운 만남이 가져다준 가장 큰 소득이었다.

"김훈정 검사님은 스스로를 탐정이라 여기진 않겠죠? 두 범죄 집단 사이에서 자기 지분을 얻을 생각은 전혀 없잖아요?"

진성민이 김 검사를 돌아보며 미소 지었다. 그들은 서로를 깊이 응시했다.

"요 며칠 진 변호사 당신에 대해 파봤어요."

"뭐가 나오던가요?"

시시껄렁한 잡부스러기들이었다. 그녀는 대외무역분쟁을 전문적으로 다루던 변호사가 어떻게 삼합회의 앞잡이가 되어 조국에 마약을 뿌리려 했는지 여전히 궁금했다.

"김훈정 검사님. 변명할 필요도 못 느끼고요, 변명한다고 바뀌지 않는 것도 잘 압니다. 그래도 한마디하자면, 난 이 길에 들어서고서야 이게 내게 맞는다는 걸 알았어요. 수녀원장으로 태어나는 사람이 있다면, 범죄자로 나는 놈도 있지 않겠어요?"

"어쩌라고요?"

"처음엔 아무 계산 없이 검찰에 넘기려 했어요. 그 USB 말입니다. 나도 법조계에 발을 걸쳐봤던 사람이고, 거기에 맑은 강물을 끌어들여 오래 묵은 똥들을 싹 씻어내는 데 도움을 주고 싶었어요. 하지만 욕심이 얽혔고…… 사람들의 의도가 제멋대로 얽혀나가……."

고개를 내저은 진성민이 폭발하는 시늉을 내며 열 손가락 모두를 리드미컬하게 흔들어댔다.

"이전엔 그런 방법을 썼을지도 모르죠. 큰 악을 외면하는 방법으로 흘려보낸 작은 악들을 잡아 가두는 방식의 정의가…… 그런 게 가능했던 시절도 있었겠죠."

지금도, 어쩌면.

곰곰 생각에 잠겼던 진성민이 입술을 달싹거리더니, 마침내 결심을 굳혔다. 김 검사를 돌아보는 그의 시선이 절박해 보였다.

"혹시 윤종건과 접촉했을 때요."

"내가 아니라, 다른 둘이요."

"그렇죠, 그 둘. 그 둘과 접촉했을 때 윤종건이 따로 뜯어간 세 장의 장부에 대해 말 안 했답니까?"

"장부? 어떤?"

"……."

"아, 이거?"

김 검사가 주머니에서 세로로 길게 접힌 종이를 꺼냈다. 손을 많이 탔는지 테두리가 너덜너덜했지만 분명 윤종건의 플래너에서 뜯어낸 장부가 맞았다. 김 검사가 코웃음을 치며 진성민에게 종이를 건넸다. 장부를 받아드는 진성민의 눈빛이 거칠게 흔들렸다.

떨리는 손으로 장부를 펼친 진성민은 한참 말이 없었다. 그러고는 한숨을 푹 쉬더니 김 검사에게 다시 장부를 건넸다.

"고작…… 고작, 이런…… 하…… 진짜……."

바이킹의 각도가 더 높아졌고, 거기 탄 사람들의 비명도 높게 솟구쳤다. 그가 호들갑스러운 얼굴로 양쪽 눈썹을 들어 올렸다. 그러고는 돌아서서 줄 밖으로 나갔다. 이걸 확인하려고 여기까지 왔다고? 윤종건이 지하철에서 떨어뜨린 종이는 청소부의 손을 통해 어렵지 않게 찾을 수 있었다. 그 안에는 이탈리아어와 영어로 쓰인 원단명이 가득 적혀 있었다. 그래도 꼴에 디자이너라고……. 어쨌든 이걸 들고 다니면 진성민이 한번은 모습을 드러낼 거라던 수현의 예측은 맞았다.

김훈정은 진성민의 비쩍 마른 등짝을 빤히 쳐다보았다. 다음엔 너도 꼭 잡아넣을 거라는 의지를 다지며. 순간, 진성민이 멈춰 서서 고개를 돌렸다.

"아, 그리고 최 변호사에게 전해주세요. 사랑아 나는 통곡한다."

"사랑, 뭐요?"

"윌리엄 와일러, 1949년,이라고 하면 압니다. 뭐라 덧붙여야 하나."

변호사가 허탈한 미소를 지었다.

"유리문이 박살 나는 순간, 기억이 확 되살아났다고 하면 알아들을 겁니다."

3

저쪽 구석에서 수현은 고기를 굽고 있었다. 다가가 보니, 그는 속히 익도록 젓가락으로 불판 위 고기를 내리누르는 중이었다. 허리에 가위와 집게를 두루 꽂은 종업원이 다가와 김치를 마저 자르고 고기를 뒤집었다.

"기억나요? 여기로 나 불렀던 거."

어찌 잊겠는가. 모든 사단의 시발점이 늦은 점심으로 먹은 돼지고

기와 술 한잔이었다. 푸른 소주병을 비틀어 딴 수현이, 숟가락을 90도로 세워 맥주 뚜껑을 툭툭 두들겼다. 백 수사관은 수현이 유리잔을 일렬로 세워놓고 엄지로 맥주를 치익치익 뿜는 쇼라도 감행할까 봐 심히 걱정되었다.

"얌전히 마시죠."

"안 마시겠다고는 안 하네?"

수현이 만 소맥은 너무 묽었다.

"어휴, 난 술에 물 탄 줄 알았네. 검찰 물 너무 빠진 거 아니에요?"

"왜 그래. 성심성의껏 양조장 가동 중인데."

오만상을 찌푸린 백 수사관이 목살 한 점을 집어먹는데, 젓가락으로 양념장만 콕 찍어 먹는 수현이 보였다. 백 수사관이 상추 한 장을 젓가락으로 집어 자기 앞접시에 놓았다. 삼겹살 두어 조각을 거기 올리자, 수현이 밉살맞게 키득거렸다.

"먹으면, 소원 들어주기다."

"네? 아니, 누가……."

시늉만 하려 들었던 백 수사관이 말리기도 전에, 수현이 돼지고기와 마늘이 올라간 상추를 집어 후다닥 입에 넣었다. 삼키는 얼굴이 벌겋게 달아오르기까지 하는 걸 보니, 정말로 돼지고기가 싫긴 싫은 모양이었다.

"우라질, 힘들어 죽겠네."

"누가 소원을 들어준대요?"

"일단 들어봐. 이거."

수현이 내미는 걸 백 수사관이 받았다. 그가 김훈정 검사에게 제출했던 사직서였다. 맥주로 입을 가신 백 수사관이 시선을 저리로 돌렸다.

"나한테 부탁하더라고. 직접 돌려주기엔 아직 성질이 덜 가라앉았다나."

사임은 당연한 수순이었다. 백 수사관은 상관을 젖히고 혼자 판단으로 수사에 개입했다. 수사관의 그런 만용을 용납할 검사는 존재하지 않는다. 어떤 의도를 지녔든 백 수사관은 상관인 김훈정 검사를 배신했다. 어떤 사과로도 용서받지 못할 잘못이었다. 그런데 이런 부처님 가운데 토막 같은 양반을 보았나.

"니미, 난 또 금일봉 봉투 줄 알았네."

수현에게서 잔과 병을 빼앗으며 백 수사관이 그리 읊조리는데, 시야가 갑자기 뿌옇게 젖었다.

"할 말 많지만 이따 하고. 얼른 그거 찢어. 내가 찢을까?"

다른 대답은 불가능했다. 김훈정 검사가 자신을 용납하겠다는데 굳이 나가겠다고 굴면, 그건 더더욱 그릇된 행동이었다. 백 수사관이 사직서를 자기 윗주머니에 고이 넣었다.

"버리지 않으렵니다. 언제든 사직할 수 있다는 각오로, 죽어라고 모시겠습니다."

"직접 얘기해. 내일 출근해서."

수현이 자세를 바로잡았다.

"검찰이라는 저 거대한 똥 무더기를 볼 때마다 난 이런 생각을 했어. 더 나은 사람들로 저 조직을 채워가는 방법 외엔 검찰을 선하게 바꿀 방법이 없다."

"최 검사님. 저는 검찰 나가서 경비업체에 취직하려 했어요. 아니면 하나 차리든가."

"검사 아니고 변호사거든? 여튼 내가 아는 선한 자들이 바로 김 검이랑 백 수사관이야. 당신들이 거기 버티고 서야 저 조직이 더러운 하수구로 안 쓸려 나가. 당신 둘이 저기를 지탱하는 큰 닻 두 개라고."

"거창하기 짝이 없네요."

자기가 만 소맥을 꿀꺽꿀꺽 넘긴 백 수사관이 고개를 끄덕여댔다. 그래, 바로 이 맛이지. 얼마나 맛있게 잘 말아.

수현이 의자 아래에서 예의 그 검은 몽블랑 가방을 꺼내 들었다.

"계산했어. 검찰에 돌아가겠다고 하겠지 싶어서, 미리 환영 인사 삼아. 나 간다."

"뭐예요. 불러놓고."

"본론 끝났어. 난 나대로 마무리 지어야 해."

수현이 재킷 안주머니에 꽂힌 흰 봉투를 보여주었다.

"나 그만둔다."

사직 열풍인가. 아니, 그렇게 대우가 좋은 주안을 대체 무슨 이유 때문에 제 발로 뛰쳐나온담? 눈만 멀뚱멀뚱 뜬 백 수사관을 보며 수현이 씨익 웃었다.

"가을 인사이동 전에 공고 날 거라던데, 암튼 그전에라도 한번 보자고."

수현이 획 돌아나갔다. 공고? 설마 검사 채용 공고를 얘기하는 건가? 한 번 검찰을 나갔던 수현이 주안을 그만두고 도로 들어온다고? 취조실 옆에서 짜장면 비벼 먹는 팔자가 그리워 다시 한번?

가게 유리문이 두어 번 흔들리더니 말끔히 닫혔다. 종업원이 다가와 불을 줄이고, 익은 고기를 가장자리로 빼주었다. 최수현이 돌아온다고!

"여기 맥주 한 병 제일 시원한 걸로. 소주도 파란 걸로 하나!"

4

가장 저항이 극렬했던 사람은 예원이었다. 당장 함께 사직하겠다며 예원은 마스카라가 번져나갈 정도로 울었다. 누군가의 머리통이 깨지고, 어떤 놈은 자살을 기도하며, 기괴한 납치극이 벌어질 사건을 수현이 다시 맡을 거라고, 예원은 믿은 모양이었다.

돌아보면 놀라운 전개였다. 수현은 거짓말로 〈이끌〉을 열었고, 오해를 한 윤종건은 오해를 산 채 달아났으며, 윤종건 주변에 도사리던 변호사는 제대로 된 미끼를 뿌렸다 여겼지만 엉뚱한 미끼를 문 건 정작 그 자신이었다. 송태섭과 장진호와 성진규를 비롯한 다른 여러 인물이 저마다의 오해를 통해 각자 다른 계산으로 사건에 뛰어들었고, 이제 회오리를 그렸던 물웅덩이는 깊은 구멍으로 흘러들며 아예 시야에서 사라진 것처럼 보였다.

그러나 끝이 아니었다.

— 다행이네요.

백 수사관이 다시 신발끈 매겠다는 뜻을 들은 김 검사는 퍽 안심하는 눈치였다.

"보살님이 따로 없어."

— 말 안 듣는 천리마에 재갈을 물리려는 것뿐이에요.

드디어 김훈정에게도 두어 수 내다보는 식견이 생긴 걸까.

"노트북은 어떻게 할 거야?"

— 즉각 공개하진 않을 거예요.

김 검사는 검찰 조직 개편 직후 그걸 쓸 거라고 얘기했다.

"이번엔 김 검이 짤릴지도 몰라."

— 그럼 넘기죠, 뭐.

김 검사는 노트북을 통해 뭔가 성취하려는 욕심 자체가 없다고 말했다. 검찰의 썩은 부분을 도려낼 가장 적절한 사람에게 그걸 주면 되죠. 꼭 내 손에 들린 칼로 잘라야 한다는 법이 있나요.

— 이 모든 게 다 지들 뜻대로 가라앉았다고 믿는 순간에…….

"황금 커프스단추 매단 놈들의 경계가 느슨해진 찰나에……."

보이지 않지만, 김훈정의 얼굴에도 분명 나와 똑같은 미소가 머물러 있으리라. 절로 미소가 흘러나오는 자기 얼굴을 느끼며, 수현은 그리 생각했다.

사임은 받아들여졌고, 대표와 수현은 굳은 악수를 했다. 법무법인 주안의 주상훈 대표는 불만스레 웅얼거렸다. 아니, 그 큰 소송을 이겼는데 하나는 사임을 하고, 하나는 3개월 병가를 내고.

지하로 들어가는 푹신한 계단 끝에 서자, 안에서 재즈 소리가 가늘게 들려왔다. 오랜만에 들른 〈라이브러리〉의 공기엔 익숙한 달콤함이 떠돌고 있었다. 두어 걸음 내디디며, 수현은 그 향기가 아름다운 여인들의 살갗에 머물던 향수와, 그녀들의 주변에 어정거리던 사내들의 애프터쉐이브향과, 눈길을 견주던 남녀가 내뿜는 페로몬의 현란한 혼재임을 깨달았다. 바텐더가 수현을 돌아보며 반가운 미소를 보인 뒤 입모양으로 물었다. 마티니? 당연하지, 젓지 말고 흔들기만 해서.

8시였고, 괜찮은 인연을 만나기엔 아직 시간이 일렀다. 시답지 않은 얘기로 바텐더와 입이나 풀면서 예열을 해둘까 하던 찰나, 바 저쪽 끝에 앉은 누군가가 보였다. 꼬로록, 자기 휴대폰이 익사할 때 이마를 찡그리며 노여워하던 차미연은, 아니었다. 하지만 그녀만큼이나 아름다웠고, 왠지 모르게 말을 걸어 목소리를 들어보고프게 만드는 여인이었다. 긴 머리칼이 어깨를 덮었고 사선으로 비껴 앉은 덕에, 미끄럽게 떨어진 허리 라인이 눈에 쏙 들어왔다. 그녀는 차미연 이상으로 매혹적이었다. 그리고 불타는 듯한 붉은 원피스.

붉은 옷을 입은 여인에게로, 수현은 걸어갔다.

나쁜 검사들

초판 1쇄 발행 2024년 7월 23일
초판 1쇄 발행 2024년 8월 1일

지은이 이중세
펴낸이 신의연
책임편집 이호빈
펴낸곳 마이디어북스
등록 2022년 4월 25일(제2022-000058호)
전화 070-8064-6056
팩스 031-8056-9406
전자우편 mydearbooks@naver.com
인스타그램 @mydear__b

ISBN 979-11-93289-27-3 (03810)